Angelika B. Klein

Im

Stillen

Autorin

Angelika B. Klein wurde 1969 geboren und lebt mit ihrem Ehemann sowie den beiden Kindern in München. Sie schreibt spannende Liebesromane für Jugendliche und Erwachsene.

www.facebook.com/AngelikaB.Klein

Im Stillen hat sie gelitten
Im Stillen hat sie bereut
Im Stillen ist sie gegangen

Bibliografische Informationen der Deutschen Nationalbibliothek:
Die Deutsche Nationalbibliothek verzeichnet diese Publikationen in der Deutschen Nationalbibliografie, detaillierte bibliografische Daten sind im Internet über http://dnb.dnb.de abrufbar.

© 2016 Angelika B. Klein
Coverbild: Dominik Schröder
Herstellung und Verlag
BoD – Books on Demand, Norderstedt
ISBN: 9-783739-243801

PROLOG

Sie öffnet ihre Augen. Um sie herum ist alles schwarz. Von weit her hört sie leise Stimmen, kann sie jedoch nicht zuordnen.

„Wo bin ich?", fragt sie leise. Keine Reaktion!

„Was ist passiert?", will sie etwas lauter wissen. Aber auch dieses Mal bekommt sie keine Antwort. Erst jetzt bemerkt sie, dass keines ihrer Worte nach außen drang. Ängstlich versucht sie, durch eine Bewegung auf sich aufmerksam zu machen. Aber auch diese Bemühungen bleiben ohne Erfolg!

Vielleicht bin ich gelähmt?, schießt es ihr durch den Kopf. Angestrengt konzentriert sie sich auf ihre Gliedmaßen und stellt erleichtert fest, dass sie das Laken unter ihren Fingerspitzen spürt. Auch an ihren Zehen ertastet sie die kühle Decke. Aufmerksam hört sie den Stimmen im Raum zu.

Es dauert lange – viel zu lange – bis sie endlich begreift, was geschehen ist.

Kapitel 1

Nachdenklich sitzt Lisa Kerner hinter dem Steuer ihres weißen VW Polo, während der Regen auf die Windschutzscheibe prasselt. Sie hat noch eine lange Fahrt vor sich, kommt aber gut voran, da die Autobahn an diesem Mittwochnachmittag nicht sehr belebt ist. Während aus dem Radio gerade ein Song aus den 80er Jahren läuft, wandert ihr Blick zum Beifahrersitz, auf welchem ein weißes Kuvert liegt. *Warum gerade jetzt?*, fragt sie sich bestimmt zum hundertsten Mal. *Warum ist es ihr so wichtig, mich persönlich zu sprechen? Und warum springe ich sofort ins Auto und nehme knapp 400 Kilometer Fahrt auf mich, um mich mit ihr zu treffen?*

Sie erinnert sich an den Tag, als sie den Briefkasten öffnete und zwischen den bunten Angeboten für ofenfrische Pizza sowie verführerischer Pasta ein weißes Kuvert steckte. Auf dem Weg zu ihrer Wohnung öffnete sie den Umschlag und blieb mitten auf der Treppe wie erstarrt stehen, als sie den Namen des Absenders erkannte. Sarah, ihre alte Schulfreundin, wählte diesen ungewöhnlichen Weg, um sich mit Lisa in Verbindung zu setzen. Neugierig las sie die mit zierlicher Handschrift verfassten Zeilen:

Liebe Lisa,

du wunderst dich sicherlich, warum ich dir einen Brief schreibe, wo doch unser Kontakt in den letzten Jahren lediglich aus Emails oder WhatsApp-Nachrichten bestand. Ganz einfach: Es fällt mir momentan leichter, das weiße Papier mit dem blauen Stift zu füllen, als mich an den Computer zu setzen. Seit sechs Jahren trage ich eine Last mit mir, die ich gerne ablegen würde. Mir ist seit dem Tod meines Vaters so vieles klargeworden! Kannst du zu mir nach München kommen? Ich würde den Weg zu dir ja gerne auf mich nehmen, aber Leonie ist momentan krank, weshalb ich ihr die lange Fahrt nicht zumuten möchte. Entschuldige, dass ich dir keine Einzelheiten mitteile, aber mir liegt wirklich viel daran, dir die Lage unter vier Augen zu erklären. Meine Adresse findest du auf der Rückseite des Kuverts. Ich würde mich wirklich darüber freuen, wenn du kommen könntest. Schreib mir einfach eine kurze Nachricht, ob und wann es dir möglich ist. Auch Leonie freut sich riesig, meine damalige beste Schulfreundin kennenzulernen.

Bis bald und liebe Grüße

Deine Sarah

Beunruhigt faltet Lisa den Brief zusammen, während sie zügig ihre Wohnung betritt. Was möchte Sarah mit ihr besprechen? Und warum gerade jetzt?

Das ist jetzt zehn Tage her. Leider war es Lisa erst jetzt möglich, bei ihrem Arbeitgeber, einer renommierten Anwaltskanzlei in der Stadtmitte Frankfurts, Urlaub zu nehmen. Seit einem halben Jahr arbeitet sie dort als Referendarin und steht kurz vor ihrem zweiten Staatsexamen.

Während sie auf die nasse Fahrbahn vor sich starrt, schweifen ihre Gedanken ab.

Kapitel 2

RÜCKBLICK

„Lisa, willst du gleich am ersten Tag zu spät kommen?", ruft ihr Vater streng vom Erdgeschoss nach oben. „Beeil dich, dann kann ich dich mitnehmen!", erklärt er versöhnlich, als seine Tochter auf der Treppe erscheint.

„Ich hasse es, in eine neue Schule zu müssen! Ihr reißt mich einfach aus meinem Freundeskreis! Sind euch soziale Kontakte so unwichtig?", beschwert sich Lisa über die neue Situation.

„Du weißt ganz genau, dass wir das nicht freiwillig machen! Das haben wir dir oft genug erklärt!", mischt sich jetzt ihre Mutter ein.

„Ja! Bla bla bla!", motzt Lisa abfällig. „In einem Jahr bin ich achtzehn, dann könnt ihr mich zu nichts mehr zwingen!"

„Schön! Aber bis dahin, wohnst du mit uns zusammen und gehst zur Schule!", übergeht Lisas Mutter die Anspielung.

Zwei Minuten später verlassen Vater und Tochter das Haus.

Lisa weiß genau, dass sie ihren Eltern Unrecht tut, wenn sie ihnen die Schuld für den Umzug gibt. Ihr Vater arbeitete als Maschinenbauingenieur in einer großen Firma in Frankfurt, welche plötzlich auf die Idee kam, eine komplette Abteilung zu schließen, um die dadurch ersparten Gelder in die Forschung zu stecken. Zwar wurde den Gekündigten ein Ersatzarbeitsplatz angeboten, welchen Lisas Vater jedoch aus Stolz sowie einer offensichtlichen Degradierung ausschlug. Stattdessen hat er eine Stelle in Fürstenfeldbruck, in der Nähe von München, angenommen. Eine mittelständige Firma suchte einen Ingenieur für Maschinenbau, wobei ihr die langjährige Erfahrung ihres Vaters ein überdurchschnittliches Gehalt wert war. Eigentlich kann Lisa von Glück reden, dass der Umzug in den Schulferien stattfand, so dass sie nicht während des laufenden Schuljahres in eine neue Klasse muss.

Die Fahrt zur Schule dauert nur kurz, selbst zu Fuß hätte Lisa den Weg in wenigen Minuten geschafft. Kurz nachdem sie die Autotür zugeschlagen hat, ertönt das typische Läuten der Schulglocke. Schnell hetzt sie ins Gebäude, um das Sekretariat aufzusuchen.

Missbilligend quittiert die Bürokraft das verspätete Erscheinen der neuen Schülerin, bevor sie Lisa zu ihrem Klassenzimmer führt.

Als sie die Tür öffnet, blicken ihr zweiundzwanzig Augenpaare entgegen. Die leicht ergraute Lehrerin dagegen, hat offensichtlich nicht vor, sich in ihrem Unterricht stören zu lassen. Unbeirrt schreibt sie eine lange Formel an die Tafel.
„Entschuldigung, Frau Ziegler! Hier ist die Neue!", macht die eingeschüchterte Sekretärin sich bemerkbar.
„Sie ist zu spät!", ruft die Mathelehrerin streng aus, ohne sich umzudrehen.
Die Sekretärin bedeutet Lisa, sich schnell auf einen der freien Stühle zu setzen, bevor sie die Tür eilig hinter ihr schließt.
Die erste Doppelstunde lässt Lisa, ohne bemerkenswerten Kontakt zu den Mitschülern, über sich ergehen. In der darauffolgenden Pause tritt sie unsicher in den Flur.

„Hallo! Ich bin Sarah!", spricht sie plötzlich ein freundliches Mädchen von der Seite an.
„Hi! Ich bin Lisa! Sind die Lehrer alle so drauf, wie diese Frau Ziegler?", entgegnet Lisa argwöhnisch.

„Nein!", lacht das blonde Mädchen neben ihr. „Sie ist nur sehr diszipliniert und hasst es dementsprechend, wenn sich jemand nicht an ihre imaginären Regeln hält!"

„Und die wären?", hakt Lisa nach.

„Die wichtigste Regel ist sicher: Komme niemals zu spät!", erklärt Sarah mit Nachdruck.

„Ich werde es mir merken", gibt Lisa lachend von sich.

Die restliche Zeit, bis zur nächsten Stunde, unterhalten sich die beiden Mädchen. Schnell merken sie, dass sie auf einer Wellenlänge sind. Bereits am nächsten Tag sitzen sie im Unterricht nebeneinander, treffen sich am Nachmittag privat zum Lernen oder hören gemeinsam Musik, während sie sich gegenseitig von ihren bisherigen Erfahrungen mit Jungs erzählen.

Eines Tages schlägt Sarah vor, das Basketballtraining der Jungenmannschaft zu besuchen.

„Sarah! Basketball interessiert mich wirklich nicht! Können wir vielleicht etwas anderes machen?", jammert Lisa gelangweilt.

„Es geht doch nicht um den Sport! Es geht um die heißen Jungs dort!", erwidert Sarah gekränkt.

„Willst du mich etwa verkuppeln?", äußert Lisa erstaunt.

„Nein! Nicht dich!"

Kapitulierend verdreht Lisa die Augen. Sie hält nicht viel davon, gut gebaute Jungs in Achselshirts beim Sport zu beobachten. Allerdings ist ihr bewusst, dass die meisten Mädchen ihres Alters, so offenbar auch Sarah, diese Art der Beschäftigung geradezu lieben.

Gelangweilt trottet Lisa hinter ihrer Freundin in die Halle. Nachdem sie auf der Tribüne Platz genommen haben, überblickt sie die Spielfläche. Abschätzend betrachtet sie die einzelnen Spieler, die sich zum Aufwärmen Bälle zuwerfen.

Anerkennend muss sie zugeben, dass die Jungs nicht schlecht ausschauen, aber so heiß, wie Sarah behauptet hat, findet sie diese nicht. Da war ja ihr Freund in der 9. Klasse heißer, und der hatte ein Milchgesicht und abstehende Ohren! Aber er war sehr nett! Sie konnte mit Tim über alles reden. Außerdem bekam sie von ihm ihren ersten richtigen Kuss!

Während Lisas Gedanken in der Vergangenheit verweilen, krallt sich ihre Nachbarin plötzlich an ihrem Arm fest.

„Oh mein Gott! Da ist er! Schau ihn dir an! Ist der nicht süß?", japst Sarah entzückt.

Verwirrt reißt sich Lisa aus ihrer Erinnerung, um in Richtung Spielfeld zu blicken. Sofort erkennt sie den Grund für Sarahs Euphorie.

Mit dunklen Haaren, die ihm wild zu Berge stehen, ein rotes Trikot über seinem muskulösen Körper sowie seine schlanken, langen Beine in weißen Sneakers, läuft die Nummer sechs der Mannschaft ein. Lisas Bewunderung hält sich in Grenzen.

„Und wer ist das?", fragt sie ruhig.

„Das ist Finn!", erklärt Sarah anhimmelnd. „Er ist der Schwarm der ganzen Schule!"

„Was ist so besonders an ihm? Außer, dass er einen guten Körperbau vorzuweisen hat, meine ich", will Lisa unschlüssig wissen.

„Warte einen Moment!", antwortet Sarah, wobei sie ihren Blick nicht eine Sekunde von ihrem Ziel abwendet.

„Worauf?"

„Warte! Dann siehst du es!", kommt Sarahs ungeduldige Erklärung.

Mit wachsender Neugier beobachtet Lisa den Spieler mit der Nummer sechs. Trotz intensiver Begutachtung kann sie Sarahs überschwängliches Verhalten nicht verstehen. Viele der Spieler haben einen gut gebauten Körper, darin unterscheidet sich dieser Finn nicht sonderlich von seinen Mannschaftskollegen. Als das Training schließlich zu Ende ist, laufen die einzelnen Spieler an der Tribüne vorbei. Winkend begrüßen sie die Zuschauer.

Mittlerweile gelangweilt, setzt Lisa ein gezwungenes Lächeln auf, welches sie den vorbeikommenden Jungs schenkt. Bis plötzlich Finn vor ihr auftaucht. Wie hypnotisiert bleibt ihr Blick an seinen Augen hängen. Noch nie hat sie ein so helles und reines Blau gesehen! Im nächsten Moment verschwindet er wieder aus ihrem Blickfeld.

„Und? Hast du es gesehen?", stupst Sarah sie erwartungsvoll an.

„Meinst du seine Augen?", hakt Lisa vorsichtig nach.

„Nein! Seine weißen Schuhe!", gibt Sarah verächtlich von sich. „Natürlich meine ich seine Augen!"

„Ja, die sind ganz hübsch!"

„Ganz hübsch? Die sind der Hammer! Jedes Mädchen auf der Schule wünscht sich, von diesen Augen angesehen zu werden!", träumt Sarah vor sich hin.

Allein das ist schon ein Grund für Lisa, sich nicht für diesen Finn zu interessieren. Sie will nicht eine von vielen sein, sondern die Einzige für ihre große Liebe.

Kapitel 3

An einer Raststätte, nahe Nürnberg, legt Lisa eine Pause ein. Während sie sich ihre Beine vertritt, donnern die schweren Lkws an ihr vorbei Richtung Süden. Lisa freut sich, endlich Sarahs vierjährige Tochter, Leonie, kennenzulernen. Nach Lisas Wegzug, vor sechs Jahren, haben sie häufig telefoniert und sich Emails geschrieben. Auch von Sarahs Schwangerschaft erfuhr Lisa als eine der Ersten. Dass ausgerechnet Marco der Vater des Kindes war, überraschte sie allerdings. Soweit sie sich erinnert, hatten die beiden während ihrer Schulzeit kaum miteinander zu tun. Marco spielte zwar in der Basketballmannschaft, fand bei ihrer Freundin allerdings keine besondere Beachtung.

Eigentlich wollte Lisa ihre Freundin schon viel früher besuchen. Leider ergab sich nie eine günstige Gelegenheit. Entweder war sie zu sehr in ihr Studium eingespannt, oder Sarah war mit Leonie im Urlaub, bei ihren Eltern oder, wegen Krankheit der Kleinen, an das Bett gebunden.

Mit der Zeit verebbte langsam der Kontakt. Die letzten zwei Jahre gratulierten sie sich nur noch über Kurznachrichten zum Geburtstag oder zu Weihnachten. Umso überraschender war es für Lisa, als sie jetzt der Brief ihrer damaligen Freundin erreichte.
Erneut taucht in ihr die unbeantwortete Frage auf. Warum jetzt? Vielleicht ist sie krank? Sterbenskrank? So etwas erzählt man nicht gerne über Email oder Whats-App! Sichtlich bilden sich Sorgenfalten auf ihrer Stirn.

Plötzlich setzt der Regen wieder ein. Schnell steigt Lisa in ihr Auto, um die letzte Etappe ihrer Reise in Angriff zu nehmen.

Zwei Stunden später, erreicht sie das Autobahnende in München. Ihr Navi führt sie sicher durch die Straßen, bis sie schließlich wenig später den Stadtteil Obermenzing erreicht. Vor einem zweistöckigen Wohnhaus parkt sie am Straßenrand.

Aufgeregt überfliegt sie die Klingelschilder, bis sie den gesuchten Namen findet. Mit feuchten Händen drückt sie den entsprechenden Knopf. Wenig später ertönt der Türöffner.

Mit zunehmender Nervosität läuft Lisa in den ersten Stock und bleibt in dem modernen Treppenhaus vor einer weiß gestrichenen Tür stehen. Plötzlich erscheinen beunruhigende Bilder vor ihrem inneren Auge. Sarah abgemagert … mit blutunterlaufenen Augen und strähnigen Haaren. Von einer schweren Krankheit gezeichnet …

Plötzlich öffnet sich die Tür. Lisas Blick wandert nach unten, bis sie ein kleines Mädchen entdeckt, welches sie schüchtern anblickt.

„Hallo! Du musst Leonie sein! Ich bin Lisa und möchte zu deiner Mama!", begrüßt Lisa das schüchterne Kind.

„Leonie!", hört sie plötzlich eine tadelnde Männerstimme aus der Wohnung. „Du sollst doch nicht alleine die Tür öffnen! Du weißt doch nie, wer …", bricht die Stimme abrupt ab.

Lisa schaut dem Mann in die Augen. Augenblicklich stockt ihr der Atem. Solch ein intensives Blau hat sie bisher nur einmal in ihrem Leben gesehen.

„Lisa?", unterbricht Finn die Stille. „Was machst du denn hier?"

„Äh! Eigentlich wollte ich zu Sarah! Sie hat mir geschrieben, dass ich sie besuchen soll und …", stottert Lisa verwirrt.

„Komm erst einmal rein, dann erklär ich dir alles!", unterbricht sie Finn.

Während die vierjährige Leonie sich vor dem Fernseher im Wohnzimmer niederlässt, um die eingelegte DVD ihrer Lieblingssendung weiter zu sehen, setzen sich die Erwachsenen auf das gemütliche Ledersofa.

„Möchtest du etwas trinken?", bietet Finn unschlüssig an.

„Ja, gerne! Ich bin lange gefahren", antwortet Lisa zaghaft. Die Spannung, welche in der Luft liegt, ist von jedem der Anwesenden zu spüren. Selbst Leonie dreht sich gelegentlich zu Lisa, um sie zu beobachten.

Finn stellt ein Glas Wasser auf den Tisch, anschließend setzt er sich wieder neben seinen unerwarteten Besuch.

„Wo ist Sarah?", will Lisa skeptisch wissen.

Trauer blickt ihr aus Finns schönen Augen entgegen. „Wann hat Sarah dir geschrieben?", setzt er vorsichtig an.

„Vor zehn Tagen. Sie meinte, sie wolle etwas mit mir klären, ihr Gewissen erleichtern", antwortet Lisa ehrlich.

„Lisa … Sarah hatte einen Unfall … sie liegt seit einer Woche im Koma!", bringt Finn mühsam hervor.

Schlagartig weicht Lisa das Blut aus dem Gesicht. Ihr wird schwindlig, übel und leicht schwarz vor den Augen. Sie hat Schwierigkeiten zu atmen oder einfach nur gerade zu sitzen. Reflexartig legt Finn einen Arm um ihre Schultern.

„Alles in Ordnung? Willst du dich hinlegen?", schlägt er fürsorglich vor.

„Nein! Was … was ist passiert? Sie hat mir geschrieben und … ich habe ihr per WhatsApp geantwortet, dass ich erst heute kommen kann. Wie … warum …?", stottert Lisa geschockt.

„Sarah war bei ihrer Mutter in Fürstenfeldbruck. Auf dem Rückweg nach München hatte sie einen Autounfall. Sie ist mit einem Lkw zusammengestoßen."

Kapitel 4

RÜCKBLICK

Zwei Monate nach Schulbeginn sind Lisa und Sarah bereits beste Freundinnen. Sie verbringen jede freie Minute zusammen. Immer häufiger schleppt Sarah ihre Freundin am Wochenende zu den Spielen der heimischen Basketballmannschaft. Anfangs strahlt Lisa noch wenig Begeisterung aus, mit der Zeit jedoch wird ihr Teamgeist geweckt und sie fiebert bei den Spielen regelrecht mit.

„Dieser Finn scheint es dir ja wirklich angetan zu haben", bemerkt Lisa mit einem wissenden Lächeln.

„Ach! Willst du etwa behaupten, er gefällt dir nicht? Ich sehe doch deine Blicke, wenn du ihn von der Tribüne aus beobachtest! Du kannst es nicht leugnen: Du findest ihn auch süß, oder?", bohrt Sarah lächelnd nach.

„Natürlich sieht er gut aus! Aber einen hübschen Mann hast du nie für dich alleine! Finn ist der typische Junge für eine kurze Affäre oder ein wenig Spaß - aber eine feste Beziehung?", wendet Lisa skeptisch ein.

„Wer sagt denn was von einer festen Beziehung?", neckt Sarah sie grinsend.

Eine Woche später, am Vormittag eines Spieltages, stehen sie gemeinsam neben dem großen Wandspiegel in Sarahs Zimmer und begutachten ihre Outfits. Die beiden Freundinnen könnten nicht unterschiedlicher sein. Sarah ist groß, hat eine blonde Mähne und auffallend grüne Augen. Lisa dagegen ist etwa einen Kopf kleiner und hat braune kurze Haare, die sich nur schwer zähmen lassen. Ihre haselnussbraunen Augen passen perfekt in ihr liebliches Gesicht mit den sinnlichen Lippen.

Beide Mädchen sind schlank, wobei Lisa immer das Gefühl hat, sie müsse mehr für ihre Figur tun, als Sarah.

„Seit wann kennst du Finn schon?", will Lisa neugierig wissen.

„Seit zwei Jahren - als er an diese Schule kam. Wir waren aber nur ein Jahr gemeinsam in einer Klasse, dann wollte das Schicksal, dass ich die Zehnte wiederholen muss!", erklärt Sarah bedauernd.

„Und du hast es noch nicht geschafft, ihn auf dich aufmerksam zu machen?", hakt Lisa verständnislos nach.

Umgehend trifft sie Sarahs strafender Blick durch den Spiegel. „Klar habe ich das! Aber bei dieser Vielzahl von Mädchen, die ständig um ihn herumschwirren, ist es nun mal schwer, ihn dazu zu bewegen, dass er nur Augen für dich hat", bemerkt Sarah belehrend.

Eine Stunde später, sitzen sie auf der Tribüne der Sporthalle und beobachten, wie Finn und seine Mannschaftskollegen dem Sieg entgegenspielen. Als wenige Minuten später der Schlusspfiff ertönt, jubeln die Fans der triumphierenden Mannschaft zu. Lachend durchqueren die Spieler die Halle, steuern direkt auf die Tribüne zu, auf welcher auch Lisa und Sarah sich befinden. Als Finn schließlich an ihnen vorbeigeht, lächelt er die beiden Mädchen an. Während Lisa zaghaft sein Lächeln erwidert, hebt Sarah spontan die Hand, um ihm zuzuwinken. Lachend winkt er zurück.

Nachdem die beiden Mannschaften sowie ihre Trainer und die Schiedsrichter die Halle verlassen haben, erheben sich auch Lisa und Sarah, um auf den Ausgang zuzusteuern. Kurz bevor sie die Tür erreichen, zieht Sarah ihre Freundin zur Seite.

„Komm! Wir warten vor der Kabine auf ihn", flüstert sie verschwörerisch.

„Bist du dir sicher?", fragt Lisa zweifelnd.

„Du hast doch gesagt, ich soll ihn auf mich aufmerksam machen!", entgegnet Sarah unschuldig.

Aber doch nicht so!, denkt Lisa, während sie ihrer Freundin folgt.

Ungeduldig warten sie vor der Tür, wobei ein Spieler nach dem anderen aus der Kabine kommt. Schließlich erscheint Finn, mit feuchtem Haar, welches er sich nach hinten gekämmt hat.

Mutig versperrt Sarah ihm den Weg.

„Hallo Finn! Kennst du mich noch? Wir waren ein Jahr zusammen in einer Klasse", spricht sie ihn freundlich an.

„Natürlich! Wie könnte ich dich vergessen?", antwortet er charmant.

Augenblicklich vergisst Sarah ihre einstudierten Worte. Geschmeichelt lächelt sie ihr Gegenüber an.

Neugierig wandert Finns Blick über ihre Schulter.

„Hast du noch jemanden dabei?", will er vorsichtig wissen.

Blitzschnell dreht Sarah sich um und zieht ihre Freundin neben sich.

„Das ist Lisa! Sie ist neu hier!", erklärt sie freundlich.

Finns Blick schwenkt zwischen Lisa und Sarah, bleibt schließlich auf Lisa ruhen.

„Hallo Lisa! Schön, dich kennenzulernen!", grüßt er sie, während er ihr seine Hand entgegenhält.

Unsicher wandert Lisas Blick zu seinen außergewöhnlichen Augen. Als sie ihm ihre Hand reicht, durchfährt sie ein leichter elektrischer Schlag, während das einvernehmende Blau bis in ihre Seele dringt.

Sarah unterbricht die eingetretene Stille. „Hast du vielleicht Lust, etwas mit uns Trinken zu gehen?", reißt sie Finn aus seiner Starre.

„Tut mir leid! Aber wir feiern noch unseren Sieg! Vielleicht ein andermal?", wendet er sich an Lisa, wobei er ihr erneut tief in die Augen blickt.

Ohne eine Antwort abzuwarten, verschwindet er im nächsten Moment.

Missmutig läuft Sarah auf die Straße. „Er ist so ein Idiot!", schimpft sie vor sich hin.

„Warum? Was hat er denn getan?", will Lisa unsicher wissen.

„Was er getan hat? Hast du das nicht erkannt?"

„Er hat doch nur gesagt, dass er mit seinen Jungs noch feiern geht", setzt Lisa kleinlaut an.

„Lisa! Hast du nicht bemerkt, wie er dich angesehen hat? Der will was von dir!", lamentiert Sarah beleidigt.

„Wirklich? Aber ich will doch nichts von ihm! Du brauchst keine Angst haben, dass ich ihn dir wegnehme!", beruhigt Lisa ihre Freundin.

Abrupt bleibt Sarah stehen. „Darum geht es doch gar nicht! Ich habe deinen Rat befolgt und ihn angesprochen, aber er hatte nur Augen für dich! Was stimmt denn nicht mit mir?", will sie gekränkt wissen.

„Nichts! Ich meine ... es ist alles in Ordnung mit dir! Vielleicht bist du einfach nicht sein Typ? Du hast Recht – er ist wirklich ein Idiot, wenn er nicht erkennt, wie hübsch du bist!", versucht Lisa sie aufzumuntern, während sie sich im Stillen fragt, ob Sarah mit ihrer Bemerkung vielleicht Recht hat.

„Wenn ich nicht sein Typ bin, dann bist du es sicher! Außerdem habe ich bemerkt, wie er dich mit seinen Blicken verschlungen hat!", gibt sie etwas ruhiger von sich.

„Sarah! Aussehen ist doch nicht alles! Selbst wenn ..."

„Nimm ihn dir ruhig, wenn du willst! Ich will deinem Glück nicht im Wege stehen!", erklärt sie mit Tränen in den Augen.

„Sarah! Hör auf damit!", schreit Lisa ihre Freundin wütend an. „Ich habe dir doch schon gesagt, dass ich nichts von ihm will. Ich habe keine Lust, nur eine Nummer auf seiner Liste zu sein! Jetzt hör auf zu trauern und lass uns noch zu Starbucks gehen", versucht sie die Gekränkte abzulenken.

Kapitel 5

„Das kann doch alles nicht wahr sein!", bringt Lisa mühsam hervor. Finn hat ihr mittlerweile ein Glas mit hochprozentigem Alkohol in die Hand gedrückt, wovon sie angewidert genippt hat.

„Sarah hatte noch Glück im Unglück! Offensichtlich hat sich ihr Gurt beim Aufprall gelöst, so dass sie, als sich das Fahrzeug überschlagen hat, aus dem Fenster geflogen ist. Andernfalls hätte der Motorblock sie zerquetscht, als das Auto frontal in einen großen Baum gekracht ist", erzählt Finn behutsam.

„Ich kann das alles einfach nicht glauben! Wäre ich nur früher gekommen, dann hätte ich sie noch gesehen!", flüstert Lisa fassungslos.

„Keiner konnte ahnen, dass so etwas passiert!", versucht Finn sie zu trösten.

Wortlos starren beide vor sich hin.

„Warum bist du eigentlich hier?", unterbricht Lisa die eingetretene Stille.

Finn blickt zur Wohnzimmertür. Erst vor einigen Minuten hat er Leonie ins Bett gebracht.

„Wegen Leonie! Ich kümmere mich um sie!", erklärt er ruhig.

„Ich hätte niemals gedacht, dass Sarah und du nochmals Freunde werden könnt. Nach allem, was damals passiert ist!", setzt Lisa nachdenklich an. „Wo habt ihr euch wieder getroffen?"

„Vor der Uni! Es war reiner Zufall! Sie studierte Kommunikationswissenschaft und ich Geschichte und Deutsch auf Lehramt. Als wir uns unterhalten haben, stellten wir fest, dass wir uns doch nicht so unsympathisch sind, wie wir anfangs dachten."

„Und du hast nichts Besseres zu tun, als dich um Sarahs Tochter zu kümmern? Hast du keine Freundin?", will Lisa neugierig wissen.

Plötzlich erkennt Finn, welche Richtung dieses Gespräch einschlägt. Für einen Moment überlegt er, Lisa über die wahren Begebenheiten aufzuklären. Als er ihr in die Augen blickt, entscheidet er sich jedoch dagegen. Seine Gefühle zu ihr haben sich seit damals nicht geändert.

„Nein! Momentan habe ich keine Freundin", antwortet er mit gutem Gewissen.

Gedankenverloren lehnt Lisa sich zurück. „Hast du irgendeine Ahnung, was Sarah mit mir besprechen wollte? Ich meine … sie schreibt mir doch nicht nach all den Jahren, aus heiterem Himmel einen Brief und bittet mich inständig zu ihr zu kommen, wenn es nicht wichtig wäre! Ich habe keinen Anhaltspunkt, um was es sich handeln könnte!"

Nachdenklich knetet Finn seine Unterlippe. Schließlich dreht er sich zu Lisa. „Lisa! Da gibt es etwas, das du wahrscheinlich noch nicht weißt", setzt er behutsam an.

Ängstlich wartet Lisa auf seine Erklärung.

„Sarah hat sich seit dem Tod ihres Vaters verändert. In den letzten zwei Monaten hat sie sich immer mehr in sich zurückgezogen. Sie hat Leonie vernachlässigt, wollte nicht mehr arbeiten und hat sich bei ihrer Mutter verkrochen", erklärt er.

„Du meinst, sie war depressiv?", hakt Lisa ungläubig nach.

„Leider wollte sie auch zu keinem Arzt, deshalb wissen wir es nicht sicher. Aber die letzte Woche, vor dem Unfall, hat sie bei ihrer Mutter gewohnt. Sie hat sich in ihr altes Kinderzimmer zurückgezogen, wollte niemanden sehen und mit niemanden sprechen. Sie bat mich, mich während dieser Zeit um Leonie zu kümmern. Dann, am Tag vor dem Unfall, kam plötzlich ein Anruf von ihr. Sie meinte, es gehe ihr wieder gut, sie würde am nächsten Tag nach Hause kommen. Sie hat sich wirklich glücklich angehört. Sie sprach sogar einige Worte mit Leonie."

„Dass der Tod ihres Vaters ihr so zugesetzt hat?", überlegt Lisa laut.

„Sie hat ihn geliebt, wie keinen anderen Menschen – außer Leonie vielleicht. Zu ihrem Vater hatte Sarah eine ganz besondere Beziehung. Sie hat es nur sehr schwer überwunden, dass er so unerwartet gestorben ist."

„Was ist passiert?", will Lisa jetzt wissen.

„Er ist die Treppe hinuntergestürzt und hat sich dabei das Genick gebrochen. Und Sarah war dabei – sie hat alles miterlebt!"

Kapitel 6

RÜCKBLICK

Lisa befindet sich allein auf dem Nachhauseweg, da Sarah seit zwei Tagen mit Grippe im Bett liegt. Als sie die Straße überquert, hört sie plötzlich ihren Namen.

„Lisa?", ruft eine freundliche Männerstimme.

Abrupt dreht sie sich um und blickt erneut in die strahlend blauen Augen des Mädchenschwarms der Schule.

„Hallo Finn!", bringt sie unsicher heraus.

„Darf ich dich ein Stück begleiten?", fragt er höflich.

„Wenn du keine anderen Verpflichtungen hast?", kontert Lisa schlagfertig.

Während sie langsam weitergehen, beobachtet Finn seine Begleitung.

„Kann es sein, dass du mich nicht besonders magst?", will er neugierig wissen.

„Woher soll ich das wissen? Wir kennen uns doch gar nicht!", antwortet sie ehrlich.

„Hast du Lust das zu ändern?"

„Was?"

„Hast du Lust, dass wir uns besser kennenlernen?", ergänzt er.

Unsicher wendet Lisa ihren Blick ab. „Ich weiß nicht recht…", gibt sie vorsichtig zu.

„Ist es wegen Sarah?", hakt Finn nach.

„Wie kommst du darauf?", blickt Lisa ihn erschrocken an.

„Ich merke, wenn ich angebaggert werde! Sarah ist da leider nicht anders als die anderen Mädchen! Nur bei dir bin ich mir nicht sicher…", gibt er zögernd zu.

„Ob ich dich anbaggere? Sicher nicht!", kontert sie schnell.

„Ich weiß! Bei dir habe ich ein anderes Gefühl!"

„Und in welche Richtung geht dieses Gefühl?", kommt es ihr unsicher von den Lippen.

„Ich weiß es nicht! Deshalb will ich es ja herausfinden!", erklärt er nachdenklich.

„Die Mühe kannst du dir sparen! Ich will nichts von dir! Ich steh nämlich nicht auf Typen, die jede Woche ein anderes Mädchen flachlegen!", wirft sie ihm unfreundlich entgegen.

Mit schnellen Schritten läuft sie weiter. Ohne Mühe hält er ihr Tempo mit.

„Bist du etwa voreingenommen? Wer sagt denn, dass ich jede Woche ein anderes Mädchen habe?", kontert er aufgebracht.

„Willst du es etwa abstreiten? Die Chancen liegen dir regelrecht zu Füßen! Meine Freundin eingeschlossen!"

„Ich muss überhaupt nichts abstreiten! Was wäre, wenn mich all die Chancen nicht interessieren, sondern nur eine einzige Chance?", erklärt er gefühlvoll.

Stur läuft sie weiter. Plötzlich packt er sie am Arm, dreht sie schwungvoll zu sich um. „Lisa! Ich will dich doch nur kennenlernen! Warum unterstellst du mir Sachen, die nicht wahr sind?"

Ihre Blicke treffen sich. Und in diesem Moment weiß Lisa, dass sie ihm voll und ganz erlegen ist. Tief im Innern wünscht sie sich nichts sehnlicher, als ihn kennenzulernen, um den Blick dieser Augen nie mehr missen zu müssen.

Eine Woche später gibt sie Finns wiederholten Einladungen nach und trifft sich mit ihm in einem Cafe. Schnell merkt Lisa, dass Finn nicht der typische, oberflächliche Kerl ist, für den ihn alle halten. Liebevoll erzählt er von seiner Familie, seiner kleinen Schwester sowie seiner ersten großen Liebe, die ihn wegen eines Anderen verlassen hat.

„Sie hat dich verlassen?", bringt Lisa ungläubig heraus.

„Warum erstaunt dich das so? Jeder kann verlassen werden!",
antwortet er verständnislos.

„Ich meine nur: Jedes Mädchen wäre doch froh, dich als
Freund zu haben."

„Jedes Mädchen?", hakt er vorsichtig nach.

„Äh … ich meine … fast jedes Mädchen", korrigiert Lisa
ihre Aussage.

„Das hört sich aber sehr oberflächlich an! In einer Beziehung
habe ich die gleichen Probleme wie jedes Pärchen."

„Du weißt aber schon, dass die meisten Mädchen keine
Beziehung mit dir wollen, sondern nur eine heiße Nacht?",
erklärt Lisa ernüchternd.

„Wer sagt das?"

„Sarah! Und sie ist schließlich eine von deinen
Verehrerinnen!", gibt Lisa kleinlaut zu.

„Ausgerechnet Sarah! Ihr hätte ich das niemals zugetraut,
dass sie so …", bricht er plötzlich ab.

„Was? Was hättest du Sarah nicht zugetraut? Ich dachte, du
kennst sie nicht so gut!", bemerkt Lisa überrascht.

Nachdenklich schaut er seine Begleitung an. „Du weißt
nichts davon, stimmt's?", setzt er zögernd an.

„Wovon weiß ich nichts?", will sie alarmiert wissen.

„Hat Sarah dir nicht erzählt, was damals in der 10. Klasse
passiert ist?", fragt er vorsichtig.

„Nein! Was ist denn passiert?"

„Das soll sie dir lieber selbst erzählen. Ich glaube nicht, dass
es ihr recht wäre, wenn du es von dritter Seite erfahren
würdest", erklärt er behutsam.

Kapitel 7

„Wo willst du heute schlafen?", fragt Finn leise.

„Eigentlich war geplant, dass ich bei Sarah bleibe, aber jetzt, wo ...."

„Du kannst doch trotzdem hier bleiben. Du kannst das Bett haben, ich lege mich hier auf das Sofa", erklärt er bereitwillig.

„Ich will dir aber keine Umstände machen", wehrt Lisa vorsichtig ab.

„Quatsch! Das macht keine Umstände. Ich freue mich, dass du da bist. Wirklich! Und morgen früh können wir gemeinsam in die Klinik fahren, um Sarah zu besuchen", zerstreut er augenblicklich ihre Bedenken.

„Danke, Finn!"

„Für dich immer, Kleines!", flüstert er, während er ihr einen Kuss auf die Stirn gibt.

Am nächsten Morgen bringen sie gemeinsam Leonie in den Kindergarten und fahren anschließend weiter ins Krankenhaus Rechts der Isar.

Als sie das Krankenzimmer betreten, bleibt Lisa erschrocken stehen. In dem sterilen Zimmer liegt ihre Freundin, umgeben von weißer Bettwäsche. Ein dicker Schlauch führt in ihren Mund, während drei verschiedene Monitore hinter ihr an der Wand stehen.

Behutsam führt Finn sie zu einem der Stühle. „Sie muss noch künstlich beatmet werden, aber die Ärzte hoffen, dass sich das in den nächsten Tagen ändert." Ausführlich erklärt er Lisa die Aufzeichnungen der Monitore und welche Kurve welche Bedeutung hat. „Die Ärzte sagen, dass das EEG gute Werte zeigt. Ihre Gehirnströme weisen normale Tätigkeit auf. Sie wissen nur noch nicht, warum sie nicht aufwacht!"

Lange sitzen sie schweigend neben der Bewusstlosen, wagen es kaum zu sprechen.

„Finn? Was ist, wenn sie nie wieder aufwacht?", bringt Lisa mit Tränen in den Augen hervor. Sie ist so überfordert mit der momentanen Situation, dass sie am liebsten aus dem Zimmer flüchten würde.

„Daran wollen wir nicht denken! Die Ärzte sind sehr zuversichtlich. Außerdem kommt Anja jeden Nachmittag mit Leonie vorbei. Sie sagt, Sarahs Herzschlag hätte bereits auf Leonies Worte reagiert. Wir können also davon ausgehen, dass sie uns hört und wahrnimmt. Sie ist dem Wachsein näher als dem tiefen Schlaf!", erklärt Finn zuversichtlich.

„Wie geht es Anja?", will Lisa besorgt wissen. Mit dem Tod ihres Mannes sowie dem jetzigen Unfall ihrer Tochter, hat Sarahs Mutter zwei schwere Schicksalsschläge hinnehmen müssen.

„Sie hält sich tapfer. Leonie gibt ihr Kraft!", antwortet Finn kurz.

Zwei Stunden später verlassen sie das Krankenhaus wieder. Lisa fühlt sich ausgelaugt und müde. Finn bringt sie zurück in Sarahs Wohnung.

„Ich muss noch zur Arbeit. Leonie bleibt heute bei ihrer Oma. Möchtest du, dass ich am Abend vorbeikomme? Dann können wir uns in Ruhe unterhalten", fragt er vorsichtig.

„Gerne! Wenn du nichts Anderes vorhast?", antwortet Lisa zurückhaltend.

Lächelnd verabschiedet Finn sich, während Lisa sich auf das Sofa legt.

Als die Tür sich hinter ihm schließt, sinkt sie bereits in einen unruhigen Schlaf.

Durch das Geräusch von klapperndem Geschirr wird sie geweckt.

Langsam begibt sie sich in die Küche, wo sie Finn entdeckt, der geschäftig mit Pfanne und Topf hantiert.

„Hast du gut geschlafen?", fragt er fürsorglich.

„Nicht wirklich! Ich hatte einen beunruhigenden Traum!"

„Ging es um Sarah?", hakt er fürsorglich nach.

„Auch! Aber ich will nicht darüber reden! Was machst du da?"

„Essen! Sieht man das nicht?", erwidert er lachend.

„Wie lange bleibt Leonie bei ihrer Oma?", will Lisa neugierig wissen.

„Anja und ich wechseln uns mit der Betreuung ab. Sie bringt die Kleine morgen zurück", erklärt er liebevoll.

Das Essen schmeckt besser, als Lisa erwartet hätte. Anscheinend hat Finn noch unentdeckte Talente, von denen sie nichts weiß. Nachdem sie den Tisch abgeräumt haben, setzen sie sich mit einem Glas Wein auf das Sofa im Wohnzimmer.

Unschlüssig dreht Lisa das Weinglas in ihren Händen.

„Finn? Kannst du dich erinnern, als du mir erzählt hast, Sarah hätte ein Geheimnis, welches sie mir selbst erzählen solle?", setzt Lisa an.

Nach einem kurzen Augenblick des Überlegens nickt Finn. „Ja! Das war bei unserem ersten Date! Ich erklärte dir, du solltest Sarah lieber selbst danach fragen."

„Richtig! Sie hat es mir aber nie erzählt!"

„Hast du sie nicht darauf angesprochen?", will Finn erstaunt wissen.

„Doch! Gleich am Tag nach unserem Gespräch. Sie ist mir jedoch ausgewichen und hat schnell das Thema gewechselt. Als ich nachhakte, meinte sie, es spiele keine Rolle, was damals passiert sei. Unsere Freundschaft solle unbelastet bleiben."

„Das hat sie gesagt?", fragt Finn fassungslos.

„Ja! Sie meinte, sie wolle nicht mehr darüber reden und ich solle das bitte akzeptieren", erklärt Lisa bedrückt.

„Das versteh ich nicht! Die ganze Schule wusste davon! Warum wollte sie es ausgerechnet dir nicht erzählen? Du warst doch ihre beste Freundin?"

„Würdest du es mir jetzt erzählen?", bittet Lisa leise.

„Ich weiß nicht ... wenn Sarah nicht wollte, dass du es erfährst, vielleicht ..."

„Bitte! Sie liegt im Koma und ich habe das Gefühl, sie nie richtig gekannt zu haben. Wenn die ganze Schule davon wusste, dann kann ich es doch auch erfahren!", fleht sie regelrecht.

Finn schaut ihr lange in die Augen. Er erkennt die Angst, dass ihr ein wichtiges Detail aus dem Leben ihrer Freundin fehlen könnte und entschließt sich, seinen Vorsatz zu brechen.

„Wir waren damals beide sechzehn Jahre alt. Ich kam neu an die Schule und Sarah war in meiner Klasse. Wir hatten nicht viel miteinander zu tun. Sie hing mit ihren Freundinnen rum und ich hielt mich an meine Kumpels aus der Basketballmannschaft. Wir hatten einen jungen Lehrer in Mathe und Sport. Er hieß David Schweiger und war erst Ende Zwanzig. Von Anfang an bemühte er sich um ein freundschaftliches Verhältnis zu uns Schülern. Er bot uns das Du an und hatte auch nach Schulschluss immer ein offenes Ohr für unsere Probleme. Für uns Jungs wurde er eine Art Kumpel, die Mädchen haben ihn reihenweise angehimmelt. Leider konnte er mit seiner lockeren Art trotzdem nicht verhindern, dass einige Schüler schlechte Noten in Mathe schrieben. So auch Sarah. Sie stand auf einer glatten Fünf, weshalb, zusammen mit der Fünf in Latein, ihr Vorrücken gefährdet war. Sarah wollte mit David über ihre Note reden, ihn bitten, ihr noch zu einer Vier zu verhelfen. Daher ging sie nach Ende der Schulstunde zu ihm ans Pult. Sie fragte ihn, ob er in der Pause kurz Zeit für sie hätte. Daraufhin meinte er, sie könne nach Schulende zu ihm ins Bücherlager kommen, weil er dort noch einige Aufgaben zu erledigen hätte."

„Hast du das alles selbst gehört, oder woher weißt du das?", unterbricht Lisa ihn neugierig.

„Das hat Sarah vor Gericht ausgesagt", erwidert Finn leise.

„Vor Gericht? Erzähl weiter!", fordert Lisa ihn ungeduldig auf.

„Sarah ist also nach Schulschluss zu David ins Bücherlager gegangen, um mit ihm über ihre Zensur zu sprechen. Sie waren allein dort, das Gebäude war so gut wie leer. David bot ihr an, ihr zu helfen, aber er wollte eine Gegenleistung", bricht Finn nachdenklich ab.

„Er wollte Sex?", bringt Lisa erschüttert hervor.

„Ja! Aber Sarah weigerte sich. Sie schrie ihn an und riss sich von ihm los. Er drückte sie gegen die Wand und vergewaltigte sie", erzählt Finn leise weiter.

„Oh mein Gott!", entfährt es Lisa. Ruhig sitzen sie nebeneinander.

Schließlich bricht Finn das Schweigen. „David wurde zu vier Jahren Freiheitsstrafe verurteilt!"

Kapitel 8

RÜCKBLICK

Lisa und Finn treffen sich mittlerweile regelmäßig. Meistens unter der Woche oder am Sonntag, da samstags die Basketballspiele stattfinden, nach welchen Finn sich noch mit seinen Spielerkollegen trifft. Obwohl Sarah sich mit Äußerungen zurückhält, merkt Lisa, dass ihre Freundin neugierig beobachtet, wie sich ihre Beziehung zu Finn verändert. Anfangs hatte Lisa Angst, Sarah könnte sauer oder eifersüchtig sein, dass sie sich jetzt häufiger mit Finn trifft. Mit der Zeit stellte sie jedoch fest, dass ihre Freundin sich wirklich für sie freute. Offensichtlich reichte Sarahs Schwärmerei für Finn nicht aus, um die enge Beziehung zu ihrer besten Freundin zu gefährden.

„Hat er dich schon geküsst?", will Sarah eines Tages wissen. Sie liegt auf Lisas Bett, während sich ihre Freundin vor dem großen Standspiegel betrachtet.

„Nein! Wir lassen uns Zeit!", entgegnet Lisa zurückhaltend.

„Zwei Monate sind Zeit genug! Bist du dir sicher, dass er überhaupt Interesse an dir hat? Glaubst du wirklich, dass ein Junge, wie Finn, so lange wartet, bis er ein Mädchen bekommt?", kritisiert Sarah.

„Was soll das denn heißen? Glaubst du, er ist nur auf eine schnelle Nummer aus? Du kennst ihn doch überhaupt nicht, Sarah!", wirft Lisa ihrer Freundin vor.

„Ich kenne ihn jedenfalls länger als du!"

„Willst du ihn mir etwa ausreden? Hast du das vor?", schreit Lisa aufgebracht.

Sarah hebt abwehrend die Hände. „Sorry! Ich will dich nur beschützen!"

„Beschützen? Wovor?", fragt Lisa ungläubig.

Schnell schüttelt Sarah den Kopf. „Nichts! Vergiss es! Es tut mir leid, was ich gesagt habe. Ich finde du und Finn, ihr passt super zusammen. Und ich hoffe, dass er es ernst mit dir meint. Wirklich! Wahrscheinlich bin ich nur neidisch, weil ich gerade keinen Freund habe!", gibt sie kleinlaut zu.

„Ach Sarah! Ich bin mir sicher, du findest auch bald den Richtigen!", erklärt Lisa versöhnlich.

Eine Stunde später sitzt Lisa neben Finn auf einer Parkbank. Sarahs Worte kreisen ihr unaufhaltsam im Kopf herum. Ihre Freundin hat lediglich das ausgesprochen, was Lisa selbst im Innern beschäftigt. Warum ist Finn so zurückhaltend? Außer einer freundschaftlichen Umarmung zur Begrüßung sowie zum Abschied hat er noch keine Annäherungsversuche unternommen. Lisa beschließt, den nächsten Schritt zu wagen.

„Finn? Kann ich dich mal was fragen?", setzt sie vorsichtig an.

„Klar! Um was geht's?"

„Um uns", antwortet sie schnell.

Erstaunt blickt Finn sie an, zieht fragend seine Augenbrauen nach oben.

Lisa gibt sich einen Ruck. „Bin ich nicht dein Typ?"

„WAS? Wie kommst du darauf?", entgegnet Finn überrascht.

„Wir treffen uns jetzt schon seit zwei Monaten und … ich meine … wartest du bei allen Mädchen so lange?", stottert sie schüchtern.

Finns Augen verengen sich. Plötzlich breitet sich ein amüsiertes Lächeln auf seinen Lippen aus. „Willst du mir gerade sagen, dass du auf einen Annäherungsversuch von mir wartest?"

„Äh … nein! Ich meinte nur …", setzt sie unbeholfen an.

Liebevoll legt Finn seine Hand auf ihre Wange, streicht ihr bis in den Nacken und zieht sie langsam zu sich heran. „Du hast keine Ahnung, wie schwer es mir fällt, mich ständig mit dir zu treffen, ohne dich zu berühren, oder …"

„Oder was?", hakt sie flüsternd nach.

„Oder dich zu küssen", haucht er leise, während er sich ihrem Gesicht nähert. Kurz bevor er ihren Mund erreicht, hält er einen Moment inne. Er schaut ihr in die Augen und erkennt die Sehnsucht, die in ihm schon so lange brennt. Zärtlich treffen seine Lippen auf ihre. Sein behutsamer Kuss raubt ihr fast den Atem.

„Warum hast du so lange gewartet?", wirft sie ihm lächelnd vor.

„Ich wollte dich nicht überrumpeln. Ich habe auf ein Zeichen von dir gehofft, dass du es auch willst. Deine Vorwürfe, ich würde die Mädchen nur benutzen, haben mich stark getroffen."

„Vergiss, was ich gesagt habe! Jetzt kenn ich dich und weiß, wie du wirklich bist", erklärt sie, während sie ihn erneut zu sich zieht. Ein langer, leidenschaftlicher Kuss bestimmt die nächsten Minuten.

Am Abend bringt Finn Lisa nach Hause. An der Wohnungstür küsst er sie zum Abschied. „Willst du, dass ich noch mit hochkomme?", fragt er hoffnungsvoll.

„Heute nicht! Meine Eltern sind da! Kannst du warten?", flüstert sie bedauernd.

„Auf dich immer, Kleines!", antwortet er, bevor er sie erneut küsst.

Mit schwerem Herzen trennen sie sich voneinander, bis Lisa die Tür hinter sich schließt.

Kapitel 9

Lisa läuft über den dunklen Gang des Schulgebäudes. Es ist Nacht, der Flur liegt verlassen vor ihr. Im Keller tritt sie durch eine Tür und findet sich im Bücherlager wieder. Hohe Regale, befüllt mit Schulbüchern, ragen vor ihr auf. Ein ungutes Gefühl ergreift Besitz von ihr. Plötzlich hört sie ein Geräusch hinter sich. Die Tür fällt krachend ins Schloss. Schlagartig dreht sie sich um. Vor ihr steht ein großer Mann, dessen Gesicht durch eine Maske verdeckt wird. Blitzschnell drückt er sie an die Wand. Seine rechte Hand umschließt ihre Kehle, während seine Linke in ihren Hosenbund greift. Lisa windet sich unter seinem Griff. Panisch schlägt sie um sich, versucht den Täter von sich zu drücken. Als er es schafft, ihr gewaltsam die Hose zu entfernen, fängt sie an zu schreien…

„Lisa!", hört sie eine Stimme. Sie öffnet ihre Augen und blickt in Finns besorgtes Gesicht.

„Finn?"

„Du hast geträumt! Alles ist gut!", beruhigt er sie sanft.

Schwer atmend streicht sie sich über ihr feuchtes Gesicht, spürt, wie ihr Schlafshirt an ihrem verschwitzten Körper klebt.

„Geht es wieder? Dann versuch weiter zu schlafen!", sagt Finn leise, bevor er sich Richtung Tür bewegt.

„Finn?", ruft Lisa ihm ängstlich nach.

„Was ist?"

„Kannst du hierbleiben? Ich will jetzt nicht alleine sein!", bittet sie ihn mit zittriger Stimme.

Langsam kommt Finn zurück, legt sich behutsam neben Lisa aufs Bett. „Was hast du geträumt?", will er leise wissen.

„Nichts Schönes!"

„Das habe ich mir fast gedacht! Du hast geschrien und um dich geschlagen. Willst du es mir erzählen?", erwidert er fürsorglich.

„Ich habe Sarahs Erfahrungen mit ihrem Lehrer auf mich projiziert! Das war echt Angst einflössend!", berichtet Lisa nachdenklich. Sie dreht sich zur Seite, mit dem Rücken zu Finn. Ohne darüber nachzudenken, greift sie nach seiner Hand und zieht ihn an sich heran. Liebevoll legt Finn seinen Arm um ihren Körper und schmiegt sich an ihren warmen Rücken.

„Ich habe dich vermisst!", flüstert er kaum hörbar.

Zärtlich streichelt er ihren Bauch, bis Lisa seine Hand plötzlich festhält.

„Ich habe in Frankfurt einen Freund, Finn!", bringt sie leise hervor.

Ruckartig zieht Finn seine Hand zurück. „Dann geh ich besser!"

„Ich hätte dich trotzdem gerne bei mir!", gibt sie schüchtern zu.

„Bist du dir sicher?"

Anstatt einer Antwort zieht sie seine Hand erneut zu sich heran.

Einige Minuten später hört Finn ihren gleichmäßigen Atem, der ihm zeigt, dass sie wieder eingeschlafen ist. Lisas Nähe weckt in ihm bekannte Gefühle. Es kommt ihm vor, als wären sie niemals getrennt gewesen. Er liebt sie noch genauso wie früher, vielleicht sogar noch mehr! Noch lange liegt er wach, bis er schließlich in einen leichten Schlaf fällt.

Ein lautes Piepsen weckt die beiden. Müde öffnet Lisa die Augen. „Musst du schon los?", flüstert sie verschlafen.

„Ich muss in die Fachhochschule. Sorry, Kleines!", entschuldigt er sich bedauernd. „Aber Mittag bin ich wieder da, dann können wir zusammen zu Sarah fahren, wenn du willst."

„Ja, gerne", nuschelt Lisa undeutlich.

Mit einem liebevollen Kuss auf Lisas Stirn verabschiedet er sich von ihr.

Einige Zeit später kriecht Lisa aus dem Bett. Ein Blick auf die Uhr verrät ihr, dass es bereits zwölf Uhr ist. *Shit! Ich dachte, ich hätte nur noch ein paar Minuten geschlafen, seit Finn weg ist.* Offensichtlich ist sie wieder in einen Tiefschlaf gefallen, der sich über mehrere Stunden hinzog.

Voller Elan stürzt sie ins Bad, um sich zu duschen. Als sie eine halbe Stunde später fertig angezogen ins Wohnzimmer kommt, geht die Tür auf und Finn betritt die Wohnung. Sie kann das bekannte Kribbeln im Bauch nicht unterdrücken.

„Hi!", grüßt sie ihn aufgeregt.

„Hi!", erwidert er lächelnd. „Können wir los?"

„Ich habe nur auf dich gewartet!", neckt sie ihn grinsend, was ihr einen skeptischen Blick seinerseits einbringt.

Während der Fahrt in die Klinik sitzen sie schweigend nebeneinander. Aus dem Autoradio ertönt der neueste Hit von Justin Timberlake. Kurze Zeit später, öffnen sie die Tür zu Sarahs Zimmer. Beim Anblick ihrer gemeinsamen Freundin bleiben sie abrupt stehen.

Kapitel 10

„Sarah!", ruft Lisa aufgeregt. „Sarah, bist du wach?"

Auch Finn eilt ans Bett der gemeinsamen Freundin, um ihren Zustand zu überprüfen.

Noch bevor beide begreifen, was geschehen ist, betritt ein Arzt hinter ihnen das Krankenzimmer.

„Guten Tag! Sie sind wohl Sarahs Freundin? Frau Baumann hat mir von Ihnen erzählt!", grüßt er die Anwesenden.

„Hallo! Ich bin Lisa Kerner", entgegnet Lisa höflich.

„Mein Name ist Dr. Martin Becker, ich behandle Ihre Freundin. Herr Süßmeier, kann ich sie kurz sprechen?", wendet er sich an Finn.

„Wir können hier reden!", erklärt Finn kurz entschlossen.

Dr. Becker schließt die Tür, tritt an Sarahs Bett und überprüft die Monitore. „Wie Sie sicher bemerkt haben, atmet Ihre Freundin wieder selbständig. Wir konnten den Tubus heute früh entfernen. Das EEG zeigt weiterhin eine gleichmäßige Tätigkeit des Gehirns. Wir gehen davon aus, dass Sarah in den nächsten Tagen aufwacht. Vielleicht fehlt ihr nur noch der entscheidende Impuls, um zurück ins reale Leben zu finden", erklärt der Mediziner ruhig.

„Können wir irgendetwas tun, um ihr dabei zu helfen?", will Lisa wissen.

„Reden Sie mit ihr, erzählen Sie ihr Geschichten von früher. Vielleicht holt sie das zurück zu uns!", erklärt er hoffnungsvoll.

Nachdem sich der Arzt verabschiedet hat, verlässt er das Zimmer.

Lisa und Finn setzen sich auf die Stühle neben Sarahs Bett. Spontan greifen sie nach ihren Händen.

„Willst du etwas erzählen, oder soll ich?", fragt Lisa unschlüssig.

„Hast du denn eine spannende Geschichte auf Lager?", witzelt Finn lächelnd.

„Spannend? Na ja, wie man es nimmt!", antwortet Lisa nachdenklich. Ruhig sitzen sie nebeneinander, jeder eine Hand der Patientin haltend, während Lisa ihren Gedanken nachhängt.

Plötzlich beginnt sie zu erzählen: „Sarah, weißt du noch, als wir gemeinsam auf der Halloweenparty waren? Wir haben uns beide als Catwoman verkleidet. Wir wollten Timo aufziehen, der offensichtlich seit längerem auf dich stand. Du hast es damals noch nicht zugegeben, aber ich glaube, du warst auch in ihn verschossen. Vielleicht hattest du deshalb die Idee, dass wir ein kleines Spielchen mit ihm veranstalten. Während ich mich bei den Toiletten versteckt habe, hast du mit ihm geflirtet, ihn umgarnt und ihm Hoffnungen gemacht. Als wir dann die Rollen tauschten, habe ich ihn abblitzen lassen und ihm die kalte Schulter gezeigt. Der arme Kerl war so verwirrt, dass er an seinem Verstand gezweifelt hat. Irgendwann hat es ihm anscheinend gereicht. Als nach mehrmaligem Tausch du vor ihm standest, hat er dich einfach gepackt und geküsst. Eine Woche später wart ihr ein Paar!"

„Die Geschichte kenn ich ja gar nicht! Wo war ich denn damals?", wendet Finn überrascht ein.

„Soweit ich mich erinnere, warst du mit deinem Basketballverein auf einem Turnier in Berlin", antwortet Lisa zögerlich.

„Ja, richtig! Da habe ich echt was verpasst!"

Erneut wendet Lisa sich an ihre Freundin. „Und als wir mit deinen Eltern eine Woche auf der Skihütte waren … das war so schön dort … erinnerst du dich an: STG? Ein Spiel – ein Tee – eine Geschichte? Wir waren so glücklich damals", sinniert Lisa traurig. Plötzlich bricht sie ab.

„Ihr hattet wirklich eine tiefe Freundschaft!", bemerkt Finn leise.

„Ja! Wir haben uns alles anvertraut! Bis ich dann nach dem Abitur weggezogen bin", erklärt sie in Gedanken.

Nach weiteren schweigenden Minuten fordert sie Finn auf, etwas aus seiner gemeinsamen Vergangenheit mit Sarah zu berichten.

Finn denkt nach, überlegt, was er Sarah erzählen soll.

„Sarah, weißt du noch, als wir uns am Brunnen vor der Uni getroffen haben? Du warst klitschnass und ich habe dich aus dem Wasser gefischt", lacht er leise vor sich hin. Einen Moment später fügt er traurig hinzu: „Leonie vermisst dich! Sie fragt jeden Tag nach dir! Wenn wir zu Hause sind, will sie, dass ich von dir erzähle. Du fehlst ihr so sehr!", bricht er plötzlich ab.

Lisa beobachtet Finn von der Seite. Warum ist er so emotional? Empfindet er etwa mehr für Sarah, als er zugeben will? Oder geht es ihm nur um Leonie?

IM STILLEN

Ich öffne meine Augen. Aber alles ist schwarz. Von weit her höre ich leise Stimmen, kann sie jedoch nicht zuordnen.

„Wo bin ich?", frage ich leise. Keine Reaktion!

„Was ist passiert?", will ich etwas lauter wissen. Aber auch dieses Mal bekomme ich keine Antwort. Erst jetzt bemerke ich, dass keines meiner Worte nach außen drang. Ängstlich versuche ich, durch eine Bewegung auf mich aufmerksam zu machen. Aber auch diese Bemühungen bleiben ohne Erfolg!

Vielleicht bin ich gelähmt? Angestrengt konzentriere ich mich auf meine Gliedmaßen, stelle aber erleichtert fest, dass ich das Laken unter meinen Fingerspitzen spüre. Auch an meinen Zehen ertaste ich die kühle Decke. Aufmerksam höre ich den Stimmen im Raum zu.

Es dauert lange – viel zu lange – bis sie endlich begreift, was geschehen ist.

***

Auf dem Heimweg vom Krankenhaus hängen Lisa und Finn schweigend ihren Gedanken nach. Lisa erinnert sich an die gemeinsame Zeit mit Sarah. Damals war sie ihrer Freundin unsagbar dankbar, dass sie ihr eine tief sitzende Enttäuschung erspart hat. Heute, nachdem sie Finn wieder getroffen hat, ist sie sich nicht mehr sicher, ob ihre damalige Entscheidung die Richtige war. Nachdenklich betrachtet sie den Mann neben sich, der konzentriert auf die Straße vor sich blickt.

Finn kämpft innerlich mit sich. Der Besuch an Sarahs Krankenbett hat ihm deutlich gemacht, was er für sie empfindet. Es ist tiefe Freundschaft! Sollte da jemals Liebe gewesen sein, so war sie oberflächlich, jedenfalls anders als bei Lisa. Seit gestern ist seine Gefühlswelt vollkommen durcheinander. Das Zusammentreffen mit Lisa hat alte Wunden in ihm aufgerissen, von denen er dachte, sie seien längst verheilt. Er liebt sie! Und er ist fest entschlossen, um sie zu kämpfen. Aber bevor er auf eine gemeinsame Zukunft mit Lisa hoffen kann, muss er ihr die Wahrheit über seine Vergangenheit erzählen.

Kapitel 11

RÜCKBLICK

Lisa und Finn sind seit fast einem Jahr zusammen. Sie genießen jede freie Minute, die sie gemeinsam verbringen können. Da Lisa mittlerweile in der 12. Klasse ist und viel für ihr Abitur lernen muss, sind die intimen Momente mit ihrem Freund selten geworden. Finn, der eine Klasse über Lisa war, studiert mittlerweile an der Universität in München. Erschwerend kommt hinzu, dass er weiterhin bei der Basketballmannschaft spielt, welche fast jedes Wochenende ein Spiel zu bestreiten hat. Anfangs begleitete sie ihn noch zu diesen Events. Zwischenzeitlich nutzt sie die Zeit lieber zum Lernen, um sich anschließend für kurze Zeit mit Finn treffen zu können.

Lisa liegt gerade auf ihrem Bett und versucht eine komplizierte mathematische Gleichung zu lösen, als ihr Telefon klingelt.

„Hi Sarah! Was gibt's?", begrüßt sie ihre beste Freundin.

„Hey Lisa! Hast du Lust, nächstes Wochenende mit meinen Eltern und mir auf die Hütte zu fahren?", schlägt Sarah hoffnungsvoll vor.

Lisa windet sich. Es ist ihr unangenehm, dass sie seit einigen Wochen kaum noch Zeit für ihre Freundin hat, da sie sich jede freie Minute mit Finn treffen will. „Sorry, Sarah! Aber Finn und ich …"

„Schon klar! Ich weiß, dass du Finn liebst und jede Minute mit ihm zusammen sein willst! Aber wirf mir bitte später einmal nicht vor, ich hätte nicht für unsere Freundschaft gekämpft!", erklärt Sarah vorwurfsvoll.

„Sarah! Es tut mir wirklich leid! Hast du heute Zeit? Willst du zu mir kommen? Dann können wir einen Videoabend machen, so wie früher?", schlägt Lisa versöhnend vor.

Nach einem kurzen Moment des Zögerns, willigt Sarah schließlich ein.

Als Lisa einige Zeit später die Tür öffnet, fällt Sarah ihr sofort um den Hals.

„Es tut mir leid, Lisa! Ich wollte dich nicht anmotzen! Ich verstehe doch, dass du dich mit Finn treffen willst!", entschuldigt sie sich umgehend.

„Du hast schon Recht! Ich sollte trotzdem mehr Zeit mit dir verbringen!", erwidert Lisa erleichtert.

„Dann bist du nicht sauer auf mich? Alles wieder gut?"

„Alles wieder gut!"

Nachdem sich die Freundinnen ihr Lieblingsgericht, kleine Pfannkuchen, gekocht haben, kuscheln sie sich gemeinsam in Lisas gemütliches Bett. Auf dem Bildschirm flimmert ein Liebesfilm, der mittlerweile zu einem Ritual zwischen den Freundinnen geworden ist: Pretty Woman!

Nach zwei Stunden schaltet Lisa den Fernseher, mit vom Weinen geröteten Augen, ab.

„Ich glaube, ich warte ewig auf meinen Prinzen!", jammert Sarah emotionsvoll. „Du hast es gut! Du hast deinen Finn schon gefunden!"

„Irgendwann triffst auch du auf deinen Traummann!", versichert Lisa ihr überzeugt.

„Ja, klar! Wenn ich alt und grau bin! Nur dann nützt es mir nichts mehr, dass er der Deckel auf meinen Topf ist! Wenn wir beim Sex aufpassen müssen, dass wir uns nicht die Schulter auskugeln oder einen Beckenbruch erleiden! Wo bleibt da der Spaß?", erklärt sie bedauernd.

„Erstens, wird es nicht so lange dauern, bis du den Richtigen findest und zweitens …", setzt Lisa belehrend an.

„Hör bloß auf!", unterbricht Sarah schnell ihre Freundin. „Erzähl mir ja nicht, wie der Sex im Alter funktionieren kann! Das ist ekelig! Außerdem weißt du es auch nicht besser als ich!"

„Das habe ich auch nicht gemeint! Ich meinte, dass …"

„Psst! Ruhe! Ich möchte mir nicht von einer glücklich Verliebten anhören müssen, wie toll es ist, den Traummann gefunden zu haben. Erspar mir diese Qual, bitte!", unterbricht Sarah erneut ihre Freundin.

„Wenn du mich nicht ausreden lässt, wirst du nie erfahren, was ich dir sagen will!", entgegnet Lisa beleidigt.

Sarahs Blick verrät mehr als tausend Worte. „Themawechsel!", bestimmt sie streng.

„Deine Haare sind heute besonders schön! Warst du beim Friseur?", stichelt Lisa mit spitzer Stimme.

„Grrr!", bringt Sarah genervt hervor. „Schon gut, ich hab's verstanden!"

Die nächsten Minuten starren beide unschlüssig vor sich hin. Bis schließlich Sarah das Schweigen bricht.

„Sag mal, Lisa! Willst du es dir nicht noch einmal überlegen? Komm doch nächstes Wochenende mit auf die Hütte? Wir hatten bisher immer solchen Spaß dort!", drängt Sarah bettelnd.

„Ich weiß! Aber Finn und ich haben so wenig gemeinsame Zeit! Entweder muss ich lernen, oder er hat ein Spiel. Jeden Mittwoch, trifft er sich nach dem Training mit seinen Kumpels, während ich donnerstags zur Step-Aerobic gehe!", erzählt Lisa bedauernd.

„Hört sich anstrengend an!"

„Was? Mein Wochenplan?", fragt Lisa erstaunt.

„Nein! Eure Beziehung!", kontert Sarah lachend.

Plötzlich huscht ein Schatten über Sarahs Gesicht. Sie wirkt verunsichert.

„Was ist los? Hast du Liebeskummer? Gibt es da doch einen Prinzen, von dem ich nichts weiß?", zieht Lisa sie auf.

Mit ernstem Gesicht blickt Sarah ihre Freundin an. Lisa ist sofort alarmiert. Schlagartig weicht das Lächeln aus ihrem Gesicht.

„Sarah? Was ist los?", will sie mit Nachdruck wissen.

„Nichts!"

„Dein Gesicht sagt aber was anderes! Also, was ist los? Sag es mir!", fordert Lisa streng.

„Es ist nur ein Gerücht! Ich will damit nicht eure Beziehung gefährden!", entgegnet Sarah abwehrend.

„Unsere Beziehung gefährden?"

„Ja, weil ...", zögert Sarah.

„Was für ein Gerücht?", hakt Lisa ungeduldig nach.

„Es geht um Finn! Er soll angeblich am Mittwoch, nach dem Training mit einem Mädchen in der Kabine ...", bricht Sarah bedrückt ab.

„Wer sagt das? Wer verbreitet so eine Lüge?", fragt Lisa aufgebracht.

„Celina aus der Elften!"

„Celina? Die blonde Schnalle mit ihren aufgeblasenen Titten?", schreit Lisa ungläubig.

„Ja!"

„Und was erzählt sie über Finn?", will Lisa genervt wissen.

„Sie ... sie verbreitet, dass sie ihn verführt hat. Sie sagt, dass Finn am Mittwoch nach dem Training immer allein in der Kabine sei und da habe sie ...die Chance genutzt!"

„Die Chance genutzt? Das glaub ich nicht!", entgegnet Lisa mit blassem Gesicht.

„Ich auch nicht! Ich sag ja, es ist nur ein blödes Gerücht! Warum sollte Finn mit anderen Mädchen rummachen, wenn er dich hat und ihr sicher atemberaubenden Sex miteinander habt!", erklärt Sarah schnell.

„Warum erzählst du mir das dann? Wenn es nicht stimmt!", wirft Lisa ihrer Freundin vor.

„Ich will nicht, dass du es von dritter Seite erfährst!", gibt Sarah zu.

Lisa wird nachdenklich. Auch wenn sie das Gerücht für unglaubwürdig hält, hat sie ein mulmiges Gefühl im Magen. Finn und sie treffen sich seltener, als sie es gerne hätten. Außerdem kommen sie in letzter Zeit kaum noch dazu, miteinander zu schlafen. Wäre es da wirklich so abwegig, wenn er sich seine Befriedigung woanders holt? *Ja! Verdammt! Finn liebt mich!*

„Lisa! Mach dir keine Gedanken! Finn betrügt dich nicht! Da bin ich mir sicher!", reißt Sarah sie aus ihren Gedanken.

„Und wenn er es doch tut?", flüstert Lisa kaum hörbar.

„Er liebt dich doch!", ergänzt Sarah ihre Ausführungen.

Völlig überrumpelt von der Nachricht, beschließt Lisa, der Quelle des Gerüchts direkt gegenüberzutreten.

„Ich werde Celina zur Rede stellen! Sie soll es mir ins Gesicht sagen, dass sie mit Finn geschlafen hat, nur dann kann ich mir sicher sein!", erklärt Lisa bestimmt.

„Ich glaube, das ist der falsche Weg! Sie kann erzählen was sie will! Finn wird es immer abstreiten! Vergewissere dich lieber selbst, was er am Mittwochabend macht, nur dann kannst du dir sicher sein!", schlägt Sarah vorsichtig vor.

„Du meinst: Ich soll ihn überraschen? Und wenn an diesem Abend nichts läuft?", wirft Lisa ihrer Freundin vor.

„Ich werde Celina unauffällig aushorchen, ob sie sich erneut mit Finn treffen will. Wenn ja, kannst du ihn in flagranti erwischen!"

„Und du glaubst, das gibt mir Genugtuung? Wenn ich meinen Freund beim Sex mit einer Anderen erwische? Das muss ich mir nicht antun!", entgegnet Lisa angewidert.

„Keine Genugtuung! Aber Gewissheit!", spricht Sarah deutlich aus.

„Und wenn ich es gar nicht wissen will?", flüstert Lisa traurig.

„Du willst es wissen! Außerdem bin ich mir sicher, dass Celina nur damit prahlt, Finn verführt zu haben. Du wirst ihn also alleine in der Kabine antreffen! Ich glaube einfach nicht, dass er dich betrügt! Er liebt dich!", erklärt Sarah selbstsicher.

Der Plan steht fest. Nachdem Sarah sich verabschiedet hat, liegt Lisa noch lange wach in ihrem Bett. Sie ist hin- und hergerissen zwischen dem Wunsch, Finn sofort anzurufen, um das Missverständnis aufzuklären, und der Möglichkeit, Celinas Aussage als Lüge zu enthüllen, ohne Finn mit falschen Verdächtigungen zu konfrontieren. Sie hofft so sehr, dass Sarah Recht hat und an den Gerüchten nichts dran ist.

Am Wochenende trifft Lisa sich mit Finn. Zwar schafft sie es, ihr Geheimnis für sich zu behalten, jedoch nicht, völlig unbeschwert mit ihm zusammen zu sein. Seine Annäherungsversuche wehrt sie mit fadenscheinigen Ausreden ab. Obwohl es Finn seltsam vorkommt, dass Lisa keine Lust auf ihre Zweisamkeit hat, hinterfragt er ihr Verhalten nicht, sondern genießt die Stunden mit seiner großen Liebe.

Am Montag in der Schule fällt es Lisa schwer, sich von Celina fernzuhalten. Mit Argusaugen beobachtet sie ihre mögliche Konkurrentin und würde ihr am liebsten an die Gurgel gehen.

Nach der Schule wartet sie ungeduldig auf Sarah.

„Und? Hast du mit ihr gesprochen?", will sie umgehend wissen.

„Ja … ich weiß nicht … sie hat gemeint, sie würde sich am Mittwoch wieder mit ihm treffen, aber…“, setzt Sarah zögernd an.

„Wieder? Wie oft hat sie sich denn schon mit ihm getroffen?“, will Lisa schockiert wissen.

„Keine Ahnung! Lisa, vielleicht ist das doch keine so gute Idee!“, bemerkt Sarah unsicher.

„Warum? Du hast selbst gesagt, ich muss ihn in flagranti erwischen, damit ich Gewissheit habe! Was spricht jetzt plötzlich dagegen?“, entgegnet Lisa ungehalten.

„Nichts! Er tut mir nur leid!“

„Er tut dir leid? Was ist mit mir? Ich bin diejenige, die betrogen wird!“, schreit Lisa unbeherrscht.

„Du hast ja Recht! Aber du musst am Mittwoch vorsichtig sein! Wenn einer von beiden dich vorher sieht …“, bemerkt Sarah leise.

„Ich weiß! Lass mich überlegen. Um acht Uhr ist das Training vorbei! Dann … Aber er muss doch mit ihr alleine sein, um … du weißt schon! Hat sie gesagt, wann sie ihn trifft?“, will Lisa konzentriert wissen.

„Celina meinte, er würde immer noch etwas länger trainieren, als die Anderen. So gegen halb neun wäre er dann in der Kabine, während seine Kameraden schon weg seien“, erzählt Sarah ehrlich.

„Zu mir hat er gesagt, er würde sich nach dem Training immer mit seinen Kumpels treffen und noch etwas Trinken gehen“, flüstert Lisa ungläubig zu sich selbst.

„Wahrscheinlich tut er das auch! Hinterher, meine ich!“, stimmt Sarah ihr mitfühlend zu.

Unsicher wendet Lisa sich an ihre Freundin. „Sarah? Würde es dir etwas ausmachen, mich zu begleiten?“

„Du meinst … ich glaube nicht, dass das eine gute Idee ist!“

„Warum?“

„Naja, zu zweit werden wir vielleicht leichter entdeckt, als du alleine!", klärt Sarah sie auf.

„Bitte! Ich weiß nicht, wie ich reagiere, wenn er mich wirklich betrügt! Ich hätte dich einfach gerne an meiner Seite!", bettelt Lisa aufrichtig.

Ein tiefer Atemzug füllt Sarahs Lungen, bevor sie sich entscheidet. „In Ordnung! Was wäre ich für eine Freundin, wenn ich dir nicht in deiner schwersten Stunde beistehen würde?", gibt sie theatralisch zu.

„Danke!", sagt Lisa, während sie Sarah herzlich umarmt.

Am Mittwochabend sitzt Lisa wie auf Kohlen. Alle paar Sekunden blickt sie auf ihre Uhr, um festzustellen, dass der Minutenzeiger sich kaum bewegt hat. Sie würde so gerne schon früher zum Sportplatz gehen, um Finn beim Training zu beobachten. Allerdings ist ihr bewusst, dass ihr Freund sofort Verdacht schöpfen würde, wenn sie plötzlich auftauchen würde. Daher wartet sie ungeduldig, dass der Zeiger der Uhr sich auf die Acht bewegt. Als der Zeitpunkt endlich gekommen ist, fällt es ihr plötzlich schwer, ihr Zimmer zu verlassen. So sehr sie den Zeitpunkt herbeigesehnt hat, endlich aufbrechen zu können, so sehr fürchtet sie sich jetzt vor dem Moment der Wahrheit. Was ist, wenn Celinas Aussage kein Gerücht ist, sondern der Wahrheit entspricht? Kurz bevor Lisa das Haus verlässt, klingelt ihr Handy.

„Sarah? Ich komme gleich, bin schon unterwegs!"

„Lisa! Es tut mir leid! Aber ich kann nicht mitkommen!", hört sie die verzweifelte Stimme ihrer Freundin.

„WAS? Tu mir das nicht an! Ich schaffe das nicht ohne dich!", jammert Lisa in den Hörer.

„Doch! Du schaffst das!"

„Was ist passiert? Warum kannst du nicht mitkommen?", will Lisa entsetzt wissen.

„Ich wollte vor ein paar Minuten losfahren, da hat meine Mutter mich aufgehalten. Sie hat irgendwie von meiner Fünf in Mathe erfahren und war nicht gerade erfreut. Ich habe heute Hausarrest, weil sie der Meinung ist, ich solle mehr für die Schule tun!", klärt Sarah sie genervt auf.

„Gerade heute? Kannst du den Arrest nicht morgen absitzen? Sag ihr doch, dass du mich dringend unterstützen musst!", fleht Lisa.

„Habe ich schon versucht! Keine Chance! Sie meinte, du müsstest eben mal ohne mich klarkommen!"

„Ohne dich klarkommen?", schreit Lisa hysterisch in das kleine Gerät an ihrem Ohr. „Aber ich brauche dich! Jetzt!"

„Lisa! Hör mir gut zu! Du schaffst das alleine! Da bin ich mir sicher!", flüstert Sarah plötzlich. Für einen Moment hört Lisa Nebengeräusche, die sofort wieder verstummen. Im nächsten Moment vernimmt sie Sarahs leise Stimme. „Lisa, ich muss Schluss machen! Meine Mutter stresst gerade! Sorry! Ich drück dir die Daumen!"

Einen Augenblick später ist die Leitung tot.

Verständnislos blickt Lisa ihr Handy an. *Das glaub ich jetzt nicht! Seit wann lässt Sarah sich von einem Arrest ihrer Mutter abhalten, das Haus zu verlassen?*

Schnell wird ihr bewusst, dass es keinen Sinn macht, über diese Situation weiter zu grübeln. Sie muss sich entscheiden, ob sie ihr Vorhaben alleine durchziehen will – ob sie sich traut, alleine der, möglicherweise unschönen, Wahrheit ins Auge zu blicken!

Mit dem Fahrrad fährt sie die wenigen Kilometer bis zum Sportplatz. Vorsichtig betritt sie das Gelände. Plötzlich sieht sie ihn. Von weit entfernt erkennt sie sein rotes Trikot mit der weißen Sechs darauf. Mit schnellen Schritten bewegt er sich Richtung Kabine.

Am liebsten würde Lisa sofort loslaufen und ihn zur Rede stellen. Aber das würde ihr ganzes Vorhaben zunichte machen. Sie hat keine Lust auf lange Diskussionen, Lügen und unglaubwürdige Ausreden. Sie will es persönlich herausfinden und dann ihre Konsequenzen daraus ziehen.

Mit zitternden Knien setzt sie sich auf eine Holzlatte, schaut auf ihre Uhr und zählt die Sekunden mit. Wie lange braucht er, um für Celina bereit zu sein? Duscht er vorher? Oder erst hinterher? Nervös wippt sie mit ihrem Fuß zum Takt des Sekundenzeigers. Nach zehn Minuten beschließt sie, es zu wagen, einen Blick in die Mannschaftskabine zu werfen.

Langsam überquert sie den Sportplatz. Aufgeregt blickt sie sich um, vergewissert sich, dass sie alleine ist. Ihr Mund ist trocken, ihre Hände schwitzen vor Aufregung. Wird er es wirklich tun? Betrügt er sie mit einem anderen Mädchen? Sie erreicht das Gebäude, in welchem sich die Kabinen sowie die Duschen befinden. Vorsichtig öffnet sie die Tür und hört im nächsten Moment die eindeutigen Geräusche zweier Menschen, die Sex miteinander haben! Leise schleicht sie dem Stöhnen entgegen. Sie kommt sich vor wie ein Spanner, der unentdeckt seiner Leidenschaft nachgehen will. Nur dass in ihr gerade ein anderes Gefühl hochkommt. Übelkeit! Lisa zwingt sich weiterzugehen. Behutsam setzt sie einen Fuß vor den anderen, bis sie schließlich die Kabinentür erreicht. Sie ist nur angelehnt, daher fällt es ihr nicht schwer, durch den schmalen Spalt zu spähen. Es dauert eine gefühlte Ewigkeit, bis sie realisiert, was sich vor ihren Augen abspielt. Ein Mädchen steht mit dem Gesicht zur Wand, hinter ihr ein junger Mann. Sie kann weder das Gesicht des Mädchens, noch das des Partners erkennen, aber sie befinden sich in eindeutiger Stellung, was die stöhnenden Laute bestätigen. Die gesamte Situation ist für Lisa schon schlimm genug, aber was ihr endgültig den Rest gibt, ist das rote Trikot, welches der Mann trägt. Es zeigt in weißer Farbe die Nummer Sechs!

Kapitel 12

Als Finn und Lisa die Wohnung betreten, herrscht eine seltsame Stimmung. Während Finn in die Küche geht, um Kaffee zu holen, setzt Lisa sich wartend aufs Sofa. Mit zwei Tassen in der Hand kehrt er zurück, dabei schaut sie ihn abschätzend an.

„Finn? Erzähl mir etwas aus deiner Vergangenheit! Was hast du gemacht, seit wir uns das letzte Mal gesehen haben?", setzt Lisa zaghaft an.

„Du meinst, nachdem du ohne ein Wort verschwunden bist?", hakt Finn nach.

„Ich bin nicht verschwunden! Meine Eltern sind umgezogen und ich musste mit!", beschwert sie sich ungläubig.

Finn beobachtet Lisas Reaktion. „Warum hast du mit mir Schluss gemacht?", will er ernst wissen.

„Das weißt du genau!"

„Würde ich dann fragen? Deine Begründung, wir würden nicht mehr zueinander passen, habe ich nie geglaubt!", wendet er umgehend ein.

„Hast du etwa verdrängt, dass du mich mehrmals betrogen hast?", erinnert sie ihn gekränkt.

„Ich habe WAS? Was redest du da? Wie kommst du darauf?"

„Ich habe dich gesehen, du brauchst es überhaupt nicht abzustreiten", wirft sie ihm wütend vor.

Finn setzt sich neben sie, stellt die Tassen zügig auf dem Tisch ab. Völlig ungläubig starrt er Lisa an. „Ich verstehe gerade gar nichts! Wann soll ich dich denn betrogen haben? Und mit wem? Wo?"

Unschlüssig betrachtet Lisa den Mann neben sich. Spielt er nur den Unwissenden oder kann er sich wirklich nicht erinnern?

„Vielleicht war die Affäre für dich nicht so wichtig, wenn du sie schon wieder vergessen hast. Oder vielleicht hattest du einfach nur so viele Beziehungen, dass dir einige davon entfallen sind! Aber ich erinnere mich haargenau daran! Als wäre es gestern gewesen!", erklärt sie betroffen.

Finn schüttelt leicht den Kopf. „Lisa! Ich habe dich geliebt! Ich hätte dich niemals betrogen! Egal wie viele Mädchen sich mir an den Hals geworfen hätten, für mich gab es damals nur dich!"

Lisa entfährt ein verächtliches Schnauben.

„Glaubst du mir etwa nicht?", hakt Finn nach. „Du bist also immer noch davon überzeugt, dass ich die Frauen nur ausnütze?"

„Das habe ich nicht gesagt", wendet Lisa schnell ein.

„Nein! Aber gedacht!", widerspricht er. „Ich habe dich damals wirklich geliebt. Und … ich tue es noch immer."

Lisas Blick sucht den seinen. Sie erkennt die Aufrichtigkeit in seinen Augen, glaubt ihm momentan jedes Wort. Der Vorfall in der Kabine der Basketballmannschaft ist so lange her! Obwohl sie diesen Betrug nie vergessen wird, sitzt ihre erste große Liebe jetzt neben ihr. Und er hat ihr erneut seine Liebe gestanden!

„Warum hast du mich damals nicht darauf angesprochen? Warum hast du stattdessen mit einem so fadenscheinigen Grund Schluss gemacht?", will er traurig wissen.

„Ich wollte mit dir reden! Aber irgendwie hat es nie gepasst! Du warst plötzlich weg!", antwortet sie mit Tränen in den Augen.

„Meinst du die Zeit, als ich im Trainingslager in Spanien war? Ich war doch nur eine Woche dort! Was war danach?", will er traurig wissen.

„Da hatte ich plötzlich nicht mehr den Mut. Ich habe dich mit anderen Mädchen auf der Straße gesehen und du sahst so

glücklich aus. Ich dachte, du hättest mich bereits vergessen!",
erklärt sie verzweifelt.

„Ich könnte dich nie vergessen! Ich habe nie aufgehört, dich
zu lieben!", flüstert er ernst.

Mit tränenden Augen, blickt Lisa zu ihrer Jugendliebe auf.
„Ich auch nicht!", wispert sie leise.

Langsam beugt sich Finn zu ihr, nähert sich unaufhaltsam
ihren Lippen. Kurz bevor sein Kuss sie berührt, hören sie ein
Geräusch.

Im nächsten Moment wird die Haustür geöffnet.

Anja betritt mit Leonie das Wohnzimmer.

„Papa!", ruft die Kleine aufgeregt, während sie auf Finn
zuläuft. Sie fällt in seine Arme und drückt ihn sehnsüchtig an
sich.

Lisa erstarrt! *Papa?* Finn ist Leonies Vater? Dann ist er mit
Sarah zusammen? Er wohnt hier? Warum hat er nichts gesagt?
Mit bleichem Gesicht starrt sie auf Leonie, die mittlerweile auf
Finns Schoß sitzt und ihm von ihren Erlebnissen im
Kindergarten erzählt.

Völlig unerwartet wendet sich Anja an Lisa. „Hallo Lisa!
Schön, dass wir uns mal wiedersehen! Bist du gekommen, um
Sarah zu besuchen?", will sie freundlich wissen.

Lisa steht auf und begrüßt die Mutter ihrer Freundin mit einer
herzlichen Umarmung. Sie kennt Anja gut! Schließlich war sie
in der Vergangenheit des Öfteren gemeinsam mit Sarah und
ihren Eltern in Urlaub.

„Hallo Anja! Es tut mir leid, was mit Sarah passiert ist! Und
mein Beileid wegen Joachim", erklärt sie traurig.

„Ja! Es ist schlimm, was passiert ist! In so kurzer Zeit, mein
Mann und meine Tochter …", bricht Anja bekümmert ab.

„Sarah wird bald wieder aufwachen! Sie muss seit heute
nicht mehr beatmet werden! Das ist doch ein gutes Zeichen!",
versucht Lisa sie aufzumuntern.

„Wirklich? Das wusste ich noch gar nicht! Komm mich doch mal besuchen, dann können wir uns in Ruhe unterhalten", schlägt Anja freundlich vor.

„Ja, gerne! Sag mir einfach, wann es dir passt!"

„Hast du morgen schon etwas vor? Möchtest du zum Kaffee kommen?", schlägt die Ältere hoffnungsvoll vor.

„Gerne! Dann bis morgen!", antwortet Lisa, bevor sich Leonies Großmutter wieder verabschiedet.

Während Leonie in ihr Kinderzimmer läuft, bemerkt Lisa, dass Finn sie schuldbewusst anschaut.

„Warum hast du mir nicht erzählt, dass du mit Sarah zusammen bist und eine Tochter mit ihr hast?", platzt Lisa wütend heraus.

„Lisa, das …"

„Ich dachte, Marco ist der Vater!", unterbricht sie ihn verdutzt, während sie aufsteht und unruhig umherläuft.

„Marco? Wie kommst du darauf?", fragt Finn unschlüssig.

„Als Sarah erfahren hat, dass sie schwanger ist, hat sie mir geschrieben. Und als Vater hat sie Marco genannt."

„Wahrscheinlich wollte sie nicht, dass du verletzt wirst. Vielleicht wusste sie, was du mir gegenüber empfindest und …"

„Dir hätte doch klar sein müssen, dass Leonie dich irgendwann vor mir Papa nennt!", unterbricht sie ihn gekränkt.

„Kannst du dich bitte erst einmal beruhigen? Setz dich wieder hin, dann erkläre ich es dir!", fordert er sie unmissverständlich auf.

Langsam rutscht Lisa neben ihn aufs Sofa. „Liebst du sie?", fragt sie mit einem Kloß im Hals.

„Ja, aber…"

„Warum versuchst du dann mich zu küssen? Du hast dich überhaupt nicht verändert! Deine Freundin hat keine Lust oder ist gerade nicht zur Stelle, schon nimmst du dir die nächste Frau, um sie zu verführen!", wirft sie ihm wütend vor.

„Sprichst du jetzt gerade von Sarah oder von dir?", wendet er verwirrt ein.

„Was? Das macht doch keinen Unterschied! Zuerst betrügst du mich und jetzt Sarah!", schreit sie ihn verzweifelt an.

„Hörst du dir eigentlich zu? Hast du mir nicht erst gestern erzählt, dass du einen Freund in Frankfurt hast?", erinnert er sie laut.

„Das ist etwas anderes!", versucht sie sich zu rechtfertigen.

„Liebst du ihn?", will jetzt Finn wissen.

„Ja! ... Aber anders als dich!", gibt sie zögernd zu.

Plötzlich hören sie die schnellen Schritte von kleinen Füßen.

„Papa? Warum streitet ihr? Ist Lisa böse auf dich?", will die kleine Leonie wissen.

„Es ist alles in Ordnung, Süße! Geh wieder in dein Zimmer und spiel weiter. Ich mache gleich Abendessen!", erklärt er fürsorglich.

Nachdem das kleine Mädchen das Wohnzimmer wieder verlassen hat, dreht sich Finn zu Lisa, packt sie mit beiden Händen an den Schultern und hält sie fest. „Hörst du mir jetzt bitte endlich mal zu?", flüstert er. „Ich bin seit einem Jahr von Sarah getrennt! Ich lebe in Schwabing in einer eigenen Wohnung. Leonie ist meine Tochter und ich liebe sie! Nicht mehr und nicht weniger! Ich habe dich weder damals noch heute belogen oder betrogen! Und wenn du mich jetzt immer noch anschnauzen willst, dann mach das bitte leise, damit Leonie nichts mitbekommt!"

„Liebst du Sarah noch?", will Lisa nach einer kurzen Pause leise wissen.

„Ja, aber nur als gute Freundin! Sie ist die Mutter meiner Tochter!"

„Hast du sie jemals richtig geliebt?", stellt sie ihm die nächste Frage.

„Anfangs schon! Aber wir haben uns schnell auseinander gelebt", erklärt er nachdenklich. „Ich kam mit ihrem Lebensstil nicht zurecht. Nachdem Leonie auf der Welt war, bin ich wegen ihr bei Sarah geblieben. Wir haben allerdings beide gemerkt, dass wir zusammen nicht mehr glücklich sind. Vor einem Jahr hat sie dann einen anderen Typen kennen gelernt und mir erklärt, ich solle ausziehen."

„Seid ihr verheiratet?"

„Nein!", kommt die prompte Antwort.

„Aber momentan wohnst du wieder hier?", fragt sie neugierig.

„Es ist einfacher – wegen Leonie!", antwortet er kurz. „Hör zu! Können wir später weiterreden, ich muss Leonie etwas zu Essen machen. Die kann richtig ungemütlich werden, wenn sie Hunger hat!"

Während Finn in die Küche eilt, um das Abendessen zuzubereiten, steht Lisa auf und begutachtet die Bilderrahmen in der Vitrine des Wohnzimmerschrankes. Es gibt viele Fotos von Leonie. Als Baby, als Kleinkind auf einem roten Bobby Car, auf dem Arm ihrer Mutter, auf dem Schoß ihres Großvaters. Plötzlich entdeckt Lisa ein Bild, auf welchem Sarah, Finn und Leonie als glückliche Familie abgebildet sind. Augenblicklich spürt sie ein schmerzhaftes Ziehen in ihrer Brust.

Kapitel 13

RÜCKBLICK

Sarah studiert seit einem Jahr an der Universität von München Kommunikationswissenschaften. Sie wohnt noch bei ihren Eltern in Fürstenfeldbruck, was ihr einen täglichen Fahrtweg von mehr als einer Stunde für Hin- und Rückweg abverlangt. Trotzdem kann sie sich nicht beschweren. Ihr Vater unterstützt sie, wo er nur kann. Vor einer Woche hat er angedeutet, dass er ihr möglicherweise eine Wohnung in Obermenzing kaufen wird. Sarah ist jedoch unentschlossen, ob sie dieses Geschenk von ihren Eltern annehmen soll. Sie weiß, dass diese schon lange auf eine Weltreise sparen und möchte das hart ersparte Geld nicht eigennützig in Anspruch nehmen.

An einem heißen Sommertag sitzt sie zwischen zwei Vorlesungen am Brunnen des Sophie-Scholl-Platzes und lässt ihre Füße im kühlenden Wasser baumeln. Angeregt unterhält sie sich mit einer Kommilitonin über den Stoff der letzten Stunde.

„Sorry Sarah, aber da kann ich dir nicht ganz folgen. Wenn du sagst, dass …", setzt ihre Freundin an.

„Sarah?", hört sie plötzlich eine unbekannte Stimme hinter sich.

Neugierig dreht sie sich um. Sie erblickt einen blonden, großen Jungen, der sie mit seinem einvernehmenden Lächeln anstrahlt.

„Marco?", ruft sie ungläubig aus. „Was machst du denn hier?"

„Vermutlich das gleiche wie du! Studieren!", antwortet er lachend.

Sarahs weibliche Begleitung steht auf. „Ich muss noch was besorgen. Bis später, Sarah!"

„Ja, bis nachher!", ruft sie der jungen Studentin hinterher.

„Wie geht es dir?", will Marco freundlich wissen.

„Gut! Und dir?"

„Geht schon! Hast du Lust, dass wir uns mal wieder treffen?", funkelt er sie gierig an.

Sarah verdreht innerlich die Augen. Sie hatte ein einziges Mal einen Quickie mit Marco und schon denkt er, sie hätte Interesse daran, erneut mit ihm zu poppen?

„Ich glaube, das ist keine gute Idee, Marco! Ich habe nämlich einen Freund!", wirft sie ihm bedauernd zu.

„Oh! Na dann, mach's gut. Vielleicht sehen wir uns mal wieder!", wendet er schnell ein, bevor er auf dem Absatz kehrtmacht und verschwindet.

Diese Notlüge wirkt meistens. Wenn ihr ein Typ zu nahe rückt, gibt sie einfach vor, einen festen Freund zu haben, schon hält er Abstand und belästigt sie nicht mehr.

Erleichtert steigt sie in den Brunnen, um in dem kalten Wasser umher zu waten. Vorsichtig setzt sie einen Fuß vor den Anderen, da der Untergrund äußerst rutschig ist. Plötzlich hört sie erneut ihren Namen.

„Sarah!"

„Was?", antwortet sie genervt, während sie sich schwungvoll umdreht. Plötzlich rutscht sie aus und fällt der kompletten Länge nach ins Wasser. Schnell ist ihr Retter zur Stelle. Er reicht ihr die Hand und zieht sie hoch.

„Gehst du immer mit Shirt und Hose baden?", fragt Finn lachend.

„Nein! Normalerweise trage ich noch meine Schuhe und einen Mantel!", gibt Sarah schnippisch zurück.

„Hallo Sarah! Schön dich zu sehen!", grüßt Finn sie freundlich.

„Hey Finn! Was machst du hier?", erwidert Sarah neugierig.

„Ich studiere an der Uni und du?"

„Ich versuche auch zu studieren, wenn ich nicht gerade baden gehe", antwortet sie selbstironisch.

„Hast du heute noch eine Vorlesung?", will er interessiert wissen.

„Eigentlich schon, aber die muss ich wohl absagen. Jetzt darf ich mich erst einmal mit klatschnassen Klamotten in die S-Bahn setzen. Das wird ein Spaß!", äußerst sie grinsend.

„Soll ich dich fahren?"

„Hast du ein Auto?", kommt die Gegenfrage.

„Würde ich dich sonst fahren wollen?", flüstert Finn ihr verschwörerisch zu.

„Gerne! Wenn du Zeit hast!", gibt sie unsicher zu.

Während der Fahrt nach Fürstenfeldbruck unterhalten sie sich über die gemeinsame Schulzeit. Dabei bemerkt Finn, dass seine damalige Abneigung gegen das aufdringliche Mädchen, nicht mehr besteht. Sarah hat sich offensichtlich zu einer schönen, freundlichen und sympathischen Frau entwickelt. Als Sarah ihn schließlich fragt, ob sie ihn zum Dank der Rettung auf einen Kaffee einladen darf, sagt er spontan zu.

Aus dem ersten Kaffee werden weitere drei Dates, bis schließlich Finn den ersten Schritt wagt und Sarah küsst. Er hat sich Hals über Kopf in das blonde Mädchen verliebt. Auch Sarah fühlt sich zu Finn hingezogen. Aus ihrer anfänglichen Schwärmerei in der Schule wird schnell Liebe.

Drei Monate später ist Sarah schwanger.

„Ich kann das nicht, Finn!", gibt sie weinend zu.

„Wir schaffen das! Gemeinsam!", ermutigt Finn seine Freundin.

„Ich bin viel zu egoistisch, um meinem Kind eine gute Mutter zu werden. Außerdem habe ich keine Ahnung, wie man ein Baby großzieht! Was ist, wenn wir uns trennen, dann muss ich das alles alleine schaffen!", jammert sie.

„Sarah! Ich bin verrückt nach dir! Warum sollte ich dich verlassen? Ich werde immer zu dir halten! Es ist auch mein Kind und ich werde für das kleine Wesen da sein. Der Winzling hat eine Mutter und einen Vater, du musst das nicht alleine meistern", versichert Finn der Schwangeren.

„Versprichst du es mir? Dass du mich nicht verlässt, wenn du mich nicht mehr liebst?", hakt sie ungläubig nach.

„Ich verspreche dir, dass ich für dich und das Kind immer da sein werde, solange du das willst!", erklärt er mit fester Stimme, bevor er sie liebevoll küsst.

Kurz vor der Geburt der kleinen Leonie ziehen Finn und Sarah in eine Wohnung in Obermenzing, die der stolze Opa für sie gekauft hat.

Kapitel 14

Während des Abendessens, erzählt Leonie aufgeregt von ihren Erlebnissen im Kindergarten. Sie besuchten einen privaten Streichelzoo in der Nähe. Obwohl sie sich gelegentlich wiederholt, hören Finn und Lisa ihr aufmerksam zu.

„Wann fahren wir wieder zu Mama?", will Leonie mit vollem Mund wissen.

„Wenn du runtergegessen hast, fragst du mich noch mal. Dann versteh ich dich sicher auch!", antwortet Finn tadelnd.

Ungeduldig schluckt Leonie ihr Essen hinunter, um anschließend mit leerem Mund erneut ihre Frage zu stellen.

„Morgen können wir zu ihr fahren. Dann kannst du Mama auch deine Erlebnisse mit dem Hasen erzählen!", erklärt Finn lächelnd.

Nach einer kurzen Kindersendung im Fernsehen, muss Leonie schließlich schlafen gehen. Während Finn seine Tochter zu Bett bringt, räumt Lisa in der Küche das Geschirr weg.

Später am Abend sitzen Finn und Lisa gemeinsam vor dem Fernseher. Von der Handlung des Spielfilms bekommen beide nicht wirklich viel mit. Das Knistern zwischen ihnen ist deutlich zu spüren.

„Lisa? Kann ich dich mal was fragen?", platzt Finn völlig unerwartet heraus.

„Klar! Was willst du wissen?"

„Du hast heute erzählt, dass du deinen Freund anders liebst, als mich!", erinnert er sie.

Lisa schaut ihm in die Augen. Sofort kommen in ihr die alten Gefühle hoch. Sie spürt die Sehnsucht, die Liebe und das

Verlangen nach ihm. Trotzdem ist ihr bewusst, dass sie sich in Frankfurt ein neues Leben aufgebaut hat. Ein Leben ohne Finn! Dort ist sie mit Nicklas zusammen.

„Ja, das stimmt!", antwortet sie knapp.

„Und was bedeutet das für uns?", hakt Finn vorsichtig nach.

„Für uns? Ich bin mir nicht sicher, ob es überhaupt ein Uns gibt! Ich bin seit zwei Jahren glücklich mit Nicklas zusammen. Ich liebe ihn. Er ist fürsorglich, charmant und aufmerksam. Außerdem gibt er mir einen festen Halt im Leben", zählt sie formell auf.

„Wenn dein Freund diese guten Eigenschaften hat, was magst du dann an mir?"

Sehnsüchtig blickt sie ihm in die blauen Augen. „Du warst meine erste große Liebe! Du warst zärtlich, liebevoll und hast es geschafft, mich um den Verstand zu bringen!", gibt sie lächelnd zu.

„Und jetzt?", will er wissen.

„Was jetzt?"

„Glaubst du, wir könnten es erneut versuchen?"

„Lass mir bitte Zeit! Das mit Sarah hat mich ziemlich mitgenommen. Ich kann kaum einen klaren Gedanken fassen!"

Finns Hand wandert in Lisas Nacken. Langsam zieht er sie zu sich heran. Noch bevor sie sich dagegen sträuben kann, treffen seine Lippen auf die ihren. Zärtlich und behutsam küsst er sie. Nachdem er keinen Widerstand von ihr spürt, rutscht er näher an sie heran. Sein Kuss wird leidenschaftlich und fordernd.

Völlig unerwartet schiebt sie ihn von sich. „Stopp! Ich … ich glaube ich kann das nicht!", stottert Lisa unsicher.

„Wegen Nicklas?", hakt er nach.

„Ich will ihn nicht betrügen!"

„Das ist längst geschehen! In deinem Herzen!", klärt Finn sie ernst auf.

„Ich weiß! Trotzdem bin ich im Moment nicht zu mehr bereit", antwortet sie leise, bevor sie aufsteht und ins Schlafzimmer geht.

Leise schließt sie die Tür hinter sich, was für Finn das eindeutige Zeichen ist, dass die Diskussion für heute beendet ist.

Kapitel 15

RÜCKBLICK

Beim Anblick des sich liebenden Paares in der Kabine, spürt Lisa plötzlich, wie sich ihr Magen krampfhaft zusammenzieht. Mit der Hand vor dem Mund stürmt sie aus dem Gebäude und erbricht sich im Gebüsch neben der Tür. Als sie glaubt, endlich ihren Magen vollständig entleert zu haben, läuft sie mit tränenden Augen zu ihrem Fahrrad. Unterwegs zieht sie ihr Handy heraus und wählt Sarahs Nummer. Nach dem vierten Klingeln hebt sie ab.

„Lisa? Was ist los?", meldet sie sich besorgt.

„Sarah! Er ist so ein Schwein! Er hat es wirklich getan! Du hattest Recht! Kann ich zu dir kommen?", schluchzt Lisa in den Apparat.

„Jetzt? Äh ...es ist grad ungünstig, ich bin unter der Dusche. Ich komm gleich zu dir, in Ordnung?", schlägt sie ihrer Freundin vor.

„Ich dachte, du hast Hausarrest?", bringt Lisa schluchzend hervor.

„Lass das mal meine Sorge sein! Wenn es dir so schlecht geht, dann bin ich für dich da! Ich beeile mich!", erklärt sie schnell, bevor sie auflegt.

Mit betrübtem Blick rast Lisa nach Hause, wirft sich auf ihr Bett und weint in ihre Kissen. Wenig später erscheint Sarah.

„Hey Süße! Bist du sicher, dass es Finn war?", will sie besorgt wissen.

„Ja! Er hatte doch sein Trikot an! Ich bin ja nicht blind!", brüllt Lisa verzweifelt heraus.

„Das hätte ich ihm nicht zugetraut!", flüstert Sarah ungläubig.

„Ich auch nicht! Aber er hat es trotzdem getan! Wie konnte ich mich nur jemals in ihn verlieben! Wie konnte ich nur so blind sein?"

„Lisa! Das hätte jedem passieren können! Ich bin mir nach wie vor sicher, dass er dich liebt, er kann nur einfach nicht ...", bricht sie schuldbewusst ab.

„Was? Seinen Sexualtrieb unterdrücken? Oder ein Mädchen von der Bettkante schubsen, das bereitwillig ihre Beine vor ihm öffnet? Das ist so armselig!", weint sie hemmungslos.

„Ja, das ist es wohl! Aber so schlimm es für dich auch ist, dass du es erfahren musstest. Sei froh, dass es bereits jetzt war! Nicht erst in ein paar Jahren. Stell dir vor, du würdest hochschwanger von seinen ganzen Affären erfahren, die er seit Jahren hat!", versucht Sarah sie zu ermuntern.

Plötzlich blickt Lisa ihre Freundin an. Ernst, liebevoll und dankbar. Schließlich wirft sie sich in ihre Arme und drückt sie an sich. „Danke Sarah! Du hast mir die Augen über ihn geöffnet. Ich habe es nur dir zu verdanken, dass ich bereits jetzt einen Schlussstrich ziehen kann und nicht noch länger von ihm betrogen werde! Wirklich! Danke!", erklärt Lisa aufrichtig.

„Hör auf! Du musst mir doch nicht danken, weil er so ein Arschloch ist! Ich will nur, dass es dir wieder bessergeht. Kommst du am Wochenende mit auf die Hütte?", schlägt Sarah fürsorglich vor.

„Das wäre toll! Ich möchte ihn möglichst nicht mehr sehen!", bringt Lisa verzweifelt hervor.

Am nächsten Tag in der Pause trifft Lisa auf ihre Konkurrentin, die lachend mit ihren Freundinnen neben einem Baum steht.

Hasserfüllt läuft sie auf das hübsche Mädchen zu.

„Celina! Ich hoffe, es macht dir Spaß, Beziehungen zu zerstören. Du Flittchen!", schreit sie das erstaunte Mädchen an. Im nächsten Moment verpasst sie ihr eine schallende Ohrfeige. Celinas Freundinnen entfährt ein spitzer Schrei, während die Geschlagene völlig verständnislos auf die wütende Lisa blickt.

Noch bevor Celina reagieren kann, dreht Lisa auf dem Absatz um und stürmt zurück ins Schulgebäude.

Als am selben Abend Finn vor ihrer Haustüre steht, versucht Lisa ihn zu ignorieren. Nachdem ihre Mutter ihn schließlich einlässt, steht er wenig später verständnislos vor ihr.

„Was ist los? Warum ignorierst du meine Anrufe?", will Finn unsicher wissen.

„Nichts!"

„Nichts? Das sieht aber ganz anders aus! Lisa! Sag mir was los ist!", fordert er unmissverständlich.

„Ich glaube, wir passen nicht mehr zueinander!", äußert sie mit Blick auf den Boden.

„Spinnst du? Wie kommst du darauf? Kannst du mir bitte in die Augen sehen und mir das nochmal sagen?", bringt er mühsam hervor.

Lisa hebt ihren Blick, schaut ihn mit verweinten Augen an. „Wir passen nicht mehr zusammen!", presst sie durch ihre Lippen.

„Liebst du mich nicht mehr? Hast du einen Anderen?", versucht er zu erfahren.

„Lass es gut sein, Finn!", wehrt sie ab.

„Sag mir die Wahrheit! Von heute auf morgen kann doch unsere Beziehung nicht auf einmal zerbrechen!", fleht er sie an.

„Wir sind einfach zu verschieden!"

„Was soll das? Ist es, weil ich zu wenig Zeit für dich habe? Willst du, dass wir uns öfter treffen?", schlägt er hoffnungsvoll vor.

„Das ist es nicht! Ich …", bricht sie weinend ab.

„Lisa! Ich liebe dich! Und ich weiß, dass du mich auch liebst! Wir können doch über alles reden, …", setzt Finn verzweifelt an.

„Nein! Darüber will ich nicht mit dir reden!"

„Ich gehe nicht weg, bevor du mir die Wahrheit sagst! Schau mir in die Augen und sag mir endlich was los ist!", fordert er sie unmissverständlich auf.

Mit tränenden Augen blickt sie ihn an. Sie weiß, dass es nur einen Satz bedarf und er sie sofort in Ruhe lassen wird.

„Ich liebe dich nicht mehr!", schreit sie ihn an, wobei es ihr das Herz zerreißt.

Stumm und lange betrachtet Finn sie, dann geht er zur Tür und verlässt ohne weiteren Kampf seine große Liebe.

Kapitel 16

Der Duft von frischem Kaffee weckt Lisa. Als sie wenig später die Küche betritt, findet sie Finn und Leonie am Küchentisch vor.

„Guten Morgen!", grüßt sie beide.

„Guten Morgen!", wirft ihr Finn mit einem freundlichen Lächeln zu.

„Lisa! Kommst du mit ins Schwimmbad? Ich will dir zeigen, wie ich vom Sprungbrett springen kann!", ruft Leonie aufgeregt.

„Würde ich ja gerne, aber ich habe keinen Badeanzug eingepackt!", erklärt Lisa bedauernd.

„Du kannst doch einen von Mama anziehen", schlägt Leonie wie selbstverständlich vor.

Lisas unsicherer Blick trifft Finn. Ob es Sarah recht wäre, wenn sie mit ihrer Tochter sowie dessen Vater einen lustigen Vormittag im Schwimmbad verbringen würde?

„Ich glaube, Sarah hätte nichts dagegen", zerstreut Finn ihre unausgesprochenen Bedenken.

Kurze Zeit später sitzen sie gemeinsam im Auto, auf dem Weg ins Olympia-Schwimmbad.

„Leonie hat zuerst eine Stunde Schwimmunterricht. Anschließend bleiben wir noch, damit sie vom Turm springen kann", erklärt Finn während der Fahrt.

„Schwimmunterricht? Ist sie mit vier Jahren nicht noch zu jung dafür? Ich habe mal gelesen, dass sie erst Kinder ab Fünf nehmen!", wendet Lisa wissend ein.

„Leonie ist da eine Ausnahme! Sie ist so besessen vom Wasser, dass Sarah es für das Beste hielt, ihr so früh wie möglich das Schwimmen beizubringen. Letzten Sommer wäre

Leonie beinahe im See ertrunken, weil sie ohne Schwimmflügel ins Wasser gelaufen ist."

„Habt ihr nicht auf sie aufgepasst?", will Lisa entsetzt wissen. Im nächsten Moment bereut sie ihre unüberlegte Frage.

Finns strafender Blick trifft sie von der Seite. „Mach uns bitte keine Vorwürfe über unsere Erziehung, wenn du Leonie noch nicht richtig kennst! Sarah war allein mit ihr am See. Leonie hat natürlich die ganze Zeit Schwimmflügel getragen, aber irgendwann ist sie einfach aufgestanden, hat sie sich ausgezogen und ist ins Wasser gelaufen", erzählt Finn bedrückt.

„Und wo war Sarah?"

„Sie hat in einem Buch gelesen!", antwortet er kurz.

Lisas ungläubiger Blick spiegelt all ihre Bedenken wieder.

„Hör zu!", setzt Finn schnell nach. „Sarah hat aufgepasst! Auch wenn es dir anders erscheint. Wenn du Leonie erst besser kennst, wirst du verstehen, was ich meine!"

Nachdem sie das Auto auf dem großen Parkplatz unterhalb des Olympia Parks abgestellt haben, gehen sie den kurzen Weg hinauf bis zur Schwimmhalle. Leonie läuft freudig voraus, während Finn und Lisa ihr folgen.

Wenige Minuten später betreten alle drei in ihrer Badekleidung die große Schwimmhalle. Obwohl es Samstagvormittag ist, halten sich nur wenige Badegäste in den Becken auf.

„Bis später!", ruft Leonie, bevor sie auf eine kleine Gruppe Jungen und Mädchen zuläuft. Im Vergleich zu den anderen Schwimmschülern ist sie auffällig klein und schmächtig, was wohl daran liegt, dass alle ihrer Gleichgesinnten bereits älter sind.

Während die junge Schwimmlehrerin mit ihren Schülern in einen abgegrenzten Teil des Schwimmbeckens geht, legen Lisa und Finn ihre Handtücher auf eine der freien Liegen.

„Möchtest du schwimmen?", fragt Finn aufmerksam.

„Was ist das denn für eine Frage! Wir sind in einem Schwimmbad! Natürlich will ich schwimmen!", antwortet Lisa lachend. Gemeinsam steigen sie in das große Becken. Nach einigen Bahnen, welche Lisa im Bruststil, Finn dagegen kraulend hinter sich gebracht haben, treffen sie sich am Beckenrand wieder.

„Gehst du jede Woche mit, wenn Leonie ihren Schwimmkurs hat? Dann wundert es mich nicht, dass du so eine Kondition hast!", fragt Lisa interessiert.

„Eigentlich schon! Allerdings ist das erst die dritte Stunde, also kommt meine Kondition sicher nicht von den paar Bahnen, die ich jedes Mal schwimme!", entgegnet Finn ehrlich.

„Was machst du sonst noch? Du hast mir immer noch nichts von dir erzählt! Ich meine, wie du die letzten sechs Jahre so gelebt hast!", hakt Lisa neugierig nach.

„Da gibt es nicht viel zu erzählen! Ich habe gerade zwei Jahre studiert, als ich Sarah kennengelernt habe. Wir sind zusammengekommen, sie wurde schwanger und den Rest kennst du bereits", antwortet er gelangweilt.

„Was hast du gemacht, nachdem ich … weggezogen bin?", fragt sie vorsichtig.

„Willst du das wirklich wissen?"

Lisa nickt.

„Zuerst habe ich gelitten! Nachdem du Schluss gemacht hast, war ich am Boden zerstört. Ich habe mir meinen Kopf zerbrochen, was ich falsch gemacht habe, warum du mich nicht mehr liebst!", bringt er nachdenklich hervor. „Zwei Monate später habe ich erfahren, dass du weggezogen bist."

„Du hast nie versucht, um mich zu kämpfen!", wirft sie ihm leise vor.

„Anfangs nicht! Als ich endlich einen Plan hatte und den Mut dazu aufgebracht habe, warst du nicht mehr da!", verteidigt er sich.

Lisas Blick wandert über Finns muskulösen Oberkörper, seine kräftigen Arme bis hin zu seinem sinnlichen Mund. Erneut spürt sie das verlangende Kribbeln in ihrem Bauch.

„Wie sahen deine letzten Jahre aus?", will jetzt Finn wissen.

„Ich war damals ganz froh, dass wir weggezogen sind. Du hast mich tief verletzt!", setzt sie an.

„Warum? Wie oft soll ich dir noch sagen, dass ich dich nicht betrogen habe?", wehrt er sich.

„Kennst du Celina?"

„Ja … aber …", gibt er verwirrt zu.

„Du hattest Sex mit ihr!", konfrontiert Lisa ihn direkt.

Abschätzend betrachtet Finn die Frau neben sich. *Was hat das alles mit uns zu tun?*

Bevor er antworten kann, kommt ihm Lisa zuvor. „Ich erkenne an deinem Gesichtsausdruck, dass es stimmt!"

„Ja! Aber …", versucht er zu erklären.

„Lass es gut sein! Ich bin mittlerweile darüber hinweg! Obwohl ich in Frankfurt war und trotz deines Verhaltens, hat es nie meine Liebe zu dir zerstört. Ich habe lange gebraucht, um mich neu zu verlieben", erklärt sie beschwichtigend.

„In Nicklas?", hakt Finn nach.

„Ja! Nick war immer für mich da! Im Gegensatz zu dir war er kein Frauenschwarm. Er ist vor zwei Jahren einfach in die Kanzlei gestolpert, weil er einen Anwalt für Verkehrsrecht gesucht hat. Dort lernten wir uns kennen. Als er eine Woche später erneut auftauchte, weil er mich wieder treffen wollte, war ich nicht mehr da. Mein Praktikum war zu Ende. Er löcherte die Sekretärinnen und Anwälte so lange, bis sie ihm wenigstens verrieten, an welcher Uni ich studierte. Also stand Nick eine Woche lang, von morgens bis abends vor dem Haupteingang der Uni und wartete auf mich. Er wusste ja weder, wann meine

Kurse waren, noch welche Vorlesungen ich besuchte. Er wusste nicht einmal meinen Namen!", erzählt Lisa geistesabwesend.

„Er hat sich offensichtlich auf den ersten Blick in dich verliebt!", äußert Finn amüsiert.

„Anscheinend! Bei mir hat es etwas länger gedauert! Die ganze Woche über bin ich über den Nebeneingang ins Gebäude gelangt. Außer am Freitag, da begleitete ich eine Kommilitonin und wir verließen die Universität durch den Haupteingang. Ich übersah ihn gleich mal und ging schnurstracks an ihm vorbei. Er rief mir nach, aber auch darauf reagierte ich nicht!"

„Der arme Kerl! Du hast es ihm aber nicht leichtgemacht!", entgegnet Finn amüsiert.

„Erst als er mich am Arm packte, blieb ich stehen. Da erkannte ich ihn auch wieder. Er erzählte mir, dass er bereits die ganze Woche vor der Uni stehe, um mich zu treffen. Ich hatte solch ein Mitleid mit dem netten Kerl, dass ich spontan zusagte, mit ihm einen Kaffee trinken zu gehen. So kam eines zum anderen. Wir gingen drei Monate aus, bevor es zum ersten Kuss kam."

„Wow! Der hat sich ja noch mehr Zeit gelassen, als ich!", wendet Finn stolz ein.

„Er war einfach das, was meine Seele gebraucht hat. Ich habe vier Jahre um unsere Beziehung getrauert, das sollte reichen! Nick ist ein wirklich liebevoller Mann. Er verwöhnt mich in jeglicher Hinsicht!", erzählt sie aufrichtig.

„So genau will ich es gar nicht wissen!", sagt Finn abwehrend. „Du hast also vier Jahre lang keinen Freund gehabt, bevor Nick kam?"

„Ja! Wie lange hast du gewartet, als ich weg war?", fordert sie ihn auf zu erzählen.

„Ich? Nicht so lange, aber ich habe vielen Mädchen den Laufpass gegeben, die etwas von mir wollten!", erklärt er unsicher.

„Wie lange, Finn?", hakt sie mit Nachdruck nach.

„Ist das wichtig?"

„Nein! Aber es interessiert mich!", gibt sie zu.

„Ein Jahr!"

„Du hast ein ganzes Jahr gewartet, bis du wieder mit einem Mädchen geschlafen hast?", fragt sie ungläubig.

„Bis ich es bewusst wieder tat! Kurz nachdem du weg warst, war da eine Party … ich war betrunken und …", erklärt er zögernd.

„Schon gut! Ich kann mir denken was passiert ist! Ihr Männer nehmt gerne den Alkohol als Ausrede für eure Fehltritte!", unterbricht sie ihn.

„Warum müssen wir die alten Geschichten wieder aufwärmen? Wir stehen jetzt und hier zusammen, knapp bekleidet im Schwimmbad. Da denke ich, ehrlich gesagt, nur an Eine!", flüstert Finn, während er nahe an Lisa heranrückt.

„Mir fällt es auch schwer, deinem nackten Oberkörper zu widerstehen. Aber im Gegensatz zu dir, nehme ich es ernst, wenn ich in einer Beziehung stecke! Ich werde Nick nicht betrügen! Zumindest nicht sexuell!", flüstert sie ihm ins Ohr.

Plötzlich zieht Finn Lisa an sich und schließt seine Lippen sanft um ihren Mund. Leidenschaftlich küsst er sie, während seine Hände ihr Gesicht umschließen.

Nur schwer kann Lisa sich von ihm trennen.

„Hast du mir gerade nicht zugehört?", faucht sie ihn fassungslos an.

„Doch! Dieser Kuss war keineswegs sexuell!", wirft er ihr mit einem Augenzwinkern zu. Im nächsten Moment dreht er sich um und schwimmt davon.

Nachdem Leonies Schwimmstunde vorüber ist, zieht Finn ihr die orangefarbenen Schwimmflügel an. Anschließend gehen sie gemeinsam zum Sprungbecken, welches einen Sprungturm bis zu zehn Metern Höhe beherbergt. Während Leonie ohne Pause auf das Einmeterbrett steigt, um im nächsten Moment voller

Elan ins Wasser zu springen, warten Finn und Lisa am Beckenrand auf das begeisterte Mädchen.

Erst eine Stunde später schaffen sie es, die Vierjährige davon zu überzeugen, dass es Zeit wäre, nach Hause zu fahren.

Während der Heimfahrt erzählt Leonie aufgeregt, was sie heute alles gelernt hat. Finn hört ihr aufmerksam zu, wobei er ab und zu die richtigen Fragen stellt. Lisa dagegen kämpft innerlich mit ihren Gefühlen. Seit dem Kuss im Wasser, spürt sie ein unaufhaltsames Kribbeln im Bauch, welches sie magisch zu ihrem gutaussehenden Ex-Freund hinzieht.

Kurz bevor sie die Wohnung erreichen, schläft Leonie im Kindersitz ein. Finn trägt sie behutsam nach oben und legt sie fürsorglich in ihr Bett. Anschließend geht er zu Lisa ins Wohnzimmer und setzt sich neben sie. Um von der spürbaren Anziehungskraft zwischen ihr und Finn abzulenken, steht sie auf, geht in die Küche und holt zwei Gläser Wasser. Allerdings kann sie das nur kurzfristig über ihre wahren Gefühle hinwegtäuschen. Sie fühlt sich derart zu Finn hingezogen, dass ihre Gedanken fast ausschließlich um ihn und seinen attraktiven Körper kreisen.

„Hattest du viele Frauen in den letzten Jahren?", platzt sie völlig unerwartet heraus.

„Lisa! Ich werde jetzt mit Sicherheit nicht mit dir über meine früheren Beziehungen sprechen! Ich habe dir von Sarah erzählt, weil sie deine Freundin ist. Aber die anderen Frauen kennst du nicht. Es waren allesamt nur kurze Affären, die mich über meinen Verlust hinwegtrösten sollten!"

„Wie viele waren es?", bohrt sie unaufhaltsam nach, während sie erneut einen großen Schluck von dem kühlen Wasser nimmt.

„Was spielt das für eine Rolle? Du hast doch auch einen Freund!", erwidert Finn aufgebracht.

Lisa nickt bedrückt. Richtig! Nick! Beim Gedanken an ihn wird ihr warm ums Herz.

„Wir sollten uns lieber überlegen, wie das jetzt mit uns weitergehen soll!", ergänzt er seine Ausführungen.

„Aber … ich habe Angst, dass …", setzt Lisa kleinlaut an.

„Was?", fordert Finn sie auf zu erzählen. Plötzlich erkennt er an ihrem schüchternden Blick, was sie bedrückt.

„Das ist doch nicht dein Ernst! Hast du Angst, dass ich mehr sexuelle Erfahrung habe, als du? Spinnst du?", presst er wütend heraus.

„Ich hatte nur dich und danach Nick, mit dem ich seit zwei Jahren zusammen bin", antwortet sie zaghaft.

Finn greift Lisa unters Kinn, hebt es an, bis sie ihm in die Augen sieht. „Lisa! Ich liebe dich! Und ich fand den Sex mit dir schon damals überwältigend! Ich glaube nicht, dass sich das geändert hat!"

Peinlich berührt verdreht Lisa die Augen. „So habe ich das auch nicht gemeint, ich …"

Finn küsst sie, bevor weitere Worte ihren Mund verlassen können. Erst die Stimme seiner Tochter kann ihn von seiner neu gefundenen Liebe fortreißen.

Kapitel 17

Am Nachmittag macht sich Lisa auf den Weg nach Fürstenfeldbruck, während Finn mit Leonie ins Krankenhaus fährt, um Sarah zu besuchen.

Als Lisa vor dem großen Haus mit gepflegtem Vorgarten anhält, schweifen augenblicklich ihre Gedanken in die Vergangenheit ab. Sie sieht Sarah, mit ihren damals achtzehn Jahren, als sie aus dem Haus läuft, um mit Lisa ins Kino zu gehen. Auch Joachim erscheint vor ihrem inneren Auge. Liebevoll kümmert er sich um den großen Fliederbusch, der am Wegesrand steht.

Ihre Gedanken abschüttelnd steigt sie aus und geht auf das in pastell-gelb gestrichene Haus zu.

Noch bevor sie den Klingelknopf drücken kann, wird die Tür von innen geöffnet.

„Lisa! Ich freue mich, dass du gekommen bist!", begrüßt Anja sie herzlich.

„Ich freue mich auch! Wie geht es dir?", erwidert Lisa freundlich.

„Komm erst einmal rein. Wir setzen uns ins Wohnzimmer. Ich habe Käsekuchen gebacken. Ich glaube mich zu erinnern, dass ihr beide ihn geliebt habt. Sarah und du!", erzählt sie überschwänglich.

Als Lisa das Haus betritt, überfallen sie sofort seltsame Gefühle. In diesen Räumen stecken so viele Erinnerungen an ihre Jugendzeit, dass … Nein! Sie will jetzt nicht darüber nachdenken! Zu schmerzhaft sind die Gefühle, die diese Geschichten auslösen.

Nachdem Lisa sich auf dem bequemen Ledersofa niedergelassen hat, wendet sie sich an ihre Gastgeberin. „Anja, das mit Joachim tut mir wirklich leid!"

„Danke! Solche Dinge passieren nun einmal! Schließlich werden wir nicht jünger!", erklärt sie unsicher lächelnd.

„Wie alt war er, wenn ich fragen darf?", will Lisa vorsichtig wissen.

„Erst vierundfünfzig! Viel zu jung, um zu sterben. Er hat sich so auf seine Pensionierung gefreut! Er hatte noch so viel vor! Aber dann kam dieser Unfall dazwischen!"

„Würdest du mir erzählen, wie es passiert ist? Finn hat mir nur verraten, dass Joachim von der Treppe gestürzt ist", fragt Lisa behutsam

In Gedanken versunken greift Anja zu ihrer Tasse und nimmt einen Schluck des warmen Getränkes.

„Es ist heute genau neun Wochen her. Genau 63 Tage! Ich zähle jeden Tag, seit er fort ist. Am Morgen hat die Sonne geschienen. Es war ein Samstag, wie jeder andere. Ich musste zur Arbeit, weshalb Joachim vorhatte, mit seinen Arbeitskollegen eine Radtour zu unternehmen. Wir verabschiedeten uns nach dem Frühstück. Ich zog ihn noch auf, er solle sich auf dem Fahrrad nicht überanstrengen, woraufhin er antwortete, er hätte noch genug Energie für mich, wenn er abends nach Hause käme."

Anja macht eine Pause. Sie ist vollkommen in ihre Gedanken versunken, weshalb Lisa ihr die Zeit gibt, bis sie bereit ist weiterzuerzählen.

„Das war das letzte Mal, dass ich ihn lebend sah. Als ich fünf Stunden später nach Hause kam, sah ich bereits von Weitem den Notarztwagen auf der Einfahrt. Panisch rannte ich ins Haus, wo sie Joachim gerade auf der Trage nach draußen brachten. Sein Körper war mit einem weißen Tuch bedeckt. Auch sein Gesicht! Mir war sofort klar, dass er tot ist!"

Eine einzelne Träne löst sich aus Anjas Augen und rinnt über ihre Wange. Spontan setzt Lisa sich neben sie, um die Mutter ihrer Freundin zu trösten. Behutsam legt sie einen Arm um die zitternden Schultern der trauernden Frau.

„Eine Ärztin hat mich sofort zur Seite gezogen. Andernfalls wäre ich vermutlich auf die Trage gesprungen, um meinen Mann festzuhalten. Ich war außer mir! Vor Wut! Vor Trauer! Vor Entsetzen! Dann sah ich plötzlich Sarah! Sie saß auf der obersten Stufe der Treppe und schaute starr auf die Stufen vor ihr. Die freundliche Ärztin erklärte mir, dass sie Sarah bereits ein Beruhigungsmittel gegeben hätte, und fragte mich, ob sie mir ebenfalls etwas geben solle. Ich weiß ehrlich gesagt nicht einmal mehr, was dann geschehen ist. Ich fand mich mitten in der Nacht in meinem Bett wieder. Es war dunkel und ich war allein!"

Inzwischen laufen auch Lisa die Tränen über die Wangen. Sie kannte Joachim und Anja als lebensfrohe Menschen. Immer zu einem Scherz aufgelegt und liebevoll zu ihren beiden Töchtern. Die Zurückgelassene jetzt so tief trauernd und verzweifelt vor sich zu sehen, schmerzt sie zutiefst.

„Anja! Es tut mir so leid. Wenn ich irgendetwas für dich tun kann, dann …", setzt Lisa mitfühlend an.

„Aber ich war nicht allein! Sarah war da! Sie lag neben mir im Bett, atmete ruhig und gleichmäßig", erzählt Anja monoton weiter.

„Hat sie dir erzählt, was passiert ist?", will Lisa interessiert wissen.

„Am nächsten Morgen stand ich in der Küche und bereitete das Frühstück zu, so wie Joachim es sonntags immer gerne hatte, als Sarah die Treppe herunter kam. Sie setzte sich schweigend an den Küchentisch und sah mich mit verweinten Augen an. Es dauerte nicht lange, da lagen wir uns schluchzend in den Armen. Bis uns plötzlich einfiel, dass wir Nina noch nicht Bescheid gesagt haben."

Lisa kennt Nina. Sie ist Sarahs drei Jahre ältere Schwester. Allerdings hat sie damals schon in einer eigenen Wohnung gelebt. Daher hatten Lisa und Nina nicht allzu viel Kontakt.

„Wie hat Nina es verkraftet?", hakt Lisa besorgt nach.

„Nina war geschockt, was sonst? Sie sagte, sie mache sich sofort auf den Weg zu uns. In der Zwischenzeit habe ich Sarah gefragt, was während meiner Abwesenheit passiert sei. Sie erzählte, dass sie nach Hause kam, weil sie einige Sachen aus ihrem alten Zimmer holen wollte. Plötzlich hörte sie ein lautes Poltern. Besorgt öffnete sie die Tür ihres Zimmers und sah ihren Vater auf dem Treppenabsatz liegen. Daraufhin rief sie sofort den Notarzt."

„Das war alles? Aber warum ist er gestürzt?", will Lisa nachdenklich wissen.

„Die Ärzte meinten, er hätte einen leichten Schwächeanfall gehabt. Der hat allerdings nicht zum Tod geführt. Wäre es im Wohnzimmer passiert, würde er noch leben! Er hat sich beim Sturz von der Treppe das Genick gebrochen!", erzählt Anja mit tränenerstickter Stimme.

„Das ist furchtbar Anja! Aber gegen das Schicksal hat man keine Macht!", versucht Lisa sie zu trösten.

Mit selbstsicherem Blick schaut Anja ihre Besucherin an. „Aber weißt du, was mich am meisten beschäftigt? Warum war Joachim um zwei Uhr nachmittags noch zu Hause? Er wollte bereits mittags zur Radtour aufbrechen!", bringt sie fassungslos heraus.

„Hast du mit seinen Kollegen gesprochen? Vielleicht wollten sie erst später fahren?", schlägt Lisa vor.

„Natürlich habe ich seine Kollegen gefragt! Sie haben mir erzählt, Joachim hätte kurz vor Eins bei ihnen angerufen und mitgeteilt, dass ihm etwas Wichtiges dazwischen gekommen sei!", führt Anja verzweifelt aus.

„Vielleicht hat er sich nicht gut gefühlt? Möglicherweise hat er schon gespürt, dass etwas in seinem Körper nicht stimmt?", rätselt Lisa nachdenklich.

„Oder er hatte eine Affäre!", platzt Anja heraus.

„WAS? Das glaubst du doch selbst nicht!", entgegnet Lisa ungläubig.

„Warum? Weil er über fünfzig war? Er war immer noch gutaussehend!"

„Anja! Du verrennst dich da in etwas! Ihr habt euch geliebt! Es hatte sicher einen guten Grund, warum er die Radtour abgesagt hat. Aber mit Sicherheit keine andere Frau!", redet Lisa beschwichtigend auf die Ältere ein.

„Das sagst ausgerechnet du! Ich kenne die Geschichte mit Finn! Ihr habt euch auch geliebt, und trotzdem hat er dich betrogen!", äußert sie wissend.

Ein harter Schlag trifft Lisa in der Magengrube. Augenblicklich wird ihr übel. Sarah hat es ihrer Mutter erzählt? Einen Moment später hat sie sich wieder unter Kontrolle.

„Vielleicht hat Joachim auf Sarah gewartet?", schlägt sie hoffnungsvoll vor.

„Warum sollte er? Sie hatte einen Schlüssel und konnte jederzeit ins Haus. Außerdem kam sie regelmäßig am Sonntag mit Leonie zu Besuch. Gelegentlich sogar unter der Woche, wenn wir auf Leonie aufgepasst haben. Sie haben sich öfter gesehen, als so manch ein Vater seine Tochter sieht!"

Nach einer kurzen Pause nimmt Lisa das Gespräch wieder auf. „Wie haben deine Töchter den Verlust ihres Vaters verarbeitet?"

„Während Nina nach einer Woche Trauer wieder ihrem Alltag nachging, ist Sarah in ein tiefes Loch gefallen. Sie wurde depressiv! Anfangs versuchte sie noch mit übertriebener Geschäftigkeit von ihrer Trauer abzulenken. Sie weinte nicht, sprach nicht über ihren Vater und ließ sich nicht trösten. Sie verdrängte seinen Tod einfach! Ständig unternahm sie Ausflüge mit Leonie, brachte sie nicht regelmäßig zum Kindergarten und blieb immer öfter ihrer Arbeit fern. Ich wandte mich an Finn, der mir versprach, sich um sie zu kümmern. Ich wusste zwar, dass die beiden seit einem Jahr getrennt leben, aber ich kannte Sarahs neuen Freund nicht. Sie stellte ihn uns nie vor. Auch aus Leonies Erzählungen konnten wir nichts raushören. Aber von einer Vierjährigen Einzelheiten über die Beziehung ihrer Mutter zu erfahren, ist wohl auch ein wenig zu viel verlangt."

„Finn hat sich um Sarah gekümmert?", hakt Lisa neugierig nach.

„Nein! Er wollte sich um sie kümmern! Sarah hat es aber nicht zugelassen. Sie hat ihn abgewehrt. Stattdessen schob sie immer häufiger Leonie zu ihm ab. Gelegentlich brachte Finn die Kleine dann zu mir, wenn er arbeiten musste oder einen Termin hatte. Etwa vor zwei Wochen hat Sarah mich dann plötzlich gefragt, ob sie vorübergehend in ihrem alten Zimmer wohnen könne. Ich dachte, ich würde vielleicht so an sie rankommen, ihr helfen können, also stimmte ich zu. Aber es wurde immer schlimmer! Sie verkroch sich regelrecht in ihrem Zimmer. Sie kam nur kurz raus, um sich einmal täglich etwas zu Essen zu holen. Sie duschte nicht mehr und ging nicht an die frische Luft. Sie wollte nicht einmal Finn oder Leonie sehen, als sie zu Besuch kamen. Ich machte mir zunehmend Sorgen um Sarah!"

„Hast du einmal daran gedacht, den Arzt zu rufen? Vielleicht brauchte sie nur Medikamente?", schlägt Lisa vor.

„Natürlich habe ich daran gedacht! Ich bin Sarahs Mutter! Ich ertrage es nicht, wenn mein Kind leidet! Ich habe einen Facharzt für Psychiatrie gerufen und mit ihm einen Termin vereinbart. Ich hätte auch Sarahs Zimmertür eingetreten, um sie aus ihrer Höhle zu holen", führt Anja wütend aus.

„Was geschah, als der Arzt kam?"

„Er kam nicht! Einen Tag vor dem Termin beendete Sarah plötzlich ihr Leiden. Sie duschte, zog sich frische Klamotten an und setzte sich an den Küchentisch. Sie war wie ausgewechselt!"

„So plötzlich?", fragt Lisa fassungslos.

„Ja! Sie aß, was ich ihr vor die Nase stellte und unterhielt sich mit mir. Über Leonie, über Finn, über Joachim. Ganz ungezwungen und normal. Ich vermute, sie hat die ganze Woche in ihrem Zimmer geweint, offensichtlich hat sie das derart von ihrer Trauer befreit, dass sie das Leben neu beginnen konnte. Sie erklärte mir, dass sie am nächsten Tag wieder nach Hause zu Leonie fahren würde. Sie rief sogar Finn an und unterhielt sich liebevoll mit ihrer Tochter."

„Und dann geschah der Unfall?", wendet Lisa leise ein.

„Welch Ironie das Schicksal doch auf Lager hat. Es quält die Menschen mit Trauer, Schmerz und Krankheiten. Und wenn sie sich mühsam davon erholt haben, schlägt es mit einem Schlag zu. Peng! Ein Lkw rast in das Auto einer jungen Mutter, die gerade ihr Leben wieder gefunden hat und zu ihrer kleinen Tochter zurückkehren wollte. Plötzlich hat der Glaube an Gott einen ganz anderen Stellenwert! So, wie wohl jede Familie, die einen lieben Angehörigen verloren hat, an seiner Existenz zweifelt, so war ich mir in diesem Augenblick sicher, dass es ihn nicht geben kann. Welcher Gott würde so etwas zulassen?"

Lisa versteht Anjas Verzweiflung, möchte sich allerdings nicht an einer Diskussion über Gottes Existenz beteiligen, da sie hierzu eine eigene Meinung vertritt. Es mag jedem Betroffenen als ungerecht und falsch erscheinen, wenn Gott solche Unfälle zulässt, während er andere Menschen, die keine Angehörigen haben, gesund bis ins hohe Alter leben lässt. Aber ihrer Meinung nach, hat alles seinen Sinn. Nur erkennen wir diesen oft erst viel später, manchmal auch nie!

Während Lisa ihren Gedanken nachhängt, unterbricht Anja die eingetretene Stille. „Was hältst du davon, wenn wir uns Fotos von früher ansehen? Hast du Lust?"

„Gerne! Und Anja, ich bin mir sicher, dass Sarah bald wieder aufwacht und dann die Chance auf ein neues Leben hat!", fügt Lisa behutsam hinzu.

Anja geht an den Wohnzimmerschrank, öffnet eine Schublade und holte eine Tasche mit verschiedenen CDs heraus. Nachdem sie die erste Disk eingelegt hat, schaltet sie den Fernseher an.

Das erste Foto zeigt Sarah mit ihrer Schwester Nina vor einem Weihnachtsbaum.

„Da war Sarah sechzehn, Nina neunzehn!", erklärt Anja lächelnd. Langsam lässt sie die Bilder weiterlaufen. Verschiedene Situation erscheinen auf dem Bildschirm, bis plötzlich Lisas Gesicht aus dem Fernseher lächelt.

„Ach! Ich erinnere mich! Das war mein erster Urlaub mit euch auf Ibiza!", ruft Lisa freudig überrascht aus.

„Richtig! Da feierten wir auch Sarahs Volljährigkeit! Weißt du noch?", neckt Anja sie.

„Oh ja! Hör mir auf! Gut, dass meine Eltern nichts davon erfahren haben! Dieser Abend hing mir noch lange nach!", lacht Lisa herzhaft.

Ein paar Bilder weiter erhellt ein Schnappschuss den Bildschirm. Er zeigt Lisa und Sarah unter dem Dach einer Scheune. Sie liegen im Stroh und lachen in die Kamera.

Kapitel 18

RÜCKBLICK

Seit Lisa mit Finn Schluss gemacht hat, ist eine Woche vergangen. Obwohl sie sich sicher ist, dass sie den richtigen Weg gegangen ist, leidet sie fürchterlich. Finn war ihre große Liebe. Abgesehen davon, war er der erste richtige Mann in ihrem Leben, was kein Mädchen jemals vergisst.

In der Schule stehen Lisa und Sarah unter ihrem Lieblingsbaum, während einige Meter entfernt, Finn auf sie zukommt. Lisa erstarrt augenblicklich, während Sarah sich vor ihrer Freundin aufbaut.

„Was willst du, Finn?", faucht sie ihr Gegenüber an.

„Ich will mit Lisa reden!"

„Sie aber nicht mit dir!", erwidert Sarah bestimmt.

„Das kann sie mir auch selbst sagen. Sie braucht sicher kein Sprachrohr, wie dich, um ihre Meinung zu äußern!", presst Finn wütend heraus.

Dominant schiebt er Sarah zur Seite und tritt einen Schritt auf Lisa zu. „Lisa! Bitte rede mit mir! Ich möchte …", fleht er seine große Liebe an.

„Lass sie in Ruhe!", mischt Sarah sich beherzt ein. Sie zerrt Finn zur Seite und schiebt sich zwischen das Paar.

Lisa lehnt nur traurig am Baum und beobachtet die Situation wie aus weiter Ferne. Sie hat weder die Kraft, noch die Lust, sich mit Finn auseinander zu setzen. Alles, was er ihr zu seiner Affäre erklären könnte, wären nur Lügen. Darauf will sie sich nicht einlassen. Außerdem hat sie gestern erfahren, dass sie nach ihrem Abitur wegziehen wird. Ihr Vater hat nach zwei Jahren seine alte Stelle in Frankfurt wiederbekommen. Die

Firma hat wohl eingesehen, dass sie ohne einen genialen Ingenieur, wie ihren Vater, keine Zukunft hat. Daher haben sie ihm ein Gehalt, welches er nicht ausschlagen konnte, angeboten. Sie muss also nur noch zwei Monate durchstehen, dann kann sie das Thema Finn hinter sich lassen.

„Lisa! Was ist los? Was ist passiert?", ruft er verzweifelt.

Sarah drängt ihn herrisch nach hinten. Dabei kommt sie ihm so nahe, dass ihre Körper sich berühren. „Wenn du Lisa noch einmal belästigst, dann zeige ich dich an!", erklärt sie ihm ruhig.

„Willst du mir etwa drohen? Du hast überhaupt nichts gegen mich in der Hand!", entgegnet er ebenso ruhig.

Sarah greift ihm blitzschnell in seinen Schritt, umschließt seine Genitalien und drückt leicht zu. Erschrocken atmet Finn tief ein.

„Ich habe sehr wohl etwas gegen dich in der Hand! Wenn du Lisa nicht in Ruhe lässt, lasse ich es dich spüren!", droht sie leise, während sie etwas fester zudrückt. Sarahs Blick verrät ihm, dass sie jedes Wort so meint, wie sie es sagt. Langsam nickt er bestätigend. Nachdem sie ihn frei gibt, weicht Finn sofort ein paar Schritte zurück.

„Du kannst mich nicht ewig von ihr fernhalten! Du bist nichts weiter als ein kleines Flittchen!", presst er ihr wütend entgegen, bevor er sich umdreht und das Schulgelände verlässt.

Nach Schulschluss gehen Lisa und Sarah gemeinsam nach Hause. Sie wohnen nur zwei Straßen auseinander, was dazu führt, dass Lisa sich neuerdings häufig bei Sarah aufhält, um möglichen Kontaktaufnahmen seitens Finn zu entgehen.

„Jetzt ist Finn auf dich auch noch sauer! Du hättest ihm nicht drohen sollen, Sarah!", sagt Lisa unschlüssig.

„Quatsch! Das ist mir egal! Der soll dich einfach in Ruhe lassen!", entgegnet sie aufgebracht.

„Womit hast du ihm denn gedroht? Willst du ihn anzeigen, weil er mich betrogen hat?", fragt Lisa ungläubig.

„Natürlich nicht! Aber er ist seit einem Jahr nicht mehr auf unserer Schule und kommt trotzdem ständig in den Pausen auf das Gelände! Das ist verboten!", erläutert sie ihre Idee.

„In zwei Monaten bin ich eh weg! Dann hat sich das erledigt!"

„Richtig! Aber bis dahin, haben wir noch die beste Zeit unseres Lebens!", ruft Sarah aufmunternd aus.

Am Wochenende haben Sarahs Eltern Lisa zu einem Ausflug auf die Hütte eingeladen. Lisa war schon öfters im Winter mit der Familie ihrer Freundin dort, aber noch nie im Sommer.

Nach einer zweistündigen Autofahrt erreichen sie den kleinen österreichischen Ort. Die anschließende Bergwanderung dauert nochmals gute zwei Stunden, so dass sie gegen Mittag die kleine Hütte, welche seit zwei Generationen Eigentum der Familie Baumann ist, erreichen. Ein engagierter Almbauer aus der Ortschaft hat den Kühlschrank sowie die Lebensmittelschränke bereits nach Anjas Weisungen aufgefüllt. Einem erholsamen Wochenende steht somit nichts mehr im Wege.

Während Joachim und Anja einen ihrer Lieblingswege begehen, liegen Sarah und Lisa vor der Hütte in der Sonne und genießen die Ruhe. Obwohl Lisa so weit von Finn weg ist, beschäftigt sie weiterhin ihr Liebeskummer.

„Vielleicht sollte ich mich mit Finn versöhnen, bevor ich wegziehe?", rätselt Lisa laut.

„Spinnst du? Warum das denn? Hast du vergessen, was er dir angetan hat?", entgegnet Sarah wütend.

Lisa setzt sich auf. Nachdenklich betrachtet sie ihre beste Freundin. „Sarah? Warst du schon einmal so richtig verliebt? Ich meine von ganzem Herzen! So, dass jede Minute, in welcher du ohne diese Liebe bist, schmerzt! Du kannst nicht atmen, du kannst nicht essen, du kannst nicht leben! Verstehst du was ich meine?"

Sarah öffnet die Augen. Sie erkennt in Lisas Blick, dass diese wirklich leidet und dass sie, die beste Freundin, ihr diese Liebe nicht ersetzen kann.

„So, wie du es beschreibst … nein, vermutlich war ich noch nie so verliebt! Könntest du ihm sogar eine Affäre verzeihen? Geht deine Liebe so weit?", bringt Sarah ungläubig hervor.

„Vermutlich schon! Ich bin gekränkt, verletzt und wütend auf ihn. Aber trotzdem liebe ich ihn noch! Ist das nicht verrückt?", schreit Lisa ihre Verzweiflung heraus.

„Wenn es dich innerlich so zerreißt, dann verzeih ihm! Wegen mir brauchst du ihn nicht weiterhin zu hassen!"

„Warum wegen dir? Du wolltest mich doch nur vor ihm beschützen!", entgegnet Lisa irritiert.

„Ja! Aber auch das kann zuviel sein! Ich dachte, wir könnten gemeinsam Spaß haben, so wie früher. Aber wenn du ständig an Finn denkst, dann ist das nicht das Gleiche!", bemerkt Sarah traurig.

„Gut! Ich werde ihm verzeihen! Aber nur, wenn er das mit Celina zugibt! Wenn er ehrlich ist, dann ist er es wert, dass ich ihn liebe, andernfalls … C'est la vie!", gesteht sich Lisa gutgelaunt ein. Nachdem sie sich entschieden hat, ihrer Liebe eine letzte Chance zu geben, geht es ihr besser. Sie hat den Kopf wieder frei für die Annehmlichkeiten, die ein ruhiges Wochenende auf einer abgeschiedenen Hütte mit sich bringen.

Am Abend liegen Sarah und Lisa in ihrem provisorischen Bett. Einem Strohlager unter dem Dach. Während Joachim und Anja sich im Wohnraum unterhalten, scherzen und lachen die Mädchen um die Wette.

„Hallo ihr Süßen! Bitte lächeln!", ruft plötzlich Joachim, der, mit einer Kamera in der Hand, auf der Leiter steht. Im nächsten Moment erhellt ein Blitzlicht ihr Lager.

Nachdem sich Sarahs Vater wieder nach unten begeben hat, schlägt Sarah vor: „Wie sieht es aus mit STG? Hast du Lust?"

„Klar! Fangen wir an!", antwortet Lisa gutgelaunt.

Sarah greift in ihren Rucksack und holt ein Päckchen Karten heraus. Irgendwann ist aus der Not heraus dieses Spiel entstanden. Den beiden Mädchen war in der einsamen Hütte langweilig und das einzige brauchbare Spielzeug waren diese Karten. Also haben sie sich ein eigenes Spiel ausgedacht. Nach einer knappen Stunde beendet Sarah als Gewinnerin das Spiel.

„Du hast verloren! Also ab in die Küche!", ruft Sarah ihrer besten Freundin zu.

Lächelnd klettert Lisa die Leiter hinunter, trottet in die kleine Küche und bereitet für sich und ihre Freundin einen Tee zu. Erdbeer-Zitrone, den mögen beide am Liebsten. Als sie zurück ins Strohlager kommt, legen sich beide nebeneinander, schauen aus dem kleinen Fenster und beobachten den Mond.

„Fang du an!", schlägt Lisa vor.

„Also: Es war einmal ein hübscher Junge …", beginnt Sarah ihre Geschichte.

Dieses Ritual verbindet die beiden Freundinnen, seit sie zum ersten Mal zusammen auf dieser Hütte waren. Sie lieben diesen Brauch, da es etwas ist, was nur ihnen gehört. STG! Ein Spiel – ein Tee – eine Geschichte!

Kapitel 19

„Lisa?", reißt Anja sie aus ihren Tagträumen.

„Ja? Entschuldige! Ich war mit meinen Gedanken kurz woanders!", entschuldigt sie sich kleinlaut.

„Schon gut! Willst du noch die nächste CD sehen?"

„Natürlich! Ich finde es interessant, was ihr in der Zeit, seit ich weggezogen bin, alles erlebt habt!", entgegnet sie ehrlich.

Als Anja sich zurück neben Lisa setzt, erscheint bereits das erste Foto auf dem Bildschirm.

„War das auf einer Hochzeit?", will Lisa erstaunt wissen.

„Hat Sarah dir nicht erzählt, dass Nina vor drei Jahren geheiratet hat?", fragt Anja überrascht.

„Nein! Nachdem sie mir von ihrer Schwangerschaft berichtet hat, schrieben wir uns nur noch selten. Auch von Leonies Geburt erfuhr ich erst vier Monate später, weil es kurz vor Weihnachten war und wir uns grundsätzlich zu großen Festen gratulierten", erklärt Lisa bedrückt.

Ihre Blicke kehren zurück zum Bildschirm. Ein lachendes Paar strahlt ihnen entgegen, während es engumschlungen über die Tanzfläche schwebt. Es sind Sarah und Joachim.

„Sie hat ihren Vater wirklich geliebt!", spricht Anja ihre Gedanken laut aus.

Tatsächlich wirken Vater und Tochter absolut gelöst und glücklich, was bei einer Hochzeit schließlich normal sein sollte. Auch Lisa ist bewusst, dass Sarah ein besonderes Verhältnis zu ihrem Vater hatte. Einmal hat sie es selbst miterlebt.

RÜCKBLICK

Lisa liegt auf ihrer Matratze, welche sich neben Sarahs Bett befindet. Sie übernachtet heute bei ihrer Freundin, da sie alle gemeinsam am nächsten Tag bereits sehr früh zum Flughafen aufbrechen müssen, um die Maschine nach Ibiza rechtzeitig zu erreichen.

„Glaub mir, Sarah, der steht auf dich!", versucht Lisa ihre Zimmergenossin zu überzeugen.

„Quatsch! Nur weil er mir auf den Hintern glotzt? Das machen viele Jungs! Deshalb wollen sie nicht gleich was von mir!", entgegnet Sarah ungläubig.

„Aber er glotzt nicht nur!", flüstert Lisa verschwörerisch. „Timo hat einen Ständer, wenn er dich beobachtet!"

„WAS? Träumst du? Warum schaust du ihm überhaupt auf die Hose?", wirft sie ihrer Freundin vor.

„Weil es sehr offensichtlich ist!"

„Niemals! Ein Junge bekommt doch keinen Ständer, weil er einem Mädchen auf den Po schaut!", erklärt Sarah fassungslos. „Schon gar nicht Jan! Der hatte schon viele Mädchen! Ich glaube nicht, dass er so schnell auf leichte Reize reagiert!"

„Wetten?", schlägt Lisa vor.

„Da halte ich locker dagegen!"

„Und wie willst du mir das Gegenteil beweisen?", fragt Lisa spitzbübisch.

Sarah überlegt. Im nächsten Moment erhellt sich ihr Gesicht. „Ich frage einen Mann, wie sonst?"

„Und wen?", will Lisa überrascht wissen.

„Meinen Vater natürlich! Er ist ein Mann und er lügt mich nicht an!", antwortet Sarah ernsthaft.

„Ja, sehr lustig!", grinst Lisa ihre Freundin an.

In diesem Augenblick springt Sarah vom Bett und läuft zur Tür. „Kommst du mit? Oder glaubst du mir, was er mir antwortet?"

„Spinnst du? Du kannst doch nicht deinen Vater so etwas fragen? Eher noch deine Mutter!", bringt Lisa ängstlich hervor.

„Ich kann meinen Dad alles fragen! Er ist nicht nur mein Vater, sondern auch mein bester Freund!", klärt Sarah sie auf.

Ohne auf eine Antwort zu warten stürmt sie aus dem Zimmer. Lisa springt auf und folgt ihr, noch immer nicht sicher, ob Sarah sie auf den Arm nehmen will oder ihr Vorhaben ernst meint.

Während Lisa langsam Stufe für Stufe nach unten geht, hört sie bereits Sarahs Stimme aus dem Wohnzimmer.

„Papa? Kann ich dich mal was Persönliches fragen?", ruft Sarah gutgelaunt.

„Um was geht es denn? Brauchst du wieder einen Zuschuss zum Taschengeld?", erwidert er liebevoll.

Lisa geht langsam weiter, hält jedoch auf der untersten Stufe inne und setzt sich nieder. Ihr ist es unangenehm, lediglich mit ihrem Nachthemd bekleidet vor Sarahs Vater zu stehen, während diese mit ihm über die Erektion eines Mannes spricht. Gespannt beobachtet sie ihre Freundin. Wird sie ihn wirklich darauf ansprechen?

Im nächsten Moment bekommt sie die Antwort.

„Papa? Kann ein Junge einen Ständer bekommen, wenn er einem Mädchen auf den Po schaut? Ich meine nur schauen, nicht anfassen oder so!", fragt sie gelassen und ohne Scham.

„Muss ich mir Sorgen machen? Oder warum willst du das wissen?", bringt er zögernd hervor.

„Lisa behauptet, bei Jan wäre es so gewesen. Ich sage jedoch, dass das nicht möglich ist!", erklärt sie aufrichtig.

„Interessante Themen habt ihr da oben!"

„Und? Geht es?", hakt Sarah nach.

„Da hat Lisa leider recht! Natürlich geht es! Bei dem einen leichter, bei dem anderen schwerer, aber es geht. Allein der

Gedanke an ein hübsches Mädchen kann schon ausreichen, dass …", setzt Joachim an.

„Danke Dad! Das reicht mir schon!", unterbricht Sarah ihn schnell, während sie ihn auf die Wange küsst. „Du bist der Beste! Auch wenn ich die Wette verloren habe. Ich liebe dich!"

„Ich liebe dich auch, Süße!", erwidert Joachim grinsend.

Mit schnellen Schritten huscht sie die Treppe hinauf, während Lisa ihr folgt.

Nachdem sie die Zimmertür hinter sich ins Schloss geworfen hat, wendet Sarah sich an ihre Freundin. „In Ordnung! Du hattest Recht! Meinst du, ich sollte Jan ansprechen?"

Noch immer fassungslos über das soeben Erlebte, lässt Lisa sich auf ihr Gästebett fallen. „Redest du mit deinem Vater immer über solche Sachen? Ist dir das nicht peinlich?", will sie entsetzt wissen.

„Warum? Er ist mein Vater! Ich kann mit ihm über alles reden, was mich belastet! Er ist da vollkommen offen! Außerdem hat er mich noch nie verurteilt, für das, was ich getan habe!"

„Wow! Deine Beziehung zu deinem Vater ist echt etwas Besonderes!", gibt Lisa anerkennend zu.

„Sag ich doch!", bestätigt Sarah lachend.

***

„So ein enges Vater-Tochter-Verhältnis, wie zwischen Sarah und Joachim habe ich noch nie gesehen!", erklärt Lisa gedankenverloren.

„Deshalb hat es sie auch besonders mitgenommen, als er gestorben ist. Es muss für sie gewesen sein, als hätte man ihr ein Stück von sich selbst aus dem Körper gerissen", meint Anja traurig.

Die nächsten Bilder stammen ebenfalls von Ninas Hochzeit. Anja erklärt ausführlich, welche Personen zu sehen sind und erzählt nebenbei kleine Anekdoten von den Festlichkeiten.

Als einige Zeit später eine komplett andere Situation auf dem Bildschirm erscheint, schweigen beide Frauen augenblicklich.

Erstaunt starrt Lisa auf das Bild, welches Sarah in einem Krankenhausbett zeigt. In ihrem linken Arm befindet sich ein Schlauch, der zu einem Tropf führt. Müde schaut ihre Freundin in die Kamera.

„Warum war Sarah im Krankenhaus?", stößt Lisa erstaunt hervor.

Anja schaltet zum nächsten Bild, auf welchem man nun auch Nina sieht. Beide Töchter liegen nebeneinander in einem eigenen Krankenbett.

„Sie war mit Nina zusammen? Was ist passiert?", will Lisa fassungslos wissen.

„Es wundert mich, dass Sarah es dir nicht erzählt hat. Wir alle waren so stolz und dankbar! Sie hat ihrer schwerkranken Schwester eine Niere gespendet!"

Kapitel 20

RÜCKBLICK

Nina liegt seit vier Wochen im Krankenhaus. Nach einer akuten Niereninsuffizienz, welche mit Antibiotika behandelt wurde, ging ihre Krankheit in ein chronisches Nierenversagen über. Das Gewebe war bereits so stark geschädigt, dass es sich schließlich nicht mehr erholen konnte.

Sarah sitzt zu Hause bei ihren Eltern auf dem Sofa. Neben ihr Patrick, Ninas Ehemann.

„Sarah! Die Ärzte sagen, dass du Ninas einzige Hoffnung bist!", bringt Anja mühsam hervor.

„Ich weiß! Das habt ihr mir mittlerweile oft genug erklärt! Nur mein Blut reagiert nicht auf die Kreuzprobe mit Sarahs Blut. Somit komme nur ich als Spenderin in Frage! Aber ich habe Angst, könnt ihr das nicht verstehen?", erwidert Sarah jammernd.

„Natürlich verstehen wir dich!", antwortet Joachim mitfühlend. „Aber die Risiken sind nicht größer als bei einer Blinddarmoperation!"

„Und wenn doch? Was wird aus Leonie, wenn mir etwas zustößt? Sie ist erst zwei Jahre alt!", bemerkt Sarah laut.

Plötzlich schaltet sich auch Patrick ein. „Sarah! Ich bitte dich! Hilf deiner Schwester! Ich würde meine rechte Hand geben, wenn es sie heilen würde, aber leider ist es nur dir möglich, sie zu retten!", fleht er seine Schwägerin an.

„Du bist doch überhaupt an allem schuld!", schreit sie den jungen Mann an. „Du wolltest unbedingt nach Thailand, wo sie sich dann mit dem Bakterium angesteckt hat. Nina wollte überhaupt nicht dorthin! Wärst du nicht so egoistisch gewesen, dann ..."

„Stopp!", schreit ihr Vater laut. „Tu das nicht Fräulein! Fange nicht an, irgendjemandem die Schuld für Ninas Krankheit zu geben! Damit konnte niemand rechnen - auch Patrick nicht!", unterbricht er seine Tochter.

„Aber ...", setzt sie hilflos an.

„Nichts aber! Du weißt seit gestern, dass du Ninas einzige Hoffnung bist, wieder gesund zu werden. Und ich habe Respekt vor deiner Entscheidung, vor allem, weil du eine junge Mutter bist. Sei wenigstens so fair und denke noch mal eine Nacht in Ruhe darüber nach. Wenn du morgen immer noch der Meinung bist, dass das Risiko für dich zu groß ist, werde ich das akzeptieren", erklärt Joachim seiner Tochter.

„Ich kann es aber nicht akzeptieren, wenn sie Nina nicht helfen will! Sie wirft mir Egoismus vor und verhält sich selbst egoistisch!", regt Patrick sich auf.

Joachim legt den Arm beruhigend auf Patricks Schulter. „Sie ist eine erwachsene Frau! Und jeder Mensch, auch wir als Familie, haben ihre Entscheidung zu respektieren! Falls Sarah sich dagegen entscheidet, wird uns etwas Anderes einfallen!"

Sarah blickt sich im Raum um. Sie ist den Tränen nahe. Erst ihre Mutter löst die angespannte Situation auf, indem sie sich erhebt und Sarah aus dem Zimmer zieht. Sie führt ihre Tochter in den ersten Stock, in deren altes Kinderzimmer und schließt die Tür hinter sich.

„Bleib heute Nacht hier! Überleg es dir in aller Ruhe. Ich weiß, dass dein Vater ehrlich meint, was er gesagt hat. Aber ich bitte dich nochmals inständig, dir alle Folgen deines Handelns bewusst zu machen, bevor du dich entscheidest. Stell dir einfach vor, es wäre Leonie, die deine Hilfe braucht", rät sie ihrer jüngsten Tochter. Mit einem zärtlichen Kuss auf die Stirn verabschiedet sie sich und verlässt das Zimmer.

Patrick und Joachim sitzen alleine im Wohnzimmer, während sie Anjas leise Schritte auf der Treppe vernehmen.

„Was hat sie gesagt?", will Patrick aufgeregt wissen.

„Nichts! Aber sie bleibt heute Nacht hier und überlegt es sich noch einmal. Ich bin mir sicher, dass sie zur Vernunft kommt und ihrer Schwester helfen wird. Sarah ist doch kein schlechter Mensch! Sie liebt Nina genauso wie wir!", erklärt sie beruhigend.

„Das glaube ich auch!", bestätigt Joachim. „Sie ist nur etwas verunsichert wegen der Risiken! Gib ihr etwas Zeit!"

„Aber du hast ihr geradewegs eingeredet, dass du sie unterstützt, falls sie sich dagegen entscheidet!", wirft Patrick seinem Schwiegervater vor.

„Das täte ich auch! Aber trotzdem glaube ich an das Gute in Sarah! Sie wird ihrer Schwester helfen!", erwidert Joachim zuversichtlich.

Patricks innere Unruhe nimmt zu. Auch wenn Ninas Eltern fest daran glauben, dass Sarah sich für den Eingriff entscheiden wird – er ist sich da keineswegs so sicher!

„Ich werde kurz mit ihr unter vier Augen sprechen. Vielleicht kann ich sie doch dazu bewegen, ihre Meinung zu ändern", erklärt er freundlich.

„Viel Glück!", gibt Joachim ihm mit auf den Weg, während Anja dem jungen Mann aufmunternd zulächelt.

Behutsam begibt sich Patrick in Sarahs Zimmer und schließt leise die Tür hinter sich. Nach einigen Minuten öffnet sie sich wieder. Bedacht schreitet Sarah die Treppe hinunter, während Patrick ihr folgt.

Betreten bleibt sie vor ihren Eltern stehen. „Patrick hat mir klargemacht, dass jeder Mensch es verdient, dass man ihm hilft, wenn man die Möglichkeit dazu hat. Er hat mir versichert, sich finanziell um Leonie zu kümmern, falls mir etwas bei der

Operation zustoßen sollte. Daher habe ich mich dazu entschlossen, Nina meine Niere zu spenden!"

Kapitel 21

„Es ist doch verständlich, dass sie Angst hatte!", erklärt Lisa mitfühlend.

„Natürlich! Aber ich wusste von Anfang an, dass sie sich dafür entscheiden wird. Obwohl sie es in der Vergangenheit nicht immer leicht mit ihrer Schwester hatte, hat sie ihr aufopfernd eine Niere gespendet", erzählt Anja bewundernd.

„Ist bei der Operation alles gut verlaufen?", will Lisa neugierig wissen.

„Ja! Ninas Körper hat das neue Organ sehr gut aufgenommen, so dass sie eine Woche später entlassen werden konnte. Auch Sarah hat die OP ohne bleibende Schäden überstanden – außer der Narbe natürlich!"

Die nächste halbe Stunde schauen sie noch die restlichen Bilder auf der CD an. Als es draußen dunkel wird, entscheidet sich Lisa zum Aufbruch.

„Ich werde dann mal fahren. Vielen Dank für die Einladung, Anja!"

„Ich habe zu danken, dass du gekommen bist! Wie lange bleibst du noch in München?", entgegnet Anja aufmerksam.

„Noch eine Woche! Dann muss ich zurück nach Frankfurt!"

„Vielleicht hast du Lust, mich noch einmal zu besuchen? Aber vermutlich sehen wir uns eh bald wieder, wenn ich Leonie abhole", ergänzt sie lächelnd.

„Ich finde es wirklich toll, dass du dich so um die Kleine kümmerst. Obwohl du doch selbst genug um die Ohren hast - nach Joachims Unfall!", bemerkt Lisa anerkennend.

„Ich bin froh, dass ich jemanden habe, der mich braucht. Andernfalls würde ich vermutlich den ganzen Tag an Sarahs Bett sitzen."

„Was ist mit Nina? Kommt sie dich oft besuchen?", will Lisa wissen.

„Ab und zu! Sie hat viel mit ihrer Karriere zu tun. Außerdem reisen die beiden gerne! Aber das soll kein Vorwurf sein! Nina hat mir angeboten, hier bei mir zu wohnen, sollte ich sie brauchen. Aber ich habe abgelehnt! Solange ich mich um Leonie kümmern kann, geht es mir gut. Außerdem bleibt Finn immer einige Zeit hier, wenn er die Kleine abholt."

„Ja, Finn!", spricht Lisa ihre Gedanken aus.

„Seid ihr jetzt zusammen?", hakt Anja vorsichtig nach.

„Nein! Ich habe einen Freund in Frankfurt", antwortet Lisa bedrückt.

„Naja, wenn du Finn liebst, dann lässt sich das sicher regeln. Entscheide nach dem Herzen, Lisa! Meistens sind es die Entscheidungen nach dem Bauchgefühl, die uns glücklich machen. Der Kopf dagegen entscheidet, was das Sinnvollste für ein sorgenfreies Leben wäre. Aber die Liebe entsteht im Herzen, nicht im Kopf!"

„Da hast du vermutlich Recht! Aber solange Sarah im Koma liegt …", bemerkt Lisa vorsichtig.

„Wegen Sarah brauchst du dir keine Gedanken zu machen! Sie hat mir bereits vor einem Jahr erzählt, dass sie sich mit Finn auseinandergelebt hat. Ich glaube, sie hat sich neu verliebt! Jedenfalls hat sie so gewirkt!", erklärt sie beruhigend.

„Das ist es nicht! Sarah hat mir ein paar Tage vor ihrem Unfall einen Brief geschrieben. Sie meinte, sie wolle dringend mit mir sprechen. Hast du vielleicht eine Ahnung, um was es gehen könnte?", fragt sie hoffnungsvoll.

„Nein! Leider nicht!", antwortet Anja nachdenklich. „Dann hat sie den Brief vermutlich von hier aus geschrieben! Ich kann mich allerdings nicht erinnern, dass sie ihn irgendwann in den Briefkasten geworfen hat. Sie muss rausgegangen sein, als ich beim Einkaufen oder in der Arbeit war!", rätselt sie leise.

„Ich muss jetzt wirklich los!", sagt Lisa bedauernd.

„Mach's gut Lisa, und schöne Grüße an Finn und die Kleine!"

„Richte ich aus! Bis bald!", antwortet Lisa, bevor sie das Haus verlässt.

Auf dem Heimweg fährt sie die gleiche Strecke, die auch Sarah vor einer Woche genommen hat. Die B 471 ist berüchtigt für ihre schweren Unfälle, vor allem bei Nacht. Im Sekundentakt brettern schwere Lkws die Straße entlang. Beim Gedanken an den verhängnisvollen Unfall bekommt Lisa eine Gänsehaut. Konzentriert bringt sie die dunkle Strecke hinter sich, bis sie schließlich in der hell erleuchteten Stadt ankommt. Einige Minuten später betritt sie Sarahs Wohnung, in welcher bereits Finn sowie die kleine Leonie auf sie warten.

„Hey! Wie war's bei Anja?", will Finn gutgelaunt wissen.

„Schön, aber anstrengend! Wir haben uns alte Fotos angesehen. Ich habe viele Neuigkeiten über Sarah erfahren!"

„Neuigkeiten?", hakt Finn interessiert nach.

„Zum Beispiel, dass sie ihrer Schwester eine Niere gespendet hat", erläutert Lisa.

„Das wusstest du nicht?"

„Nein! Sarah hat mir davon nie etwas erzählt! Aber vor zwei Jahren war unser Kontakt auch schon sehr spärlich, vermutlich hat sie einfach nicht an mich gedacht!", erklärt sie bedauernd.

„Nimm es nicht persönlich! Sie hatte damals wirklich viel um die Ohren!", sagt Finn besänftigend.

„Ich weiß! Wo ist Leonie?"

„Sie ist schon im Bett! Sie war hundemüde. Erst das Schwimmbad und dann noch das Krankenhaus!", antwortet er.

„Wie war es bei Sarah? Gibt es Neuigkeiten?"

„Nein! Sie liegt da, als würde sie schlafen, aber sie wacht einfach nicht auf!", bemerkt Finn bedrückt.

„Gib ihr Zeit! Irgendwann wird sie zurück zu uns finden. Sie weiß doch, dass Leonie auf sie wartet", flüstert Lisa einfühlsam.

„Kommst du morgen mit?"

„Zu Sarah? Auf jeden Fall!", bestätigt Lisa schnell.

„Ich freue mich, dass du hier bist!", flüstert Finn ihr liebevoll ins Ohr.

„Ich freue mich auch! Vor allem, dass du hier bist!", ergänzt sie seine Feststellung mit einem langen, leidenschaftlichen Kuss.

Kapitel 22

Während der Abspann des Spielfilms läuft, streichelt Finn liebevoll über Lisas Rücken. Sie liegt in seinen Armen und kuschelt sich an seine Schulter.

„Wann willst du es Nick sagen?", fragt er vorsichtig.

„Was meinst du?"

„Das mit uns! Dass wir zusammen sind!", sagt Finn unsicher.

„Finn! Ich weiß noch nicht einmal, was das zwischen uns ist! Ich kann dir nicht sagen, wie meine Zukunft aussieht! Momentan bin ich wegen Sarah hier. Ich muss in einer Woche wieder nach Hause, mein Urlaub ist dann vorbei", erklärt Lisa traurig.

Ungläubig dreht Finn sich zur Seite, bis sich ihre Blicke treffen. „Soll das heißen, ich bin deine Affäre, während zu Hause dein Freund auf dich wartet?"

„Wir haben keine Affäre!", entgegnet sie sicher.

„Nur, weil wir noch nicht miteinander geschlafen haben, glaubst du, du betrügst Nick nicht? Du küsst mich, so leidenschaftlich, dass der nächste Schritt nur noch pro forma ist! Du hast gesagt, dass du mich liebst! War das gelogen?", will er gekränkt wissen.

„Nein! Natürlich nicht! Aber falls ich mich für dich entscheiden sollte, dann …"

„Falls? Ich glaube, ich bin im falschen Film! Du bist dir nicht einmal sicher, dass du mit mir zusammen sein willst?", ruft er aufgebracht.

„Ich liebe dich! Aber mein momentanes Leben ist nun mal in Frankfurt!"

„Bei Nick!"

„Ja! Bei Nick und in der Kanzlei, in welcher ich arbeite und …", setzt sie mühsam an.

„Willst du es mir zurückzahlen?"

„Was meinst du damit?"

„Du betonst ständig, dass ich dich damals betrogen hätte! Willst du es mir jetzt heimzahlen, indem du mich benutzt und dann zurück zu deinem geliebten Nick gehst? Gibt dir das eine Genugtuung, mich so zu verletzen?", faucht er gekränkt.

„Als ob man dich so schnell verletzten könnte!", flüstert sie kaum hörbar.

„Das habe ich gehört! Und du irrst dich! Wenn man liebt, kann man auch verletzt werden. Und du bist meine große Liebe, du bist die Einzige, die mich jemals verletzt hat! Tu mir einen Gefallen, und spiele nicht mit meinen Gefühlen!", erklärt er ernst, während er aufsteht. „Solange du dir nicht im Klaren darüber bist, welchen Mann und welches Leben du willst, ist es wohl besser, wenn wir uns aus dem Weg gehen. Vielleicht erleichtert dir das die Entscheidung!" Beleidigt verlässt er das Wohnzimmer. Einen Moment später hört sie, wie er die Küchentüre hinter sich schließt.

Fassungslos bleibt Lisa zurück. Was war das denn? Völlig überrumpelt starrt sie auf die geschlossene Tür. Verdammt! Wahrscheinlich hat Finn sogar recht! Ich liege hier in seinen Armen, genieße die Zeit mit ihm und weiß genau, dass ich in ein paar Tagen zurück nach Frankfurt fahren werde. In mein altes Leben, zu meinem Freund.

Wütend auf sich selbst, marschiert sie ins Schlafzimmer. Angespannt lauscht sie auf jedes Geräusch in der Wohnung. Schließlich hört sie, wie Finn die Küche verlässt und ins Wohnzimmer geht. Dem Drang, ihm zu folgen, gibt sie nicht nach. Stattdessen dreht sie sich zur Seite und atmet Finns Geruch ein, der sich in einem der Kissen verfangen hat. Irgendwann schläft sie schließlich ein.

Am nächsten Morgen wacht Lisa aus einem unruhigen Schlaf auf. Sie hat von Finn geträumt – und von Nick.

Mit brummendem Schädel steht sie auf und trottet ins Badezimmer. Auf halbem Weg kommt ihr Finn entgegen.

„Guten Morgen!", brummt er distanziert.

Lisa spürt sofort ein Stechen in der Herzgegend. Will er sie jetzt die ganze Woche ignorieren? Sie behandeln wie eine Fremde?

Noch bevor sie den Gruß erwidern kann, ist er aus ihrem Blickfeld verschwunden.

Wenig später erscheint sie in der Küche, wo bereits Leonie mit ihrem Vater am Tisch sitzt.

„Fahren wir heute alle zusammen zu Mama?", will die Vierjährige von Finn wissen.

Dieser blickt stumm zu Lisa, erwartet offensichtlich von ihrer Seite eine Antwort.

„Ich komme gerne mit, wenn dein Papa nichts dagegen hat", erklärt Lisa vorsichtig.

„Super! Papa, Lisa kann doch mitkommen, oder?", bettelt sie ihren Vater an.

„Natürlich, Süße! Wir fahren alle gemeinsam!", antwortet er liebevoll.

Plötzlich klingelt es an der Tür. Leonie rutscht von ihrem Stuhl, wird aber im letzten Moment von Finn zurückgehalten.

„Stopp! Zuerst isst du auf!", tadelt er sie streng.

„Ich geh schon!", mischt Lisa sich ein, während sie aufspringt und die Gelegenheit nutzt, der bedrückenden Stimmung zu entfliehen.

Neugierig öffnet sie die Tür. Vor ihr steht ein gutaussehender Mann, schätzungsweise Mitte Dreißig, dunkles Haar, Dreitagebart, leger gekleidet. In seiner Hand hält er einen großen Blumenstrauß.

„Ja, bitte?", spricht Lisa ihn freundlich an.

Verwirrt blickt er von Lisa zum Namensschild neben der Tür und zurück zu Lisa.

„Äh ... bin ich an der falschen Tür?", rätselt er unsicher.

Plötzlich steht Leonie neben Lisa. „Dadi!", ruft sie fröhlich.

Lisa blickt erstaunt zu dem kleinen Mädchen, welches ungeniert den fremden Mann umarmt.

„Sie wollen sicher zu Sarah!", meint Lisa zurückhaltend.

„Ja! Ist sie da?"

„Da Leonie Sie offensichtlich kennt, kommen Sie doch bitte herein", bietet Lisa freundlich an.

Nachdem der Unbekannte die Wohnung betreten hat, taucht plötzlich Finn auf.

„Was willst du hier?", faucht er den Älteren barsch an.

Lisas Blick wechselt verständnislos zwischen den Anwesenden. „Kennt ihr euch?"

Finn nimmt Leonie auf den Arm und tritt einen Schritt zurück. Mit wütendem Blick stellt er den Besucher seiner derzeitigen Mitbewohnerin vor. „Lisa, darf ich vorstellen: Das ist David Schweiger! Sarahs ehemaliger Mathelehrer!"

Kapitel 23

Eine bedrückende Stille breitet sich in der Wohnung aus, die erst durch Leonie unterbrochen wird.

„Mama ist nicht da! Sie ist im Krankenhaus!", berichtet sie ehrlich.

„Im Krankenhaus?", ruft David erschrocken aus. „Was hat sie? Geht es ihr gut?"

Finn dreht sich zu Lisa und drückt ihr seine Tochter in den Arm. „Kannst du Leonie bitte in ihr Zimmer bringen?"

Ohne weiter nachzufragen geht Lisa mit dem Mädchen auf dem Arm ins Kinderzimmer.

Dort schließt sie die Tür hinter sich und setzt sich neben Leonie aufs Bett.

Die lauten Stimmen der beiden Männer sind jedoch nicht zu überhören.

„Warum kommst du hier her?", wiederholt Finn seine Frage.

„Ich wollte Sarah besuchen und …", setzt David vorsichtig an.

„Weshalb tauchst du gerade jetzt hier auf? Was willst du von ihr?", faucht er sein Gegenüber unfreundlich an.

Ein amüsiertes Lächeln breitet sich auf Davids Gesicht aus. „Sie hat dir tatsächlich nichts erzählt! Und auch von Leonie hast du nichts erfahren?", entgegnet er ungläubig.

„Was habe ich nicht erfahren?", geht Finn den Besucher an.

„Sarah und ich sind seit einem Jahr zusammen!"

Schlagartig verliert Finns Gesicht an Farbe. Fassungslos betrachtet er den Mann vor sich, blickt auf den Blumenstrauß in seinen Händen.

„Wenn du mit ihr zusammen bist, warum weißt du dann nichts von dem Autounfall?", wirft er David unschlüssig vor.

„Sie hatte einen Autounfall? Wann? Wie? Geht es ihr gut?",
will David schlagartig wissen.

„Nein! Es geht ihr nicht gut! Sie liegt seit einer Woche im
Koma!", antwortet Finn genervt.

„Oh mein Gott!", bringt David mühsam hervor. „In welchem
Krankenhaus liegt sie?"

„Das werde ich dir nicht sagen! Ich möchte, dass du sofort
aus der Wohnung und aus Sarahs Leben verschwindest! Wie
kannst du es wagen – nach allem, was du ihr angetan hast?",
schreit Finn unbeherrscht.

Während die beiden Männer im Wohnzimmer miteinander
streiten, versucht Lisa die kleine Leonie abzulenken.

„Möchtest du, dass ich dir etwas vorlese?", schlägt sie
unsicher vor.

„Warum streiten Papa und Dadi? Ich will nicht, dass sie
streiten!", jammert das Mädchen weinerlich.

Lisa blickt sich schnell in dem kleinen Zimmer um und
entdeckt auf dem Schreibtisch einen CD-Player mit Kopfhörern.
Kurzentschlossen greift sie zu dem Gerät und setzt Leonie die
Kopfhörer auf.

„Am besten hörst du dir eine Geschichte an! Dein Papa
verträgt sich bestimmt gleich wieder mit David", versucht sie
das Kind zu beruhigen.

Während Leonie sich aufs Bett fallen lässt, um dem
eingelegten Hörspiel zu lauschen, starrt Lisa weiterhin zur
Zimmertür, hinter welcher die lautstarke Diskussion der beiden
Streitenden fortgeführt wird.

„Ich weiß, was du von mir denkst!", wendet David
beruhigend ein.

„Du weißt einen Scheißdreck von mir! Vor allem weißt du
nicht, wie Sarah darunter gelitten hat, nachdem du dich an ihr
vergangen hast!"

„Ich habe ihr nichts getan!", verteidigt sich David leise.

„Leidest du an Gedächtnisverlust? Du wurdest zu vier Jahren Haft verurteilt, wegen Missbrauch einer Minderjährigen!", schreit Finn ungehalten. „Und jetzt ... jetzt stehst du mit einem Strauß Blumen da und tust so, als wäre nichts geschehen!"

„Wenn du endlich mal aufhören würdest, mich anzuschreien, dann könnte ich dir die Sache in Ruhe erklären", schlägt David besänftigend vor.

„Ich gebe dir fünf Minuten, dann will ich dich hier nicht mehr sehen!", antwortet Finn ernst.

„Das ist etwas kurz für ..."

„Fünf Minuten! Fang lieber an, die Zeit läuft!", unterbricht Finn ihn.

Nachdenklich schaut David sich im Zimmer um. Wo soll er nur anfangen? Schließlich erzählt er das Erstbeste, was ihm einfällt.

„Wir haben uns vor einem Jahr zufällig getroffen. Wir kamen ins Gespräch und haben uns ineinander verliebt", leitet er seine Ausführungen ein.

„Sarah hat dir sofort verziehen, was damals passiert ist? Das glaube ich nicht!", entgegnet Finn fassungslos.

„Ich weiß! Das liegt wohl daran, dass nur Sarah und ich wissen, was damals wirklich passiert ist!"

„Was willst du damit andeuten? Dass Sarah vor Gericht gelogen hat?", will Finn entsetzt wissen.

„Sarah und ich haben beschlossen, nicht mehr über die damalige Zeit zu sprechen. Wir wollen unsere Liebe nicht mit den alten Geschichten belasten", erklärt David langsam.

Fassungslos streicht Finn sich seine Haare zurück. Er kann einfach nicht glauben, was er da hört.

„Wenn du wirklich mit ihr zusammen bist – warum wusstest du nichts von ihrem Unfall?", hakt Finn neugierig nach.

„Ich war drei Wochen im Ausland! Die Firma, für welche ich arbeite, hat mich zu einer externen Schulung nach London geschickt. Ich bin erst gestern Nacht zurückgekommen und wollte eben jetzt ...", erzählt er aufrichtig.

„Mir ist egal, was Sarah mit dir vereinbart hat. Mir ist auch egal, ob sie seit einem Jahr ein Verhältnis mit dir hat. Aber so lange ich hier bin und auf Leonie aufpasse, wirst du diese Wohnung nicht mehr betreten, verstanden? Für mich bist und bleibst du ein mieses Schwein, der wehrlose Kinder missbraucht!", wirft er seinem Gegenüber entgegen.

„Natürlich! Du machst es dir einfach! Du siehst nur das, was du sehen willst! Ein verurteilter Sexualstraftäter, der sich an deine Ex-Freundin und deine kleine Tochter ranmacht! Aber so einfach ist die Welt nicht gestrickt, Finn! Hast du schon einmal darüber nachgedacht, dass es zu Unrecht Verurteilte gibt? Menschen, die unschuldig im Knast sitzen? Du würdest dich wundern, wie viele von denen ich in den Jahren meines Vollzugs kennengelernt habe. Wer entscheidet denn über Recht und Unrecht?"

„Die Beweise haben gegen dich gesprochen und Sarahs Aussage war absolut glaubwürdig – deshalb bist du verurteilt worden", antwortet Finn etwas ruhiger.

„Ich habe keine Lust, dich vom Gegenteil zu überzeugen! Mir geht es nur um Sarah! Ich habe meine Strafe abgesessen und bin ein freier Mann, der alles tun und lassen kann, was er will. Genauso wie du! Denk daran, wenn wir uns das nächste Mal über den Weg laufen!", klärt David seinen ehemaligen Schüler auf. Im nächsten Moment dreht er sich um und verlässt die Wohnung.

Erschöpft lässt Finn sich auf das Sofa fallen. Fassungslos stützt er seinen Kopf in die Hände. Plötzlich sitzt Lisa neben ihm. Behutsam berührt sie seine Schulter.

„Alles in Ordnung? War das ...?", setzt sie vorsichtig an.

„Ja! Der Lehrer, der Sarah damals vergewaltigt hat", beantwortet er ihre unausgesprochene Frage. „Wo ist Leonie?", will er besorgt wissen.

„Sie ist in ihrem Zimmer und hört ein Hörspiel. Mit Kopfhörern!"

Nachdenklich blickt Finn aus dem Fenster. Dann schüttelt er leicht den Kopf. „Warum hat Sarah mir nicht erzählt, dass sie mit David zusammen ist? Nicht einmal von Leonie habe ich etwas erfahren!", schnaubt er fassungslos.

„Hat sie nie von dem neuen Freund ihrer Mutter gesprochen? Anscheinend ging er hier ein und aus!", stellt Lisa verwirrt fest.

„Nein! Vielleicht habe ich es aber auch einfach nicht wahrgenommen! Vielleicht war ich einfach zu ignorant dem neuen Ersatzpapa gegenüber. Ich verstehe Sarah nicht! Warum lässt sie sich mit dem Typen ein, der ihr vor Jahren so Entsetzliches angetan hat?", will er verständnislos wissen.

„Ich weiß es nicht! Aber vielleicht ist es wirklich so, dass sie sich einfach ineinander verliebt haben!", schlägt sie behutsam vor. Liebevoll streicht sie Finn eine Haarsträhne aus dem Gesicht.

Ruckartig greift er nach ihrer Hand, um sie wegzuziehen. „Tu das nicht!"

„Was denn?", fragt sie erstaunt.

„Versuch nicht mich zu trösten!"

„Warum nicht?"

Liebevoll schaut Finn ihr in die Augen. „Weil ich mich dann womöglich nicht beherrschen kann und über dich herfalle! Du sollst dich aus Liebe für mich entscheiden, nicht aus Mitleid!", erklärt er einfühlsam.

„Mitleid? Ich habe kein Mitleid mit dir! Ich habe dir doch schon gesagt, dass ich dich liebe!", wirft sie ihm verwundert vor.

„Aber du liebst auch Nick!"

„Ja … aber … ich kann euch nicht miteinander vergleichen. Kann ich nicht euch beide lieben?"

Skeptisch schaut er sie an. „Also willst du doch nur eine Affäre?"

„Finn! Dreh mir nicht die Worte im Mund um! Darf ich dich jetzt die restliche Woche nicht einmal mehr berühren? Soll ich vielleicht lieber zu Anja ziehen?", motzt sie ihn lautstark an.

„Willst du das denn?", antwortet er mit einer Gegenfrage.

„Grrr! Ich weiß es nicht!", verdreht sie genervt die Augen. „Können wir bitte das Thema wechseln? Wir drehen uns gerade im Kreis!"

Finn erhebt sich. „Mach dich fertig, wir fahren ins Krankenhaus!", ruft er ihr zu, während er zügig ins Kinderzimmer geht.

Eine halbe Stunde später sitzen sie alle im Auto. Leonie hat weiterhin ihre Kopfhörer auf, weil sie ihre Geschichte zu Ende hören will.

„Ich habe vorhin deinen Streit mit David mitgehört. Warum behauptet er, er hätte Sarah nichts getan, wenn doch Beweise gegen ihn vorlagen?", wendet sich Lisa an Finn.

„Das wüsste ich auch gerne!"

„Erzähl mir von der Verhandlung! Es interessiert mich wirklich, auch aus beruflichen Gründen!", fordert sie ihn freundlich auf.

„Bist du dir sicher, dass du das hören willst?"

„Ja! Ich erfahre täglich neue Sachen über Sarah. Ich habe das Gefühl, sie überhaupt nicht richtig zu kennen! Bitte enthalte mir nicht dieses wichtige Detail ihres Lebens vor. Ich will wissen, was sie durchgemacht hat!", erklärt Lisa traurig.

Finn atmet tief ein. „Es war ein heißer Sommertag in den Ferien. Der Vorfall im Bücherregal lag bereits zwei Monate zurück. Solange hat die Staatsanwaltschaft gebraucht, um ihre

Beweise und Zeugen zusammenzutragen. Obwohl die Verhandlung nicht öffentlich war, hatte ich das Glück, dass ich als Zeuge geladen wurde und nach meiner Aussage im Zuschauerraum Platz nehmen durfte. Daher konnte ich die Verhandlung aus eigener Sicht miterleben."

Kapitel 24

RÜCKBLICK

Obwohl der Vorfall bereits zwei Monate zurückliegt, ist Finn noch immer fassungslos über das Vergehen, welches seinem Mathelehrer vorgeworfen wird. Er hat David Schweiger als freundlichen, fürsorglichen und kumpelhaften Lehrer kennengelernt. Dass dieser nun wegen Vergewaltigung einer seiner Schülerinnen angeklagt wurde, will ihm einfach nicht in den Kopf. Auch bei seinen Kumpels der Basketballmannschaft gibt es seit Wochen kein anderes Thema mehr.

„Sarah wird ihn so heiß gemacht haben, dass er halt nicht anders konnte, als ihr an die Wäsche zu gehen!", bemerkt Salvatore, der heißblütige Italiener der Mannschaft.

„Spinnst du? Selbst wenn – ist das doch keine Entschuldigung dafür, dass er sie vergewaltigt hat!", wirft Marco ein, der schüchterne Blondschopf.

„Vielleicht war es ja keine Vergewaltigung? Vielleicht stellt Sarah es nur so dar, um ihre Jungfräulichkeit zu schützen!", entgegnet Salvatore mit laszivem Blick.

„Salvatore, hör auf! Es geht hier nicht darum, was Sarah getan hat! Sie ist minderjährig und David ist ein Erwachsener! Wenn er sie zu etwas gezwungen hat, was sie nicht wollte, dann ist es Missbrauch oder eben Vergewaltigung! Nur gut, dass du nicht als Zeuge geladen wurdest! Der Richter würde dich hochkant aus dem Saal werfen, wenn du solche Äußerungen von dir gibst!", weist Finn seinen Sportsfreund zurecht.

Zwei Tage später betritt Finn das Gerichtsgebäude in der Nymphenburgerstraße. Bis zu seiner Aussage muss er auf den Besucherstühlen im Flur warten. Neben ihm sitzen zwei Jungs.

„Ihr seid die beiden, die im Keller waren, richtig?", spricht er die Jüngeren an.

„Ja!", antworten sie schüchtern.

„In welcher Klasse seid ihr?"

„6 a!", antwortet der Rothaarige, während er unsicher zu Finn aufschaut.

„Was habt ihr im Keller gemacht? Warum wart ihr nach Schulschluss dort unten?", will Finn neugierig wissen.

Die beiden Jungs schauen sich unschlüssig an. Schließlich antwortet der Blonde leise: „Wir haben geraucht!"

„Ihr habt geraucht? Warum geht ihr dazu in den Keller?", hakt Finn verwundert nach.

„Draußen haben ein paar Jungs aus der Achten auf uns gewartet. Und im Schulgebäude ist der Hausmeister herumgelaufen. Also dachten wir, im Keller sei es am sichersten!", kommt die kleinlaute Antwort.

„Oh! Na dann … bleibt mal schön bei der Wahrheit, wenn ihr vor dem Richter steht!", rät Finn den beiden. Im nächsten Moment kommt ein Justizbeamter und holt den Rothaarigen zu seiner Zeugenaussage ab.

Nachdem auch wenig später der zweite Junge in den Gerichtssaal gerufen wurde, wird Finn langsam nervös. Er weiß nicht einmal genau, warum er als Zeuge geladen wurde. Er hat doch nichts Auffälliges gesehen!

„Herr Süßmeier?", hört er seinen Namen.

„Ja?"

„Kommen Sie bitte! Die Richterin möchte sie jetzt sehen!", erklärt der freundliche Justizbeamte.

Einige Augenblicke später steht Finn vor dem kleinen Tisch in der Mitte des Saales. Vor ihm das lange Richterpult, mit drei Personen, links und rechts zwei weitere Tische. Während David mit seinem Rechtsanwalt auf der einen Seite sitzt, hat Sarah ihren Platz als Nebenklägerin neben dem Staatsanwalt eingenommen.

„Herr Süßmeier! Bitte nennen Sie uns Ihre Personalien!", fordert ihn die strenge Richterin auf.
Mit dünner Stimme gibt Finn seinen vollständigen Namen sowie sein Geburtsdatum bekannt und setzt sich anschließend auf den leicht gepolsterten Stuhl vor dem Zeugentisch.

Einen Moment später erhebt sich der Staatsanwalt. „Herr Süßmeier! Sie waren am 22. Juni dieses Jahres dabei, als Frau Baumann den Angeklagten nach dem Unterricht angesprochen hat. Bitte erzählen sie uns von Ihren Beobachtungen!"

Unsicher blickt Finn von einer Seite zur anderen. Während Sarah nervös auf ihrem Stuhl sitzt, den Blick starr auf ihren Tisch gerichtet, strahlt David eine ruhige Selbstsicherheit aus. Unbeirrt blickt er Finn in die Augen.

„Wir hatten zwei Stunden Mathe bei David, ich meine Herrn Schweiger. Nach dem Unterricht verließen die meisten Schüler schnell das Klassenzimmer. Ich brauchte etwas länger, da mir blöderweise eine Packung Erdnüsse vom Tisch gefallen ist, die sich über den gesamten Boden verteilte. Während ich also am Boden kniete, um die Erdnüsse aufzusammeln, hörte ich Sarah, die bei Herrn Schweiger am Pult stand. Sie fragte ihn, ob er in der großen Pause Zeit hätte, mit ihr über ihre Noten zu sprechen. Aber er meinte, sie solle am besten nach Schulschluss zu ihm ins Bücherlager kommen, da hätte er dann Zeit für sie."
Plötzlich erhebt sich Davids Anwalt. „Herr Süßmeier! Haben sie dieses Gespräch mit eigenen Ohren gehört? Ist es nicht so, dass Sie in der letzten Reihe des Klassenzimmers saßen und die Stimmen vom Angeklagten sowie von Frau Baumann überhaupt

nicht richtig verstehen konnten?", wendet der Mann mit Robe aufdringlich ein.

„Äh … naja. Ein paar Worte habe ich schon verstanden! Und den Rest hat Sarah mir hinterher erzählt!", gibt Finn unsicher zu.

„Somit ist diese Aussage unzulässig! Sie beruht auf Hören-Sagen! Ich beantrage, sie nicht als Beweis zuzulassen!", erklärt der Anwalt strikt.

„Einen Moment bitte!", meldet sich jetzt der Staatsanwalt zu Wort. „Herr Süßmeier! Sie haben aber doch gesehen, wie das Opfer, Frau Baumann, mit dem Angeklagten gesprochen hat?"

„Ja! Natürlich!", gibt Finn erleichtert zu.

„Hat Frau Baumann einen besorgten oder ängstlichen Eindruck auf Sie gemacht?"

„Nein! Eher einen Bittenden! Es war ihr wohl sehr wichtig, mit Herrn Schweiger zu sprechen!"

„Welchen Eindruck hat Herr Schweiger dabei auf Sie gemacht?", will der Staatsanwalt jetzt wissen.

Finn überlegt kurz. „Zuerst war er etwas genervt! Aber als Sarah dann vor ihm das Klassenzimmer verließ, sind seine Blicke über ihren Körper gewandert."

„Können Sie das genauer erklären? Über welche Körperteile?", hakt der Mann in Robe nach.

„Über ihren Rücken bis zum Po", erklärt Finn ehrlich.

„Danke für Ihre Aussage! Sie können jetzt im Zuschauerraum Platz nehmen", meldet sich die Richterin zu Wort.

Von der hintersten Reihe des Gerichtssaals aus beobachtet Finn neugierig die weitere Verhandlung.

„Herr Rechtsanwalt, Ihr Plädoyer bitte!", ruft die Richterin aus.

Davids Anwalt erhebt sich und wendet sich an die Frau, die ihn soeben aufgefordert hatte.

„Ich beantrage, den Angeklagten freizusprechen. Es konnte nicht eindeutig geklärt werden, was im Bücherlager des Schuldgebäudes vorgefallen ist. Sicher ist, dass die vorgelegten Beweise nicht für eine Verurteilung ausreichen. Es steht die Aussage des Angeklagten gegen die Aussage des Opfers. Auch die Zeugen konnten keine eindeutigen Beweise liefern, dass der Angeklagte Frau Baumann zum Sex gezwungen hat. Des Weiteren ist der Vollzug der sexuellen Handlung nicht nachgewiesen, da kein eindeutiges DNA-Material vorgefunden wurde. Sollte das Gericht jedoch zu der Überzeugung kommen, dass der Geschlechtsverkehr einvernehmlich vollzogen wurde, beantrage ich, die Strafe der Verführung Minderjähriger auf Bewährung auszusetzen."

Finn überlegt krampfhaft, von welchen Beweisen der Anwalt spricht!

Anschließend erhebt sich der Staatsanwalt.

„Ich beantrage, den Angeklagten zu vier Jahren Haft wegen Verführung Minderjähriger mit anschließender Vergewaltigung zu verurteilen. Entgegen der Behauptung des Verteidigers liegen sehr wohl eindeutige Beweise vor, die den Kontakt des Angeklagten mit dem Opfer bestätigen. Nicht nur die Speichelspuren am Hals und die Hautfetzen unter den Fingernägeln des Opfers, sondern auch das Schamhaar, welches sich im Genitalbereich von Frau Baumann befand, tragen eindeutig die DNA des Angeklagten!"

Finn schreckt hoch. Davon wusste er gar nichts! Allerdings ist Sarah mit ihren Erzählungen nicht bis ins Detail gegangen. Sie hat ihm lediglich von dem Gespräch am Lehrerpult erzählt, welches er beobachtet hat.

„Daher ist unmissverständlich davon auszugehen, dass zumindest ein Missbrauch vorliegt. Auch die Würgemale am Hals des Opfers deuten auf eine massive Bedrohung durch den Angeklagten. Selbst wenn Frau Baumann mit den sexuellen Handlungen einverstanden gewesen wäre, was nicht so war, hätte sich der Angeklagte wegen Verführung Minderjähriger schuldig gemacht. Frau Baumann war zum Tatzeitpunkt erst sechzehn Jahre alt. Der Angeklagte dagegen bereits Achtundzwanzig!", ergänzt der Staatsanwalt seine Ausführungen.

Die Richterin erhebt sich, fast zeitgleich auch ihre Schöffen. Gemeinsam verlassen sie den Gerichtssaal, um sich über das bevorstehende Urteil zu beraten.

Finns Blick wandert zu Sarah. Sie tut ihm leid. Eingeschüchtert sitzt sie auf ihrem Stuhl, blickt stumm auf ihre Hände. Plötzlich hebt sie ihren Kopf und schaut ihn direkt an. Ein schüchternes Lächeln spiegelt sich auf ihren Lippen. Im nächsten Moment wendet sie sich wieder ab.

Einige Minuten später öffnet sich die Tür und die Richterin betritt mit ihren beiden Schöffen den Gerichtssaal.

Augenblicklich erheben sich alle Anwesenden im Raum. Mit ernstem Blick wendet die Vorsitzende sich an die Anwesenden.

„Im Namen des Volkes verkünde ich folgendes Urteil: Der Angeklagte wird wegen Missbrauchs einer Minderjährigen zu vier Jahren Haft ohne Bewährung verurteilt! Bitte setzen Sie sich."

Ein Raunen geht durch den Saal. Finns Blick schießt zu David, den jedoch das ausgesprochene Urteil nicht sonderlich zu überraschen scheint.

Nachdem auch die Richterin sich gesetzt hat, wendet sie sich erneut an die Anwesenden.

„Ich begründe das von mir verkündete Urteil wie folgt: Ausschlaggebend waren die vorgelegten Beweise. Das Schamhaar, die Hautfetzen sowie die Speichelspuren, welche allesamt von einem Arzt im Krankenhaus sichergestellt wurden. Aufgrund der fehlenden vaginalen Verletzungen kann eine Vergewaltigung nicht eindeutig nachgewiesen werden. Des Weiteren wurden keine Spermaspuren entdeckt. Laut Angaben von Frau Baumann hat der Angeklagte ein Kondom benutzt. Zu berücksichtigen sind jedoch die Würgemale am Hals des Opfers, die eindeutig die Gewaltbereitschaft des Angeklagten beweisen. Da nachweisbar ein intimer Kontakt stattfand, bin ich zu dem ausgesprochenen Urteil gelangt. Der Angeklagte hat die Möglichkeit, innerhalb einer Woche Berufung hiergegen einzulegen!", beendet die Richterin ihre Ausführungen.

Der Justizbeamte, der die gesamte Zeit über hinter David stand, geht auf ihn zu, um ihn abzuführen. Handschellen bleiben ihm erspart, da er offensichtlich kooperativ ist.

Bevor Finn den Saal verlässt, wirft er einen letzten Blick auf Sarah. Erleichtert und dankbar lächelt sie ihm zu.

Kapitel 25

Lisa blickt stumm aus dem Fenster. Die vorbeiziehenden Häuser nimmt sie nicht wahr. Sie ist entsetzt über das, was sie gerade gehört hat. Ihr ist David als freundlicher, gebildeter und anständiger Mensch gegenübergetreten. Jetzt erfährt sie, dass er Sarah tatsächlich etwas angetan hat. Würgemale am Hals sowie Davids Schamhaar an Sarahs Körper sind offensichtliche Beweise! Anders als lediglich die Aussage einer Sechzehnjährigen, die, wie die meisten Schülerinnen, für ihren jungen Lehrer schwärmte.

„Was sagst du als Juristin dazu?", will Finn interessiert wissen.

„Mir fällt im Moment überhaupt nichts dazu ein! Ich bin, ehrlich gesagt, geschockt von der Tatsache, dass Sarah das widerfahren ist. Und sie wollte es mir nicht einmal erzählen!", gibt sie betroffen zu.

„Sarah wurde nach dieser Verhandlung ständig von irgendwelchen Leuten angesprochen. David wurde sofort suspendiert, aber die Gerüchteküche in einer Kleinstadt funktioniert! Glücklicherweise waren Sommerferien, so dass Sarah die neugierigen Fragen der anderen Schüler erspart blieben. Als das neue Schuljahr begann, wussten anscheinend alle Schüler Bescheid, da bekam Sarah nur noch gelegentlich mitleidige Blicke zugeworfen. Als wir vor fünf Jahren zusammenkamen, erzählte sie mir, wie schmerzhaft diese Zeit für sie war. Von allen nur als das „Opfer" gesehen zu werden. Einige Mädchen verachteten sie dafür, dass sie David angezeigt hat. Sie meinten, Sarah solle froh sein, dass ein so begehrter Mann, wie David, überhaupt etwas von ihr wollte. Als du dann ein Jahr später an die Schule kamst, hatte sie die Nase gestrichen voll von diesem Vorfall. Deshalb wollte sie dir vermutlich auch nichts davon erzählen", erklärt Finn mitfühlend.

„So ein Mistkerl!", flüstert Lisa.

„Jetzt verstehst du auch, warum ich wollte, dass er sofort die Wohnung verlässt!", begründet Finn seine Handlung.

„Papa? Wann sind wir endlich da?", ruft plötzlich Leonie von der Rückbank.

„Gleich, Süße! Da vorne ist schon der Parkplatz!"

Als sie wenig später Sarahs Krankenzimmer betreten, rastet Finn vollkommen aus.

„Du schon wieder!", schreit er David an, der auf einem Stuhl neben Sarahs Bett sitzt. Auf dem kleinen Nachttisch stehen die bunten Blumen in einer Vase.

Finn packt David am Kragen und zieht ihn hoch. „Verschwinde aus Sarahs Leben, und zwar sofort!", droht er dem ruhigen Mann.

„Ich war zuerst da! Wenn du etwas gegen meine Gesellschaft hast, dann steht es dir frei, später wieder zu kommen", antwortet David sachlich.

Lisa bemerkt, wie Finn das Blut in den Kopf steigt. Sie befürchtet, dass er jeden Moment seine Beherrschung verlieren könnte und auf David einschlägt.

„Beruhigt euch mal! Beide! Finn, lass ihn los! Lass ihn los!", schreit sie, während sie sich zwischen die beiden Männer schiebt.

„Ich will ihn nicht in ihrer Nähe sehen. Außerdem soll er sich von Leonie fernhalten, dieses Schwein!", schimpft er wütend.

Durch den Lärm der Streitenden wurde eine Krankenschwester aufmerksam, welche beunruhigt das Zimmer betritt. „Gibt es ein Problem? Was ist denn los?", will sie beunruhigt wissen.

Die beiden Männer schauen sich abschätzend an. Da keiner der beiden etwas sagt, übernimmt Lisa es, der besorgten Schwester zu antworten.

„Es ist alles in Ordnung! Es gab nur eine kleine Meinungsverschiedenheit! Entschuldigen Sie, dass es so laut war!"

„Dies ist ein Krankenhaus! Ich bitte Sie inständig sich ruhig zu verhalten, sonst muss ich Sie bitten zu gehen!", erklärt sie mit Nachdruck.

„Kein Problem! Wir sind jetzt ruhig! Versprochen!", bestätigt Lisa schnell, während David und Finn sich immer noch stumm anstarren.

Nachdem die Schwester das Zimmer verlassen hat, springt Leonie aufs Bett ihrer Mutter.

„Mama! Schau mal, wer da ist! Dadi ist hier! Und Papa und Lisa!", plappert sie fröhlich darauf los.

In diesem Moment wird Finn schlagartig bewusst, dass seine Tochter einen Bezug zu David aufgebaut hat. Sie kennt ihn seit einem Jahr! Für ein kleines Kind ist das eine Ewigkeit! Sie weiß nichts von Davids Vergangenheit! Wie soll er ihr erklären, dass sie ihn plötzlich nicht mehr sehen darf? Diese Entscheidung obliegt einzig und allein ihrer Mutter.

Um Beherrschung bemüht wendet er sich an David. „Wenn du meine Tochter anrührst, dann bringe ich dich um!", droht er ihm leise.

„Schon klar!", antwortet dieser abschätzend.

Nachdem sich die Situation etwas beruhigt hat, nehmen die Erwachsenen auf den Stühlen neben dem Bett Platz, während Leonie weiterhin auf der Bettkante neben ihrer Mutter sitzt. Plötzlich wendet sie sich an David. „Dadi? Darf ich ein Eis haben?"

Finn ist schockiert! Obwohl er anwesend ist, fragt seine Tochter den neuen Freund ihrer Mutter.

„Ich gehe mit dir, wenn du willst!", drängt Finn sich liebevoll dazwischen, während er Leonie vom Bett hebt.

„Ich will aber mit Dadi gehen! Er war so lange weg!", bettelt sie, wobei sie sich in Davids Arme wirft.

David beobachtet Finns Reaktion. Er scheint auf sein Einverständnis zu warten.

„Na gut! Aber bleibt nicht so lange, verstanden?", antwortet er seiner Tochter zu Liebe. Wenn David wirklich seit einem Jahr mit seiner Tochter Umgang hat, warum sollte er ihr ausgerechnet jetzt etwas antun? Außerdem glaubt Finn nicht, dass David pädophil ist, sondern in Sarah schon damals eine Frau gesehen hat.

Hand in Hand verlassen David und Leonie das Zimmer.

„Finn! Beruhige dich mal! Er ist seit einem Jahr mit Sarah zusammen! Er war sicher schon öfters mit Leonie alleine! Male nicht gleich den Teufel an die Wand!", redet Lisa auf Finn ein.

„Ich weiß! Aber ich hasse ihn dafür, dass meine Tochter ihn liebt!", gibt er bedrückt zu.

„Du bist eifersüchtig!"

„Bin ich nicht! Ich habe nur Angst, dass sie ihn irgendwann lieber mag, als mich!", verteidigt er sich.

„Das nennt man Eifersucht!", bestätigt Lisa mit einem liebevollen Grinsen.

Beide blicken auf Sarah, die engelsgleich im Bett liegt. Lisa bekommt Mitleid mit ihrer Freundin. Mit Tränen in den Augen streichelt sie ihre Hand.

„Sarah! Es tut mir so leid, was dir damals mit David passiert ist! Ich wünschte, du hättest es mir erzählt, dann … Nein! Ich hätte dir trotzdem nicht helfen können. Was ich nur nicht verstehe … und auch Finn versteht es nicht … warum hast du dich acht Jahre später in diesen Mann verliebt? Das, was er dir angetan hat … wie konntest du das jemals verzeihen?", bricht sie plötzlich ab.

Die Tür schwingt auf und eine lachende Leonie betritt, mit einem Erdbeereis in der Hand, das Zimmer.

„Solange du das Eis isst, bleibst du aber brav auf dem Stuhl sitzen, ja?", erklärt David freundlich.

Leonie rutscht auf die Sitzfläche und leckt still an der Eiskugel. David setzt sich aufs Bett neben Sarah. Obwohl ihm Finns Anwesenheit und damit auch sein kritischer Blick bewusst ist, greift er nach Sarahs Hand und hält sie fest. Anschließend streichelt er ihre Wange und haucht ihr einen Kuss auf die trockenen Lippen. „Ich liebe Dich! Bitte wach auf und komm zurück zu uns!"

Kapitel 26

IM STILLEN

Meine Sinne werden jeden Tag schärfer. Ich höre nicht nur die Stimmen um mich herum, sondern nehme auch kleinste Geräusche wahr. Beispielsweise das Tippeln von Leonies kleinen Füßen auf dem Boden oder das Piepsen der Geräte, an welchen ich angeschlossen bin. Wie gerne würde ich endlich etwas sehen! Wie gerne würde ich die Hand drücken, die mich gerade berührt!

Sie sind alle da! Es muss für Finn ein Schock gewesen sein, zu erfahren, dass ich seit einem Jahr mit David zusammen bin. Ich spüre seinen Kuss auf meinen Lippen und beginne innerlich zu weinen. Aber genauso wenig, wie ein Lichtstrahl zu meinem Sehnerv gelangt, genauso unmöglich ist es für meine Tränen, nach außen zu dringen. Ich würde den Anwesenden so gerne ein Zeichen geben, dass ich sie wahrnehme. Ich würde am liebsten schreien: Ich bin hier! Ich will euch antworten, aber irgendetwas lässt es nicht zu! Ich kann an der Gegenwart nicht aktiv teilnehmen. Ich bin nur der passive Beobachter, der alles hört – aber nichts sieht – alles versteht – aber nicht darauf reagieren kann.

Leonie, mein Engel! Ich habe dich so vermisst, als ich bei deiner Oma gewohnt habe. Auch wenn du momentan keine Mutter hast, die sich um dich kümmern kann, so hast du doch zwei Papas! David liebt dich, wie sein eigenes Kind. Er hat dich gerettet! Und Finn, dein Papa, der wird immer für dich da sein! Ich werde etwas ruhiger. Selbst wenn es mich nicht mehr gibt, wird Leonie von mehreren Seiten versorgt und geliebt!

David! Wir haben uns gegenseitig schon so oft verziehen! Ich habe dich vom ersten Moment an geliebt. Und doch ist alles aus dem Ruder gelaufen...

Kapitel 27

RÜCKBLICK

Als Sarah in die 10. Klasse kommt, ist sie zuversichtlich für das neue Schuljahr. Sie hat sich fest vorgenommen, ihre Noten in Mathematik und Latein erheblich zu verbessern. In den übrigen Fächern steht sie zwischen einer Zwei und Drei, nur diese beiden Fächer bereiten ihr Sorgen. Sie will Nachhilfe nehmen, sobald sie bemerkt, dass der Stoff für sie undurchschaubar wird.

Am ersten Schultag sitzt sie mit ihrer Freundin Emily am Tisch und begutachtet die neuen Mitschüler in der Klasse. Es sind drei Jungs und zwei Mädchen, die entweder wiederholen müssen oder von einer anderen Schule gekommen sind. Ein Junge fällt ihr besonders ins Auge. Er ist groß, dunkelhaarig und hat die wohl schönsten blauen Augen, die sie jemals gesehen hat. Leider ist sie nicht die Einzige, die das bemerkt. Vom ersten Tag an wird Finn von den Mädchen umzingelt. Auch Emily ist da keine Ausnahme. Sie hatte bereits mit Zwölf ihren ersten Freund und ein Jahr später ihre Unschuld verloren. Wenn der Ausdruck „Flittchen" auf ein Mädchen zutrifft, dann wohl auf Emily.

„Hast du den Neuen gesehen?", fragt sie aufgeregt.

„Meinst du diesen Finn? Ja, der schaut echt süß aus", antwortet Sarah ehrlich.

„Wie lange glaubst du, brauche ich, um ihn zu verführen?", überlegt Emily laut.

„Keine Ahnung! Wo liegt dein Durchschnitt? Bei drei Tagen?", rätselt Sarah nachdenklich.

„Ich glaube, ich schaffe ihn in Zwei!"

„Na dann, viel Glück!", wünscht Sarah ihrer Freundin.

Obwohl Emily sich jeden gutaussehenden Jungen in der Schule schnappt, um ihn „abhaken" zu können, ist Sarah gut mit ihr befreundet. Sie kennen sich seit der 7. Klasse. Das Erste, was Emily ihrer neuen Freundin anvertraut hat, war, dass sie seit zwei Wochen keine Jungfrau mehr sei. Sarah war schockiert. Sie wurde bodenständig und gesittet erzogen, was sie jedoch nicht davon abhielt, für Jungs zu schwärmen und ihre Poster von Boybands, welche sie in ihrem Zimmer aufgehängt hat, täglich abzuknutschen. Seit Beginn ihrer Freundschaft reizt es Sarah, eine Freundin wie Emily zu haben.

Während ihre freizügige Tischnachbarin bis zu ihrem sechzehnten Lebensjahr bereits mit zwölf verschiedenen Jungs geschlafen hat, ließ sich Sarah vor einem halben Jahr mit ihrem ersten Jungen ein. Er hieß Ben und war zuvor mit Emily zusammen. Sarah verlor ihre Unschuld an ihn. Hinterher hat sie sich jedoch schlecht gefühlt. In ihren Träumen war ihr erster Freund stets ein lieber und rücksichtsvoller Mann, den sie über alles liebte. Die Wahrheit sah anders aus. Ben war zwar gutaussehend, aber nur an einer schnellen Nummer interessiert. Dass sie noch Jungfrau war, kümmerte ihn wenig. Nach drei Minuten war der Spaß für ihn vorbei. Und Sarah musste mit der Erkenntnis leben, dass Sex für viele Männer das Wichtigste an einer Beziehung ist.

Während der ersten drei Tage des neuen Schuljahres versuchte Emily ihr Bestes, um Finn auf sich aufmerksam zu machen. Dieser war jedoch nicht an dem hübschen Mädchen interessiert.

Am vierten Tag beschwert sie sich lautstark bei ihrer Freundin.

„Sarah! Finn ist schwul!", erzählt sie selbstsicher.

„Wie kommst du darauf?"

„Der sieht mich überhaupt nicht! Er lächelt jedes Mädchen mit der gleichen Freundlichkeit an, aber er geht mit keiner von ihnen aus! Was stimmt mit dem Typen nicht?", grübelt sie fassungslos.

„Vielleicht wartet er auf die Richtige?"

Emilys Blick sagt mehr als alle Worte. „Glaubst du das ernsthaft?", bringt sie ungläubig hervor.

„Warum nicht? Du kannst doch nicht …", setzt Sarah an. Plötzlich wird sie vom Eintreffen des neuen Lehrers unterbrochen. Heute steht das erste Mal Mathematik auf dem Stundenplan. Die Klasse weiß bereits seit dem ersten Tag, dass sie einen neuen Lehrer bekommen, haben ihn jedoch noch nicht gesehen.

Als der junge Lehrer das Klassenzimmer betritt, ist es augenblicklich still. Sechsundzwanzig Augenpaare sind schlagartig auf ihn gerichtet. Die männlichen abschätzend, die weiblichen bewundernd.

„Hallo! Mein Name ist David Schweiger! Ich bin euer Mathelehrer für dieses Jahr!", begrüßt er die Klasse.

„Wie alt sind sie?", will einer der Jungs wissen.

„Ich bin Achtundzwanzig! Ist das ein Problem für euch?", antwortet David lächelnd.

Ab diesem Moment liegen die Mädchen ihm reihenweise zu Füßen.

„Es ist zwar nicht üblich, aber wenn ihr einverstanden seid, können wir uns alle duzen. Ich habe in der letzten Klasse die Erfahrung gemacht, dass sich die Schüler eher trauen mich etwas zu fragen, wenn ich nicht die strenge Autoritätsperson darstelle. Deshalb schlage ich vor, ihr nennt mich David. Hat jemand etwas dagegen?", will er interessiert wissen.

Nachdem keine Gegenstimme laut wird, beginnt David mit dem Unterricht.

Nach Schulschluss sitzen Emily und Sarah noch vor der Schule, um genüsslich ihre Zigaretten zu rauchen. Sarah schmecken diese Tabakstängel eigentlich nicht, aber Emily meint, man wäre cooler, wenn man raucht.

„Dieser David ist genau mein Fall", schwärmt Emily.

„Er ist sicher nett", bestätigt Sarah die Meinung ihrer Freundin.

„Ich meine nicht schulisch, Sarah! Ich meine privat, als Mann!"

„Warst du nicht gerade noch an Finn interessiert?", entgegnet Sarah überrascht.

„Der ist ein harter Brocken, den heb ich mir für später auf. Aber dieser David …", träumt sie vor sich hin.

Sarah würde vor ihrer dominanten Freundin niemals zugeben, dass sie selbst ein bisschen in ihren Lehrer verknallt ist. Wenn Emily sich etwas in den Kopf setzt, sollte man ihr dabei lieber nicht im Weg stehen.

Die nächsten Wochen beißt sich Emily regelrecht die Zähne an dem neuen Mathelehrer aus. Er lässt sie, wann immer sie ihn privat antrifft, abblitzen. Schließlich gibt sie auf.

„Der ist schwul!", erklärt sie überzeugt.

„Warum müssen alle Männer gleich schwul sein, nur weil sie nichts mit dir anfangen wollen?", entgegnet Sarah fassungslos.

„Dann eben nicht! Für mich ist er jedenfalls gestorben. Hast du dir mal Marco genauer betrachtet? Der schaut so süß aus, mit seinen blonden Locken", schwärmt sie sofort vom nächsten Opfer.

Sarah ist insgeheim froh, dass Emily sich nicht weiter für David interessiert. In letzter Zeit hat sie sich immer mehr in ihn verliebt. Obwohl sie wie gebannt an seinen Lippen hängt, kann sie seinem Unterricht nicht folgen. Die Folge ist, dass ihre Zensuren in den Keller gehen. Eines Tages nimmt sie ihren Mut zusammen und spricht David nach dem Unterricht an.

„David? Gibst du vielleicht auch Nachhilfestunden? Ich muss dringend meine Noten verbessern und …", setzt sie hoffnungsvoll an.

„Tut mir leid Sarah! Ich selbst habe leider keine Zeit dazu, aber ich kenne ein Mädchen aus der Zwölften, die Nachhilfe in Mathe gibt", erklärt er bedauernd.

Sarah blickt ihm in die Augen und fühlt sich augenblicklich von ihm durchschaut. Ihr Herzschlag beschleunigt sich, ihre Hände werden feucht. Das muss Liebe sein!

„Achso! Ja, dann …", stottert sie los.

„Soll ich dir ihre Nummer geben?", fragt er zuvorkommend.

„Du hast ihre Nummer?", kontert Sarah überrascht.

„Natürlich! Weil ich ihr Nachhilfeschüler vermittle", antwortet David lächelnd. „Ist alles in Ordnung mit dir?", fragt er besorgt. Dabei berührt er ihr Kinn und hebt es leicht an. Sarah fährt ein elektrischer Impuls durch den Körper. In diesem Moment weiß sie, dass es sie voll erwischt hat.

Nachdem Sarah sich die Nummer der Mitschülerin geben ließ, verlässt sie das Klassenzimmer.

Obwohl sie es sich am Anfang des Schuljahres fest vorgenommen hat, schafft sie es nicht, ihre Vorsätze in die Tat umzusetzen. Sie geht nicht zur Nachhilfe, was sich deutlich an ihren Noten bemerkbar macht.

Kurz vor Ende des Schuljahres wird ihr plötzlich bewusst, dass sie das Klassenziel nicht erreicht, wenn sie in Mathe oder Latein ihre Leistungen nicht verbessert. Sie steht in beiden Fächern auf einer glatten Fünf, die sich nicht einmal durch eine gute Mitarbeitsnote verbessern lässt. Schließlich wendet sie sich an ihre Freundin.

„Emily, was soll ich jetzt machen? Ich will das Jahr nicht wiederholen! Ich will in dieser Klasse bleiben!", jammert sie verzweifelt.

„Versuch doch David zu überzeugen, dass er dir eine Eins in mündlich und in Mitarbeit gibt!", schlägt Emily selbstsicher vor.

„Und wie? Soll ich etwa sagen: Ach lieber David, bitte gib mir doch eine Eins, sonst bleibe ich sitzen?", erwidert sie missmutig.

„Erinnerst du dich, dass ich bei ihm auf Granit gebissen habe?"

„Ja, warum?"

„Vielleicht war das nur am Anfang so, weil alle Mädchen ihn angehimmelt haben. Jetzt ist der Zauber verflogen. Die meisten sehen ihn nur noch als Lehrer! Versuch doch dein Glück!", schlägt sie begeistert vor.

„Wie meinst du das?", fragt Sarah unsicher.

„Du stehst doch auf ihn, oder? Das sehe ich dir an! Dann verführ ihn und als Gegenleistung soll er dir eine gute Note geben! Wo ist das Problem?"

„Wo das Problem ist? Er ist unser Lehrer! Er hat dich eiskalt abblitzen lassen, dann wird er kaum auf mich anspringen. Außerdem …", bricht Sarah hilflos ab.

„Was? Weißt du nicht wie?", fragt Emily fassungslos.

„Nein! Doch! Ach, das ist eine blöde Idee, Emily!", wehrt sie den Vorschlag ihrer Freundin ab.

„Natürlich ist es eine blöde Idee! Aber du wolltest meine Meinung hören! Willst du einen ernsten Ratschlag?", wendet sich Emily liebevoll an ihre Freundin.

Sarah nickt.

„Wiederhole die Zehnte und lerne nächstes Mal von Anfang an!"

„Das kann ich nicht! Meine Eltern rasten aus, wenn ich sitzen bleibe! Die streichen mir das Taschengeld, lassen mich am Wochenende nicht mehr raus und nehmen wir mein Handy weg!", jammert Sarah weinerlich.

„Sorry! Aber das hättest du dir früher überlegen sollen!",
entgegnet Emily gelangweilt.

Zu Hause in ihrem Bett grübelt Sarah weiter über Emilys
Vorschlag. So abwegig erscheint es ihr überhaupt nicht mehr,
David zu verführen. Sie liebt ihn doch, es wäre nicht einmal ein
Opfer für sie. Und welcher Mann kann schon widerstehen,
wenn man Sex mit ihm will? Je länger sie darüber nachdenkt,
desto konkreter werden ihre Gedanken.

Am nächsten Morgen steht sie vor ihrem Kleiderschrank und
zieht ein rotes Top sowie einen weißen, kurzen Rock hervor. Ihr
Plan steht fest!

Kapitel 28

Als Sarah an diesem Morgen das Schulgebäude betritt, fühlt sie sich selbstsicher und motiviert. Als zwei Stunden später David vor ihr steht, verliert sie fast den Mut! Während er an der Tafel seinen Unterricht abhält, versucht sie krampfhaft, ihre Nervosität unter Kontrolle zu bringen. Am liebsten würde sie Emily von ihrem Vorhaben erzählen, sie hat aber Angst, dass ihre Freundin es ihr ausreden will oder sie auslacht, weil sie den Vorschlag überhaupt ernst genommen hat. So übersteht sie zwangsweise die Doppelstunde Mathematik und sehnt das Ende des Unterrichts herbei. Als schließlich der Gong ertönt, zuckt sie erschrocken zusammen.

„Endlich Pause!", jammert Emily. „Kommst du mit auf den Hof?"

„Ich komme gleich nach. Ich muss noch kurz mit David sprechen!", erwidert sie beiläufig.

„In Ordnung! Bis dann!", verabschiedet sich Emily und stürmt aus dem Klassenzimmer.

Sarah versucht möglichst langsam ihre Sachen einzupacken, um Zeit zu gewinnen und David alleine anzutreffen. Plötzlich hört sie hinter sich ein Klackern, so als würden kleine Steine auf den Boden fallen.

„Mist! Blöde Verpackung!", ruft Finn genervt. Im nächsten Moment wirft er sich auf den Boden, um die verschütteten Erdnüsse aufzusammeln.

Sarah schaut zu David und bemerkt, dass er im Begriff ist zu gehen. Schnell springt sie auf und läuft auf ihn zu. „David?"

„Ach Sarah! Was gibt es?", fragt er aufmerksam.

„Ich wollte mit dir über meine Note sprechen! Hast du heute vielleicht mal kurz Zeit?", setzt sie vorsichtig an.

„Wenn du willst, kannst du in der Mittagspause ins Lehrerzimmer kommen. Dann können wir in Ruhe reden!", schlägt er freundlich vor.

„Äh … da kann ich leider nicht. Da muss ich für Chemie lernen. Hast du nach der Schule Zeit?", schlägt sie zögernd vor.

„Nach Schulschluss muss ich ins Bücherlager. Wenn es dir nichts ausmacht …", setzt er nachdenklich an.

„Nein! Überhaupt nicht! Bis später!", erwidert sie schnell. Im nächsten Moment dreht sie auf dem Absatz um und geht zur Tür.

Davids Blicke auf ihrem Rücken kann sie nur erahnen.

„Hast du mit David gesprochen?", will Emily kurze Zeit später neugierig wissen.

„Ich treffe ihn heute Nachmittag im Bücherlager", antwortet Sarah schüchtern.

„Hast du dich für ihn so hübsch gemacht?"

„Quatsch! Ich will mit ihm nur über meine Noten reden! Ich bin nicht so wie du, Emily! Das haben wir doch schon geklärt!", faucht sie genervt zurück.

„Schon gut! Das war ein Scherz! Reg dich nicht gleich auf! Weißt du schon das Neueste? Celina hat mir erzählt …", plappert Emily los.

Sarahs Gedanken schweifen jedoch ab. Sie überlegt, wie sie David am besten dazu bringen kann, ihr eine gute Note zu geben. Das hat für sie momentan absolute Priorität! Und sie würde alles, wirklich alles dafür tun, um in die nächste Klasse versetzt zu werden.

Den restlichen Schultag meistert Sarah nur noch sehr unkonzentriert. Sie schwankt zwischen der Vorfreude, sich David an den Hals werfen zu können und der Angst, abgewiesen zu werden. Allerdings ist der sie antreibende Punkt die Versetzung in die nächste Klasse. Bestünde dieses Problem nicht, würde sie niemals diesen Schritt gehen!

Und dann ist es endlich soweit! Der Gong kündigt das Ende des Schultags an. Alle Schüler verlassen eilig das Klassenzimmer.

„Viel Glück!", wünscht ihr Emily mit einem Augenzwinkern.

„Danke! Ich berichte dir später davon", verabschiedet sich Sarah.

Langsam schreitet sie den breiten Gang bis zur großen Treppe entlang. Zügig leert sich das Schulgebäude, bis nur noch vereinzelte Schüler dem Ausgang zusteuern. Sarah steigt Stufe für Stufe hinunter in den Keller. Dort biegt sie links in einen schmalen Gang ein. Die dritte Türe rechts steht offen. Das Bücherlager!

„Hallo?", ruft sie zaghaft, bevor sie eintritt.

„Sarah? Komm rein!", antwortet David schwer atmend.

„Störe ich gerade?", will sie unsicher wissen.

„Nein! Aber kannst du mir kurz helfen? Ich muss die komplette Reihe abbauen, weil eines der Regale gebrochen ist. Eigentlich sollte das der Hausmeister machen, aber bis der mal dazu kommt, kracht hier alles zusammen! Also habe ich mich bereit erklärt, es zu reparieren!"

Während David das gebrochene Regal anhebt, zieht Sarah einen Stapel schwerer Atlanten heraus, um ihn auf dem Boden abzulegen. Als sie sich erhebt, bemerkt sie Davids Blicke, die an ihrem kurzen Rock haften. Schüchtern lächelt sie ihn an. Anschließend greift sie nach einem neuen Stapel Bücher, um ihn schwungvoll herauszuziehen. Dabei verliert sie das Gleichgewicht und schwankt zur Seite.

„Huch!", ruft sie aus, während sie gegen Davids Körper fällt. Dieser lässt unverzüglich das Regal los, um Sarah aufzufangen. Mit einem lauten Knall fallen die Bücher zu Boden.

„Alles in Ordnung?", fragt David besorgt, während er Sarah in seinen Armen hält. Ihre Gesichter sind sich so nahe, dass sie seinen Atem auf ihrer Haut spüren kann. Ohne näher darüber nachzudenken streckt sie sich ihm entgegen und küsst ihn auf den Mund. Für ganze zwei Sekunden bleibt die Zeit stehen. Plötzlich schiebt David sie von sich.

„Sarah, nicht!", wehrt er sie behutsam ab.

„Tut mir leid! Es ist einfach über mich gekommen! Seit ich dich kenne …", setzt sie schüchtern an.

„Sag es nicht! Es ist besser, wenn ich es nicht weiß! Ich bin dein Lehrer!", gibt er zu Bedenken.

„Ja, aber du bist auch ein Mann! Und ich bin eine Frau! Oder etwa nicht?", flüstert sie ihm entgegen.

Davids Blick wandert kurz über Sarahs Körper, bevor er ihr antwortet. „Ja, du bist definitiv eine Frau. Noch dazu eine sehr begehrenswerte Frau! Aber du bist erst Sechzehn!"

Langsam dreht Sarah sich um, geht zur Tür und schließt sie.

„Du wolltest doch mit mir reden, oder …?", setzt David vorsichtig an.

„Kannst du etwas an meiner Note ändern? Ich brauche unbedingt eine Vier um das Schuljahr zu bestehen!", bringt Sarah ihr Problem direkt zur Sprache.

„Sarah! Du weißt, dass ich das nicht machen kann!", gibt er bedauernd zu.

„Warum nicht? Gib mir in Mündlich und in Mitarbeit eine Eins und ich komme auf eine Vier!", schlägt sie hoffnungsvoll vor.

„Sarah…"

„Bitte! Ich weiß, dass das für dich möglich ist! Nur bei schriftlichen Klausuren kannst du nichts ändern, aber mündlich?", bettelt sie regelrecht.

David schaut ihr lange in die Augen. Er kann nicht leugnen, dass ihm viel an Sarah liegt. Sie ist ihm durch ihre zurückhaltende Art aufgefallen. Anders als die übrigen Mädchen, hat sie ihn zwar beobachtet, aber nie bedrängt.

„Hör mir zu! Die Noten werden von anderen Lehrern überprüft. Wenn deine schriftlichen Zensuren zwischen Fünf und Sechs liegen und du mündlich und in der Mitarbeit plötzlich Einser hast, fällt das jedem Lehrer sofort auf! Ich will und kann meine Stellung nicht aufs Spiel setzen. Nicht einmal für dich!", gibt er leise zu.

„Nicht einmal für mich? Heißt das, du empfindest etwas für mich? Mehr als für die anderen deiner Schüler?", fragt sie erstaunt. Sie traut sich kaum zu hoffen, dass er mehr als Verpflichtung für sie empfinden könnte.

„Das spielt keine Rolle! Wiederhole einfach die Klasse und dann ist es gut!"

„Nichts ist gut! Meine Eltern werden ausrasten! Ich kann in Zukunft wie im Kloster leben, wenn ich sitzen bleibe! Was soll ich tun? Ich tu alles für dich, wenn du mir hilfst!", bettelt sie, während sie einen Schritt näher an ihn herantritt.

Ihre Hände gleiten über sein Hemd, öffnen jeden Knopf einzeln.

„David, das muss keiner erfahren!", schlägt sie ihm verführerisch vor. Sie öffnet sein Hemd und beginnt, seine muskulöse Brust zu küssen. David will sich wehren, kämpft innerlich mit seinen Gefühlen. Einerseits fühlt er sich zu Sarah hingezogen, wünscht sich nichts sehnlicher, als sie hier und jetzt zu lieben. Andererseits jedoch schlägt seine Vernunft Alarm. Sie ist erst Sechzehn! *Du machst dich strafbar!*

Sarahs Küsse wandern nach unten. Sie öffnet seine Hose, greift hinein. Ruckartig zieht er ihre Hand heraus.

„Stopp! Das dürfen wir nicht!", unterbricht er sie.

„Wenn ich es aber will?", haucht sie ihm zu, während sie ihn erneut küsst. Sie streicht mit ihrer Zunge über seine Lippen, bis er sie öffnet. Verlangend dringt sie in seinen Mund ein, um ihn zu erforschen. Ihre Hand wandert erneut in seine Hose, bis sie ihr Ziel erreicht.

Schwer atmend küsst David das Mädchen und greift ihr unter den Rock an die Pobacken. Seine Lippen wandern an ihren Hals, wo er sie zärtlich liebkost, um den salzigen Geschmack ihrer weichen Haut aufzunehmen. Schlagartig wird ihm bewusst, was er tut. Mit einem kräftigen Ruck schiebt er Sarah von sich.

„Hör sofort auf damit!", befiehlt er schwer atmend.

„Ich will es aber und du auch!", beschwert sie sich.

„Du willst nur, dass ich dir eine gute Note gebe! Und das werde ich auf keinen Fall machen! Egal was du hier gerade abziehst. Ich werde nicht gegen die Ethik meines Kollegiums handeln! Damit ruiniere ich mich!", erklärt er ernst.

Plötzlich wird Sarah bewusst, dass sie ihr Ziel, eine bessere Note zu bekommen, nicht erreichen wird. Obwohl sie wirklich mit ihm schlafen möchte, toben in ihr zwei Gefühle. Das Eine will David, weil sie ihn liebt. Das Andere will versetzt werden und zwar um jeden Preis!

Für David völlig unerwartet verändert sich Sarahs Gesichtsausdruck. Aus dem verliebten Engel, welches verrückt nach ihm ist, wird ein gefühlsloser Teufel, der ihn vernichten will.

„Ist das dein letztes Wort? Du wirst mir nicht zu einer besseren Note verhelfen?", stößt sie wütend hervor.

„Es tut mir leid, aber das kann ich nicht machen!", erklärt er unmissverständlich.

Sarah tritt einen Schritt an ihn heran, geht auf die Zehenspitzen und flüstert in sein Ohr: „Das wirst du bereuen! Ich werde dich zerstören, das verspreche ich dir!"

Im nächsten Moment kratzt sie ihm mit ihren langen Fingernägeln über seine Brust. Schmerzhaft verzieht er sein Gesicht.

„Du Schwein! Damit kommst du nicht ungestraft davon!", schreit sie aufgebracht, bevor sie aus dem Lager stürmt.

Auf dem schmalen Flur stolpert sie fast über zwei Jungs, die sich gegenübersitzen und rauchen. Der Rothaarige schaut verdutzt auf, während der blonde Junge amüsiert lächelt.
Einen Moment später erscheint David im Flur.
„Sarah, warte!", schreit er ihr verzweifelt hinterher. Erst jetzt bemerkt er, dass seine Hose noch offen ist. Aber da ist es bereits zu spät. Beide Jungs haben es gesehen.

Mit tränennassem Gesicht stürmt Sarah aus dem Schulgebäude. Ihre Gefühle überwältigen sie. Sie ist entsetzt, traurig, wütend und furchtbar enttäuscht von sich selbst. Sie hat sich in ihn verliebt und er hat sie abgewiesen! Erst jetzt wird ihr bewusst, wie nah Liebe und Hass zusammenhängen. Sie schaut auf ihre Hände, erkennt die Haut unter ihren Fingernägeln, die sie von Davids Brust gekratzt hat. Und plötzlich sieht sie noch etwas anderes. Ein kleines schwarzes Haar, welches zwischen ihren Fingern klebt. Der alte Plan hat nicht geklappt. Angestrengt überlegt sie sich einen Neuen, während sie auf das Schamhaar starrt. Und plötzlich umspielt ein schelmisches Lächeln ihre Lippen. Vorsichtig schiebt sie ihre Hand in ihre Unterwäsche und streift sich über ihre Scham. Anschließend zerreißt sie ihr Höschen an einer Seite. Schuldbewusst schaut sie sich um. Sie ist alleine! Keine Menschenseele befindet sich auf dem verlassenen Schulhof. Mit beiden Händen umschließt sie ihren Hals und drückt für einige Sekunden kräftig zu. Erst als der Schmerz und die Atemnot zu groß werden, lässt sie von sich ab.
Anschließend zieht sie ihr Handy aus der Tasche und wählt die Nummer ihres Vaters.
Zwanzig Minuten später befinden sie sich gemeinsam im Krankenhaus, wo der diensthabende Arzt die Spuren des

Missbrauchs sichert. Anschließend nehmen die anwesenden Polizeibeamten Sarahs Aussage auf.

Kapitel 29

Schweigend sitzen die beiden Männer an Sarahs Bett. Lisa beobachtet die angespannte Situation. Ihre Gedanken schweifen zu ihrer Auseinandersetzung mit Finn ab. Offensichtlich ist es ihm unangenehm, dass sie weiterhin mit ihm zusammenwohnt. Sie sollte sich entscheiden! Zwischen einer Liebe, die ihr guttut, ihr Vertrauen und Beständigkeit gibt, und zwischen dem Verlangen nach Finn, zu dem es sie unaufhaltsam hinzieht - der ihr Herz höherschlagen lässt, wenn sie nur an ihn denkt. Lisa kommt zu einem Entschluss. Sie muss eine Entscheidung treffen!

Plötzlich reißt Leonies Stöhnen alle aus ihren Gedanken.

„Aua! Papa!", jammert sie völlig unerwartet.

„Was ist los, Süße?", wendet Finn sich ihr besorgt zu.

„Mein Bauch tut so weh!", antwortet Leonie mit bleichem Gesicht.

Unverzüglich hebt er seine Tochter auf seinen Schoß.

„Vielleicht hast du einfach zu viel Eis gegessen!", redet er beruhigend auf sie ein.

„Sie hatte doch nur eine Kugel!", mischt David sich besorgt ein. „Was hat sie denn heute gefrühstückt?"

Unschlüssig schaut Finn zu Lisa. „Sie hatte ein Müsli, oder? Und ein Nutellabrot!"

„Ja! Aber das kann es nicht sein, sie muss ...", setzt Lisa an. In diesem Moment beugt Leonie sich nach vorne und erbricht sich über Finns Schuhe.

„Shit!", ruft dieser spontan aus.

Die rosa Flüssigkeit breitet sich auf dem Boden vor ihm aus.

„Ist da Blut dabei?", ruft Finn ängstlich.

Lisa und David begutachten sofort das Erbrochene. Beruhigt schütteln sie den Kopf.

„Nein! Das ist nur das Erdbeereis!", erklärt David.

Leonie beginnt zu weinen. „Das wollte ich nicht! Es tut mir leid, Papa!"

„Schon gut! Du kannst doch nichts dafür! Komm mit, wir gehen schnell ins Bad und machen uns sauber!", besänftigt er seine kleine Tochter. Mit Leonie auf dem Arm verlässt er das Zimmer.

Lisa fällt auf, dass David den Beiden besorgt nachschaut.

„Sie hat sicher nur einen Virus!", redet sie beruhigend auf den ehemaligen Lehrer ein. „Sie hängen sehr an Leonie, stimmt's?"

Davids Blick spricht Bände. Sein schmerzvoller Ausdruck berührt Lisa bis in ihr Inneres.

„Ich liebe sie, wie eine eigene Tochter!", erzählt er gedankenverloren, während er Sarahs gleichmäßige Gesichtszüge beobachtet.

„Meinen Sie jetzt Leonie oder Sarah?", hakt Lisa unschlüssig nach.

Entsetzt dreht David sich um. „Sie glauben auch, dass ich Sarah das angetan habe, richtig?"

„Ich … äh …", stottert sie unbeholfen.

„Natürlich! Finn hat Ihnen sicher von der Verhandlung erzählt! Und den Beweisen, die gegen mich vorlagen!"

„Hören Sie! Ich bin angehende Rechtsanwältin und ich vertrete die Meinung, dass Menschen, egal was sie verbrochen haben, irgendwann für ihre Tat gebüßt haben. Vor allem, wenn sie es so aufrichtig bereuen, wie Sie!", will Lisa ihn aufmuntern. Allerdings geht ihr Vorhaben nach hinten los!

„Sie haben keine Ahnung! Ich bereue überhaupt nichts! Ich liebe Sarah! Vermutlich habe ich sie schon damals geliebt, nur …", bricht er abrupt ab.

„Was?", hakt Lisa neugierig nach.

„Nichts! Sie würden es mir eh nicht glauben!"

146

„Versuchen Sie es doch!", ermutigt sie ihn.

David schaut Lisa fest in die Augen. Seltsamerweise vertraut er ihr. Und mit einem Mal hat er das Bedürfnis, ihr alles zu erzählen. „Ich hatte keine Chance! Sarah hat das alles viel zu gut geplant, als dass ich …", beginnt er zu offenbaren.

Schlagartig wird die Tür aufgerissen und Leonie stürmt herein. Ihr Gesicht ist immer noch blass, aber offensichtlich geht es ihr besser.

„Dadi! Ich muss nach Hause fahren! Kommst du mit!", fragt sie ihren Ersatzpapa, während sie ihm in die Arme läuft.

Einen Moment später betritt Finn das Zimmer. „Ich bringe Leonie nach Hause! Sie hat sich auf der Toilette erneut übergeben. Ich glaube, sie hat sich etwas eingefangen!"

David streicht dem kleinen Mädchen liebevoll eine Locke aus dem Gesicht. „Fahr du ruhig mit deinem Papa nach Hause! Ich bleibe noch ein wenig bei der Mama, in Ordnung?"

„Kommst du später noch?", will sie bettelnd wissen.

„Ich weiß nicht sicher, ob ich es heute noch schaffe. Werde erst einmal gesund, dann sehen wir weiter!", antwortet er diplomatisch.

Behutsam zieht Finn seine Tochter von David weg, um sie auf den Arm zu nehmen.

„Lisa? Kommst du mit?", fragt er, wie selbstverständlich.

„Finn! Ich glaube, es ist besser, wenn ich zu Anja ziehe!", antwortet Lisa völlig unerwartet.

Irritiert betrachtet Finn sie. „Was? Wie kommst du jetzt darauf?", will er entsetzt wissen.

„Ich habe über unser Gespräch nachgedacht und ich glaube, es ist für dich einfacher, wenn ich momentan nicht in deiner Nähe bin", gibt sie zaghaft zu.

„Müssen wir das jetzt besprechen? Hier? Vor ihm?", faucht Finn aufgebracht, während sein abwertender Blick auf den Mann neben ihn trifft.

Lisa zuckt nur entschuldigend die Schultern.

Nach einigen Sekunden betretenen Schweigens, gibt Finn sich geschlagen. „Soll ich dich später abholen? Du brauchst dein Auto, wenn du zu Anja willst!"

Lisa scheint ernsthaft zu überlegen, ob sie sein Angebot annehmen soll. „Aber Leonie ist doch krank! Willst du sie …"

„Ich kann sie fahren!", mischt David sich ungefragt ein. „Ich bringe sie später zu ihrem Auto!"

Finns Blicke entsenden Giftpfeile, die in seiner Fantasie direkt in Davids Augen treffen.

Liebevoll wendet Lisa sich an Leonie. „Gute Besserung, Kleine!"

Das ist für Finn das Zeichen, zu gehen. Lisa hat sich entschieden! Offensichtlich gegen ihn!

Nachdem Finn gemeinsam mit Leonie das Krankenzimmer verlassen hat, lehnt Lisa sich entspannt zurück. Sie ist nicht glücklich über die Situation, aber sie will Finn nicht weiter verletzten, indem sie sich nicht für eine Liebe entscheiden kann.

„Haben Sie gerade eine Krise?", reißt David sie aus ihren Grübeleien.

„Was? Nein! Doch! Ach, das ist kompliziert!", stößt sie unsicher aus.

„Das ist es immer!"

„Sie wollten mir doch von Sarah erzählen! Sie sagten, sie hätte alles geplant?", will Lisa neugierig wissen.

Plötzlich ist David sich nicht mehr sicher, ob er die Wahrheit preisgeben soll. Er hat so lange geschwiegen. Aus gutem Grund! Er will seine Zukunft mit Sarah nicht gefährden, indem er jetzt nachlässig wird, weil er glaubt, sein Gewissen erleichtern zu müssen.

„Zuerst möchte ich Sie fragen, ob wir uns vielleicht duzen können? Wir sind beide mit Sarah befreundet. Wäre sie jetzt wach, würden wir sicher ungezwungen miteinander umgehen", schlägt er versöhnlich vor.

„Einverstanden! Ich bin Lisa!"

„David!", stellen sie sich gegenseitig mit einem kurzen Händedruck vor.

„Erzählst du mir jetzt, was Sarah damals geplant hat?", hakt Lisa neugierig nach.

„Ich glaube, es ist besser, wenn wir damit warten, bis Sarah aufwacht und es dir selbst erzählen kann", gibt er vorsichtig zu.

„Liegt das an Sarah, oder an den Männern, mit denen sie sich umgibt?", wirft Lisa ihm vor.

„Was meinst du?"

„Das gleiche hat Finn damals zu mir gesagt, als ich Sarahs Geheimnis wissen wollte. Das übrigens jeder auf der Schule kannte – außer mir!", bemerkt sie gekränkt.

„Lisa! Manche Geschichten hört man besser von dem Betroffenen selbst, als über einige Ecken! Außerdem haben Sarah und ich uns versprochen, mit Niemandem darüber zu reden!", ergänzt er leise.

Alarmiert blickt Lisa auf. „Jetzt hast du mich erst Recht neugierig gemacht! Habt ihr etwas angestellt? Sag schon! Um was geht es?", bohrt sie hartnäckig nach.

„Vergiss es! Du kannst fast alles von mir erfahren, aber nicht das!", übergeht er ihr Betteln.

„Na gut! Dann berichte mir doch davon, wie ihr euch vor einem Jahr wieder getroffen habt? Wie kam es, dass Sarah dir so schnell verziehen hat? War sie nicht sauer auf dich?", will Lisa jetzt wissen.

„Die gleiche Frage hat mir Finn heute auch schon gestellt", bemerkt er erstaunt.

„Wundert dich das? Nach allem, was du Sarah angetan hast?"

„Ich habe …"

„Ich weiß! Du bist der Meinung, du hast ihr nichts angetan! Schwamm drüber! Du wurdest verurteilt und hast deine Strafe abgesessen! Damit bist du ein freier Bürger, wie ich und Finn!

Trotzdem interessiert es mich, wie sie auf dich reagiert hat!'",
unterbricht sie ihn hektisch.

„In Ordnung! Ich erzähle dir, wie wir uns wieder getroffen
haben", erklärt er nachgebend.

Davids Blick wandert zu Sarah. Er betrachtet ihr entspanntes
Gesicht, ihre dünnen Arme, die schmalen Finger. Plötzlich
fängt er an zu erzählen:

„Es war im Sommer letzten Jahres. An einem heißen
Sonntagnachmittag beschloss ich, an den Baggersee zu fahren
…"

Kapitel 30

RÜCKBLICK

Sarah sitzt auf der ausgebreiteten Decke, einige Meter entfernt vom Ufer des kleinen Baggersees im Münchner Norden. Am Rand des Wassers sitzt die dreijährige Leonie auf ihrem Styroporschwimmbrett. Eifrig stapelt sie verschieden große Steine aufeinander, bis der Turm schließlich zusammenbricht. Voller Stolz beobachtet Sarah ihre Tochter. Eine Dreijährige mit solch einer Ausdauer! Sie beschließt Leonie zu helfen, um ihr diese ständigen Rückschläge zu ersparen.

Als Sarah aufstehen will, wird sie plötzlich von der Seite angesprochen.

„Sarah?", vernimmt sie eine erstaunte Männerstimme.

Ruckartig dreht sie sich um und blickt im nächsten Moment in das Gesicht ihrer Jugendliebe!

„David?", bringt sie mühsam hervor.

„Ja! Ich bin es wirklich! Du schaust mich an, als würdest du ein Gespenst sehen!", zieht er sie lächelnd auf.

„Was ... machst du ... hier?", stottert sie unsicher.

„Vermutlich das gleich wie du! Ich will bei diesem Wetter im See baden!", antwortet er beiläufig. „Darf ich mich zu dir setzen?"

Unsicher nickt Sarah. Nachdem David sich neben ihr auf der Decke niedergelassen hat, betrachtet sie ihn abschätzend. „Seit wann bist du ...?", bringt sie schüchtern vor.

„Draußen? Seit fünf Jahren! Aber ich bin erst seit einem Monat wieder in München!", erklärt er ehrlich.

„Warum?"

„Warum erst seit einem Monat?"

„Warum tust du das?", will sie traurig wissen.

„Eigentlich sollte doch ich derjenige sein, der diese Frage stellt, findest du nicht?", sagt er ernst.

„Ich weiß! Aber warum bist du zurückgekommen?", setzt sie hilflos an.

„Weil ich die letzten fünf Jahre ruhelos umhergeirrt bin. Ich habe versucht, mir ein neues Leben aufzubauen. Aber vergeblich! Mich lassen die Bilder von damals nicht los!", erklärt er traurig.

„Welche Bilder?", hakt sie, mit Tränen in den Augen, nach.

David schnaubt verächtlich. Sein Blick wandert zum See. Er beobachtet die spielenden Kinder, während er überlegt, was er antworten soll. Diese erste Begegnung mit Sarah hat er tausend Mal in seinem Gedächtnis durchgespielt. Er hatte so viele Versionen davon, dass er sich sicher war, eine von ihnen würde haargenau zutreffen, wenn er auf Sarah trifft. Aber jetzt ist plötzlich alles ganz anders. Sie betrachtet ihn mit Unverständnis. Dabei will er es doch nur von ihr selbst erfahren! Er will aus ihrem Mund hören, warum sie diese Geschichte vor Gericht erzählt hat.

Für einen Moment dreht er sich zu Sarah, die ihr Gesicht in ihren Händen vergräbt. Vielleicht tut es ihr jetzt doch leid, vielleicht entschuldigt sie sich für ihr damaliges Verhalten.

Sein Blick wandert zurück zum Ufer. Er beobachtet ein kleines Mädchen, welches sich gerade erhebt und nach ihrem kleinen Schwimmbrett greift. Sehnsüchtig stellt er sich vor, sie wäre seine Tochter. Wenn die Vergangenheit anders verlaufen wäre, vielleicht …

Das Mädchen geht zielstrebig auf das Wasser zu. Mit ungutem Gefühl blickt David sich um. *Wo ist die Mutter?* Das Kind ist noch viel zu klein, um ohne Schwimmhilfe ins tiefe Wasser zu gehen. Er weiß aus Erfahrung, dass das Ufer von Baggerseen nach einigen Metern steil abfällt. Das kleine Kind stapft ungehindert auf die bedrohliche Tiefe zu. Davids Blicke

schweifen hektisch umher. *Wo ist diese verdammte Mutter?*
Warum passt sie nicht auf ihr Kind auf?

Im nächsten Moment passiert es! Das kleine Mädchen
verschwindet! Es wird so schnell vom Wasser verschluckt, dass
man es nur mitbekommt, wenn man es gerade in diesem
Augenblick beobachtet hat. Zurück bleibt ein blaues
Schwimmbrett, welches verlassen im Wasser treibt.

Schlagartig springt David auf und sprintet in den See. Als
auch er in den Tiefen versinkt, taucht er unter. Etwa einen
Meter unter der Wasseroberfläche entdeckt er das Kind. Völlig
regungslos, mit ausgebreiteten Armen und geöffneten Augen,
sinkt es langsam nach unten. David drängt sich der Verdacht
auf, das Mädchen könnte Selbstmord begehen wollen, da es
wehrlos dem Abgrund entgegen gleitet. Quatsch! Ein
dreijähriges Kind begeht doch keinen Selbstmord! Beherzt
greift er nach ihrem Arm und zieht sie mit sich nach oben.

Als er die rettende Wasseroberfläche erreicht, nimmt er das
geschockte Mädchen sofort in den Arm und klopft ihr
vorsichtig auf den Rücken. Einen Augenblick später weint sie
los. So muss sich eine Geburt anfühlen, denkt David spontan,
als plötzlich die aufgeregte Mutter neben ihm erscheint.

„Leonie!", ruft Sarah panisch. Sie greift nach ihrer Tochter
und reißt sie David aus den Armen. Engumschlungen bringt sie
das weinende Mädchen zu ihrer Decke. David folgt den beiden.

Überrascht beobachtet er Sarah, wie sie Leonie in ein
Handtuch wickelt, um sie anschließend in ihren Armen zu
schaukeln.

Langsam setzt er sich neben sie. „Du hast eine Tochter? Darf
ich fragen, wer der Vater ist?", will David vorsichtig wissen.

„Finn! Und er ist ein großartiger Vater!", bestätigt Sarah
überzeugt.

David nickt verständnisvoll. Ihm fällt auf, dass Sarah ihre
Tochter krampfhaft an sich drückt.

„Das war knapp! Aber es geht ihr gut, denke ich!", versucht er sie zu beruhigen.

Im nächsten Moment trifft ihn ihr hasserfüllter Blick. „Hättest du mich nicht abgelenkt, dann wäre das gar nicht erst passiert!"

„Ist das dein Ernst? Warum lässt du deine kleine Tochter ohne Schwimmhilfe ins Wasser gehen?", wirft er ihr ungerechterweise zu.

„Sie hatte ihre Schwimmflügel an", presst Sarah wütend aus.

Liebevoll presst sie ihr Kind an sich, während David aufsteht und ans Ufer geht. Er holt das Schwimmbrett und erkennt die beiden leuchtenden Schwimmflügel, die einsam am Ufer liegen. Beides bringt er zu Sarah.

„Es tut mir leid! Darf ich euch wenigstens nach Hause fahren?", fragt er versöhnlich.

„Ich bin selbst mit dem Auto da!", antwortet sie abwehrend.

„Sarah! Du zitterst am ganzen Körper! Willst du wirklich deine Tochter erneut in Gefahr bringen, wenn du so in dein Auto steigst?", erinnert er sie.

Sarah denkt über seine Worte nach. Er hat Recht! Sie zittert tatsächlich am ganzen Körper. Die Angst um ihre Tochter sitzt tief in ihren Knochen. Langsam nickt sie.

Während David schnell alle Sachen zusammenpackt, steht Sarah auf. Dabei lässt sie ihre Tochter keinen Augenblick aus ihren Armen. Leonie schmiegt sich ängstlich an ihre Mutter. Auch ihr sitzt der Schock noch in den Gliedern.

Behutsam führt er Sarah zu seinem Wagen. Nachdenklich bleibt diese abrupt stehen.

„Wie soll ich dann mein Auto nach Hause bringen? Ich brauche es morgen früh!", gibt sie zu bedenken.

„Ich fahre später mit dem Taxi zurück und hole es ab. Ich bringe dir den Schlüssel dann vorbei!", erklärt David fürsorglich.

„Wäre es nicht klüger, gleich meinen Wagen zu nehmen? Dann musst du nicht zweimal zu mir nach Hause fahren!", schlägt sie geistesgegenwärtig vor.

„Vielleicht will ich das aber", bemerkt David einfühlsam.

„Und ich werde nicht gefragt?", entgegnet Sarah missbilligend.

Ohne ein weiteres Wort lässt David sich von ihr zu einem roten Opel Corsa führen. Nachdem sie Leonie auf dem Kindersitz angeschnallt hat, steigt sie auf der Beifahrerseite ein. David verstaut währenddessen die Taschen sowie die Decke im Kofferraum.

„Wohin?", will er neugierig wissen.

„Nach Obermenzing!", antwortet Sarah kurz.

Während der Fahrt in den westlichen Stadtteil Münchens beobachtet Sarah David von der Seite. Warum platzt er so plötzlich in ihr Leben? *Was will er von mir?*

Leise unterbricht Sarah die Stille. „Warum bist du hier, David?"

„Wegen dir!"

„Willst du mich bestrafen? Verlangst du Wiedergutmachung?", fragt sie ängstlich.

„Nein! Ich will einfach nur mit dir reden! Ich will verstehen, warum du das damals getan hast!", flüstert er mit Rücksicht auf die schlafende Leonie.

„Es tut mir leid! Ist es das, was du hören willst?"

„Ich will die Wahrheit hören! Tut es dir wirklich leid?", hakt er behutsam nach.

Sarah starrt aus dem Fenster. Ihr hat es sofort am nächsten Tag leid getan! Sie hat David geliebt – liebt ihn vielleicht sogar immer noch! Aber es gibt kein Zurück mehr!

Von der Rücksitzbank vernehmen sie ein leises Schluchzen. Sofort dreht Sarah sich zu ihrer Tochter, um sie beruhigend zu streicheln.

„Sarah! Können wir uns alleine treffen, um darüber zu reden?", schlägt David flehend vor.

Nachdenklich bleibt sie ihm eine Antwort schuldig.

Wenige Minuten später parkt David den Wagen vor dem Mehrfamilienhaus und zieht den Zündschlüssel ab.

„Soll ich dir helfen?", bietet er hoffnungsvoll an.

„Ich schaffe das schon!", antwortet sie selbstsicher.

Als sie aussteigen will, hält er sie am Arm fest.

„Sarah! Du hast mir meine Frage noch nicht beantwortet! Wann können wir uns treffen?", will er fordernd wissen.

„Ich weiß nicht! Ich habe Leonie und ...", entgegnet sie unsicher.

„Bitte! Nur einen Abend, an dem wir ungestört reden können. Mehr verlange ich gar nicht!"

„Ich glaube, das ist keine gute Idee, David!", erwidert sie bedauernd.

„Das bist du mir schuldig!", wirft er ihr bittend entgegen.

Sarah schaut ihn eindringlich an. Seine Augen versprühen die gleiche Sehnsucht, wie vor neun Jahren. Und seine Anwesenheit bringt ihren Körper noch genauso durcheinander, wie damals.

„In Ordnung! Um neun Uhr in der Pizzeria zwei Straßen weiter! Ich bin dir tatsächlich ein paar Antworten schuldig!", gibt sie mit zittriger Stimme zu.

Anschließend steigt Sarah aus, nimmt von David den Autoschlüssel entgegen und hievt Leonie auf ihren Arm. Ohne sich nochmals umzudrehen, betritt sie das Wohnhaus.

Kapitel 31

„Finn?", ruft Sarah ins Wohnzimmer. „Ich gehe dann!"

„In Ordnung! Viel Spaß!", antwortet der Vater ihrer Tochter, während er sich ein Basketballspiel im Fernsehen anschaut.

Er hat nicht einmal gefragt, mit wem sie sich heute Abend trifft. Es interessiert ihn offensichtlich nicht. Sarah ist bewusst, dass sie sich mit Finn auseinandergelebt hat. Die anfängliche Leidenschaft war rein körperlich, was sie nach Leonies Geburt beide sehr schnell feststellen mussten. Sie haben keine gemeinsamen Interessen, außer ihrer Tochter. Einen gemeinsamen Freundeskreis haben sie sich nie aufgebaut, daher ist es für beide selbstverständlich, dass sie getrennt ausgehen.

Sarah trifft sich meistens mit Kolleginnen oder ihrer Mutter, während Finn größtenteils mit seinen Mannschaftskollegen aus dem Basketballverein abhängt. Obwohl beiden seit Jahren bewusst ist, dass ihre Beziehung gescheitert ist, halten sie an ihr fest. Wegen Leonie! Gelegentlich trinken sie am Abend gemeinsam eine Flasche Wein, was dann meistens dazu führt, dass sie ihre gegenseitige Leidenschaft neu entdecken und miteinander schlafen. Jedoch wurden diese alkoholbedingten Ausrutscher in den letzten Monaten immer seltener. Das letzte Mal, als Finn am nächsten Morgen nackt neben Sarah im Bett aufgewacht ist, hat er es bereut, mit ihr geschlafen zu haben. Obwohl er ihren Körper noch immer reizvoll findet, strengen ihn die anschließenden Gespräche und Meinungsverschiedenheiten dermaßen an, dass er nicht zum ersten Mal in Erwägung gezogen hat, auszuziehen. Lediglich sein Versprechen an die damals schwangere Sarah, hält ihn von einer Trennung ab.

Sarah schlendert die Straße hinunter. Sie ist nervös, weiß nicht, was sie zu erwarten hat. Will David wirklich nur mit ihr reden? Braucht er tatsächlich nur eine Erklärung für ihr damaliges Verhalten? Und dann? Verschwindet er dann wieder ebenso schnell aus ihrem Leben, wie er aufgetaucht ist? Will sie das? Sie weiß es nicht! Sie liebt Leonie und sie schätzt an Finn, dass er weiterhin zu ihr und seinem Kind steht, obwohl ihre Beziehung zu Bruch ging. Soll sie wegen einer Liebe, die sie vor vielen Jahren verspürt hat, ihr jetziges Leben auf Spiel setzen?

Wenige Minuten später öffnet sie die Tür zu der kleinen Pizzeria. Es ist bereits viertel nach neun, was ihr jedoch keine Sorgen bereitet. David dagegen schon. Mit besorgter Miene springt er von seinem Stuhl auf.

„Ich hatte schon Angst, du kommst nicht mehr!", begrüßt er sie erleichtert.

„So gut solltest du mich noch kennen! Wenn ich etwas vereinbare, dann halte ich mich auch daran!", entgegnet sie freundlich.

„Genau darüber will ich ja mit dir reden!", bestätigt David ihre Einleitung.

„Wie jetzt? Das verstehe ich nicht!"

„Vielleicht bestellen wir erst einmal!", übergeht David ihre Frage.

Nachdem sie beim Ober eine Flasche Rotwein sowie zwei Pizzen bestellt haben, nimmt Sarah das unterbrochene Thema wieder auf.

„Über was willst du mit mir reden? Über meine Zuverlässigkeit?", fragt Sarah erstaunt.

„Eher nicht! Dass du dich zuverlässig an deine Aussagen hältst, habe ich ja am eigenen Leib gespürt! Ich möchte von dir erfahren, warum du das gemacht hast!", klärt er sie auf.

„Was?"

„Sarah! Hör bitte mit den Spielchen auf! Warum hast du behauptet, ich hätte dich vergewaltigt?", flüstert er ihr über den Tisch zu.

Schlagartig wird Sarah ruhig. Ihre Gedanken überschlagen sich. Sie durchlebt erneut die Situation, damals im Bücherlager. Traurig schaut sie David in die Augen.

„Ich wollte nicht sitzen bleiben! Ich habe dich nur um eine gute Note gebeten! Warum warst du so stur?", bringt sie mühsam hervor.

„Das allein war der Grund? Weil ich dir zu keiner besseren Note verholfen habe? Deshalb hast du mich vier Jahre hinter Gitter gebracht? Ist dir eigentlich dein Handeln bewusst? Ist dir klar, dass du meine Zukunft damit zerstört hast? Ich kann nie wieder als Lehrer arbeiten! Ich habe vier verschissene Jahre lang zwischen Mördern, Dieben und Triebtätern verbracht! Und alles nur, weil das feine Mädchen die Klasse nicht wiederholen wollte?", faucht er sie wütend an.

Sarah schaut sich ängstlich um. Glücklicherweise steht ihr Tisch in einer abgelegenen Ecke, von wo aus die anderen Gäste sie nicht sofort hören können.

„Ich habe dich geliebt, David! Aber du hast mich abgewiesen!", wirft sie ihm weiter vor.

Verständnislos schüttelt David den Kopf. „Du hättest nur zwei Jahre warten müssen! Dann wärst du achtzehn gewesen und wir hätten eine Beziehung haben können."

„Du wolltest eine Beziehung mit mir? Das wusste ich nicht!", gibt sie erstaunt zu.

„Ich war verrückt nach dir! Als du mich im Keller verführen wolltest, da war ich schon seit zwei Monaten in dich verliebt! Aber ich durfte es dir weder zeigen noch sagen!", bringt er verletzt hervor.

„Ich ...", setzt Sarah ungläubig an.

„Warum hast du das durchgezogen?"

„Ich wollte das nicht! Es war eine Kurzschlussreaktion! Im ersten Moment war ich so gekränkt … aber bereits am nächsten Tag habe ich bereut, dass ich dich angezeigt habe. Wirklich! Mein Vater erzählte mir nach dem Krankenhaus, was mit dir geschehen würde. Als verurteilter Sexualstraftäter! Aber da war es bereits zu spät!", erzählt sie mit Tränen in den Augen.

„Dann warst du noch unreifer, als ich dachte! Von einer Sechzehnjährigen kann man wohl erwarten, dass ihr das Ausmaß einer Anzeige wegen sexuellen Missbrauchs bewusst ist. Du hast nicht einen einzigen Gedanken an mich verschwendet! Was du mir damit antust!"

„Das stimmt nicht! Anfangs ja, da wollte ich, dass du Schwierigkeiten bekommst. Ich war so wütend auf dich! Aber später wollte ich nicht mehr, dass du ins Gefängnis musst. Ich wollte, dass du unser Lehrer bleibst und ich dich jeden Tag in der Schule sehen kann. Aber …", gibt sie kleinlaut zu.

„Der Schuss ist wohl nach hinten losgegangen! Warum hast du die Sache nicht richtiggestellt? Warum hast du nicht spätestens vor Gericht erzählt, wie es wirklich war? Du hattest zwei Monate Zeit, dir über dein Handeln klar zu werden!", wirft er ihr fassungslos vor.

„Ich konnte nicht! Wie hätte ich meinem Vater erklären sollen, dass ich einen Unschuldigen angezeigt habe. Er hätte das Vertrauen in mich verloren! Vielleicht hätte er mich sogar verstoßen!", presst sie verzweifelt aus.

„Die Meinung deines Vaters war dir also wichtiger, als mich vor einer unberechtigten Strafe zu bewahren?", fragt er ungläubig.

Sarahs schuldbewusster Blick reicht ihm als Antwort.

„Dann hast du mich nie geliebt!", wirft er ihr vor.

„Doch! Warum zweifelst du daran?"

„Man verletzt keine Menschen, die man liebt!"

„Ich habe dich geliebt! Aber meinen Vater … den habe ich mehr geliebt!", erklärt sie leise.

In diesem Moment bringt der Kellner die bestellten Pizzen. Während sie beide ohne Appetit an ihrem Essen herumkauen, betrachtet David die Frau vor ihm. Die letzten neun Jahre war die Frage nach dem Warum der Grund, weshalb er all die Strapazen durchgestanden hat. Nachdem er entlassen wurde, wollte er sich ein neues Leben aufbauen. Er hat es in mehreren Städten versucht, war aber überall gescheitert. Seine Gedanken kreisten immer nur um Sarah. Warum? Jetzt weiß er es! Sie war eine verwöhnte Prinzessin, die ihren Willen durchsetzen wollte. Und aus Liebe oder Furcht zu ihrem Vater hat sie die Wahrheit verschwiegen. So ein Verhalten ist es nicht wert, beachtet zu werden. Weder positiv noch negativ! So eine Person ist es auch nicht wert geliebt zu werden. Und doch empfindet er noch genauso für sie, wie vor vielen Jahren. Was stimmt nicht mit ihm? Warum will er sich absichtlich quälen? Mit einer Liebe, die nie erwidert wurde – zumindest nicht in ihrer Intensität.

Schließlich unterbricht Sarah das Schweigen.

„Warum hast du dich vor Gericht nicht gewehrt?", will sie zaghaft wissen.

Langsam schüttelt David den Kopf. „Was hätte das gebracht? Ich habe ausgesagt, dass ich dir nichts angetan habe. Aber der Staatsanwalt und die Richterin haben sich nur an den Beweisen festgeklammert. Du warst sehr geschickt, das muss man dir lassen!", bemerkt er fast anerkennend.

„Bitte nicht!", wehrt sie sein Lob ab.

„Woher hattest du eigentlich die Würgemale an deinem Hals? War das ein Zufall, den du mir in die Schuhe geschoben hast, oder hast du das auch geplant?", will David neugierig wissen.

„Das war ich!"

„Was? Du hast dich selbst gewürgt?", stößt er fassungslos aus.

Sarah nickt beschämt.

„Diese Handlung hatte nichts mehr mit deiner zerstörten Gefühlswelt zu tun! Du wolltest mich gezielt auslöschen! Und du hast es geschafft!", gibt er gekränkt zu.

„David, es tut mir wirklich leid! Verzeih mir! Ich …"

„Hör auf! Ich glaub dir kein Wort mehr! Alles was aus deinem Mund kommt sind Lügen. Immer wieder neue Lügen, die auf den vorherigen aufbauen! Geh zu deinem Mann und deinem Kind und lebe dein glückliches Leben weiter! Ich werde dich nicht mehr belästigen!", erklärt er gekränkt. Im nächsten Moment steht er auf, zieht seine Jacke von der Stuhllehne und geht zur Bedienung, um die Rechnung zu bezahlen.

Verzweifelt schaut Sarah ihm nach, wie er das Lokal verlässt.

Plötzlich springt sie auf, stürmt aus der Pizzeria. Kurz vor seinem Wagen holt sie ihn ein.

„David!", ruft sie ihm nach.

Langsam dreht er sich um, beobachtet sie abwartend. „Was ist? Habe ich was vergessen?"

Außer Atem bleibt sie stehen. „Du hast mich vergessen!"

Mitleidig lächelt er sie an. „Muss ich es dir noch einmal erklären?"

Sarah tritt einen Schritt an ihn heran. „Was muss ich tun, damit du mir verzeihst? Ich weiß, dass ich den größten Fehler meines Lebens begangen habe, als ich zur Polizei ging. Aber auch ich bin erwachsen geworden. Ich weiß mittlerweile, was mir guttut und was mir schadet. Dich jetzt ein weiteres Mal gehen zu lassen, wäre ein Fehler, den ich mir niemals verzeihen könnte. Vielleicht war es damals Bewunderung, Lust oder kindlicher Ehrgeiz, die mich getrieben haben. Aber heute weiß ich, dass du die ganze Zeit in meinem Herzen warst. Wenn es Liebe auf den ersten Blick gibt, dann ist es mir mit dir passiert! Und zwar nur mit dir! Noch nie hatte ich solche Angst, jemanden zu verlieren!", erklärt sie liebevoll.

„Hast du mir nicht gerade vor fünf Minuten erklärt, dass du deinen Vater mehr geliebt hast, als mich? Sarah! Ich habe keine Lust mehr auf deine Lügen!", erwidert er genervt.

„Ich liebe meinen Vater! Mehr als jeden anderen Menschen, der diese Stellung bei mir einnimmt! Ich liebe auch meine Tochter, mehr als jedes andere Kind auf der Welt! Aber dich liebe ich als Mann, als Partner, als Gleichgesinnten! Gib mir wenigstens eine Chance! Mehr verlange ich nicht! Lass mich dir beweisen, dass du mir vertrauen kannst. Wenn du mich nicht mehr liebst, dann sag es! Aber lass mich nicht einfach mit dieser Ungewissheit stehen!", bettelt Sarah, während ihr die Tränen unaufhaltsam über die Wangen laufen.

David kämpft mit sich und seinen Gefühlen. Einerseits würde er Sarah am liebsten in den Arm nehmen und trösten. Sie auf der Stelle in seinem Wagen lieben und nie wieder gehen lassen. Aber sein Gewissen meldet sich stärker als je zuvor. Kann er ihr wirklich vertrauen? Nach allem, was sie getan hat? Welchem Gefühl soll er nachgeben? Vor neun Jahren war es sein Verstand, der die Oberhand gewonnen hatte. Er hat sich nicht auf Sarah eingelassen, weil er strafrechtliche Konsequenzen befürchtet hat. Vielleicht sollte er dieses Mal auf sein Bauchgefühl hören? Schlimmer, als das letzte Mal, kann es ja nicht mehr werden. Schließlich ist Sarah jetzt volljährig!

David legt seinen Finger unter Sarahs Kinn. Langsam hebt er es an, bis sie ihm in die Augen schaut. Anschließend umgreift er liebevoll ihr Gesicht, zieht sie an sich und küsst sie zärtlich auf ihre Lippen. Verlangend umarmt sie ihn. David schiebt sie jedoch vorsichtig ein Stück von sich.

„Wir sollten es langsam angehen lassen. Ich will dich richtig kennenlernen! Falls etwas aus uns wird, will ich nicht, dass diese Beziehung nur körperlich ist, sondern etwas Richtiges. Und ich habe noch eine Bedingung!", erklärt er ruhig.

„Welche Bedingung?", fragt sie skeptisch.

„Wir sprechen diese Geschichte nie wieder an! Wir versprechen uns gegenseitig, dass wir das Thema Bücherlager ruhen lassen. Weder du noch ich sollen mit Schuldgefühlen kämpfen. Ich möchte, dass unsere Beziehung unbelastet beginnt und, wenn möglich, auch bleibt. Ist das zuviel verlangt?"

„Nein! Ich verspreche es dir!", beteuert Sarah, bevor sie ihn erneut küsst.

Kapitel 32

Mit Tränen in den Augen betrachtet Lisa ihre Freundin. Obwohl ihr David soeben indirekt doch erzählt hat, dass Sarah durch ihre Lügen einen Unschuldigen hinter Gitter gebracht hat, berührt sie die soeben gehörte Liebesgeschichte mehr, als sie zugeben will.

„Sie liebt dich wirklich!", bemerkt sie leise.

„Das hoffe ich! Denn für mich ist sie die Frau, mit der ich eine Familie gründen und den Rest meines Lebens verbringen will", entgegnet er verliebt.

„Hat es lange gedauert, bis du ihr wieder vertrauen konntest?", fragt Lisa interessiert.

„Wir sind vier Monate lang miteinander ausgegangen, bevor sie bei mir übernachtet hat. Falls du das meinst!", erzählt er schmunzelnd.

Lisas Gedanken schweifen ab. Zu Finn, der mit Leonie alleine zu Hause ist. Ihr Herz zieht sich schmerzhaft zusammen. Sie sehnt sich nach ihm. Aber sie ist immer noch nicht fähig, klare Entscheidungen zu treffen. Aus dem Alter, in welchem man sich dem Kribbeln im Bauch hingibt und die Vernunft einfach ausschaltet, ist sie schon lange raus. Ihr Leben findet in Frankfurt statt und bevor sie dieses Leben abbricht, will sie sicher sein, dass es die richtige Entscheidung ist.

„Soll ich dich jetzt zu Finn fahren?", unterbricht David ihren Gedankenfluss.

„Zu Finn? Ich will doch …"

„Ich meine zu deinem Auto!", korrigiert David seine Frage.

„Achso, ja! Ich muss nur vorher kurz Anja anrufen. Sie weiß noch nichts von ihrem Glück, dass sie eine neue Untermieterin bekommt!", bemerkt Lisa schuldbewusst.

Gemeinsam verlassen sie das Krankenhaus. Während sie auf Davids schwarzen BMW zusteuern, zieht Lisa ihr Handy aus der Tasche.

„Anja? Wäre es möglich, dass ich ein paar Tage bei dir übernachte?", fragt sie direkt ohne Umwege.

„Hast du Probleme mit Finn?", will diese umgehend wissen.

„Das würde ich dir gerne später erklären. Ist es in Ordnung, wenn ich jetzt gleich vorbeikomme?"

„Natürlich! Ich bin froh, wenn ich nicht allein im Haus bin", erwidert Anja glücklich.

„Danke! Bis gleich!", beendet Lisa das kurze Gespräch.

Während der Fahrt vom Krankenhaus nach Obermenzing, betrachtet Lisa den konzentrierten Fahrer.

„David? Darf ich dich etwas fragen?", wendet sie sich unsicher an ihn.

„Klar! Wenn es nicht um die Sache von damals geht – kannst du mich alles fragen!", entgegnet er freundlich.

„Warum hast du ihr verziehen? Sie hat dein Leben zerstört …", setzt Lisa vorsichtig an.

„Falsche Frage! Darüber will ich nicht mehr sprechen! Die Liebe kann alle Wunden heilen! Auch solche! Man muss es nur zulassen!", unterbricht er sie selbstsicher.

Enttäuscht wendet Lisa sich ab. Sie schaut aus dem Fenster, auf die vorbeiziehenden Häuser. In jedem dieser Gebäude befinden sich Menschen, die sich lieben, streiten, versöhnen. *Man muss es nur zulassen!* Diese fünf kleinen Worte können so vieles bewirken!

Kurze Zeit später hält der Wagen vor dem Wohnhaus.

„Vielen Dank, dass du mich gefahren hast!", bedankt Lisa sich bei David.

„Keine Ursache! Ich fahre wieder zurück ins Krankenhaus. Ich möchte noch etwas Zeit mit Sarah verbringen", erklärt er traurig.

Nachdem sie ausgestiegen ist, klopft sie an die Beifahrertür. David lässt die Scheibe elektrisch hinunterfahren.

„Ich hoffe, wir sehen uns einmal wieder!", ruft Lisa ihm hoffnungsvoll zu.

„Mit Sicherheit! Wir laden dich auf jeden Fall zu unserer Hochzeit ein!", erwidert er mit einem Augenzwinkern.

„Hochzeit?", ruft Lisa überrascht. Noch bevor sie eine Antwort bekommt, braust der Wagen davon.

Lächelnd geht sie zu ihrem Auto. Plötzlich fällt ihr ein, dass sich all ihre Kleidung noch in Sarahs Wohnung befindet. Unschlüssig blickt sie hinauf in den ersten Stock, zu dem hell erleuchteten Fenster, hinter welchem sie Finn und Leonie vermutet.

Was soll's? Früher oder später muss ich ihm eh gegenübertreten. Also lieber gleich, dann habe ich es hinter mir!

Entschlossen steuert sie auf die Haustüre zu. Mit dem Schlüssel, den Finn ihr gleich am ersten Tag überreicht hat, sperrt sie auf. Während sie die Stufen hinaufsteigt, nimmt das Kribbeln in ihrem Bauch zu, ihre Gedanken rasen von einem Kontext zum nächsten, während ihre Knie leicht zittern.

Behutsam öffnet sie die Wohnungstür und betritt den Flur. Alles ist ruhig. Als sie langsam Richtung Schlafzimmer geht, hört sie aus Leonies Zimmer eine leise Stimme. Finn liest seiner Tochter gerade eine Geschichte vor. Zügig betritt sie das von ihr bis jetzt bewohnte Zimmer und packt ihre Sachen zusammen. Als sie einige Minuten später mit dem Rollkoffer auf den Flur hinaustritt, steht plötzlich Finn vor ihr.

„Hi!", grüßt er sie unsicher.

„Hi! Ich wollte nur schnell …", setzt sie zögernd an.

„Ja, das sehe ich! Du hast dich also entschieden?", fragt er traurig.

„Nein! Ich brauche nur etwas Zeit, damit ich in Ruhe darüber nachdenken kann", erwidert sie stur.

„Warum hörst du nicht einfach auf deine Gefühle? Warum machst du es dir und deiner Umwelt so schwer?", flüstert er, während er einen Schritt auf sie zugeht.

„Finn! Ich bin momentan vollkommen durcheinander! Sarah liegt im Koma und ich erfahre täglich von neuen Ereignissen, die das Bild, welches ich von meiner Freundin habe, extrem verändern. Ich fühle mich im Moment einfach nicht in der Lage, klar zu entscheiden, was oder wen ich will!", bringt sie mühsam hervor.

Finn schaut sie einfach nur an. Intensiv und eindringlich. „Ich würde dir so gerne dabei helfen", bietet er liebevoll an.

„Ich weiß! Aber diesen Schritt muss ich selbst gehen! Du hast mir deutlich gesagt, dass du nicht nur eine Affäre sein willst! Aber solange ich noch mit Nick zusammen bin, bist du eine Affäre! Vielleicht brauche ich Abstand von dir, um mir bewusst zu werden, was ich vermisse!", erklärt sie flehend.

„Soll ich dir mit dem Koffer helfen?", bietet Finn hilfsbereit an.

„Das schaff ich schon! Kann ich mich noch von Leonie verabschieden?"

„Sie schläft bereits!", entgegnet Finn.

„Na dann! Mach's gut! Bis bald!", flüstert sie unsicher. Sie spürt die starke Anziehungskraft, die zwischen ihnen herrscht. Energisch schiebt sie sich an Finn vorbei und verlässt eilig die Wohnung.

Eine halbe Stunde später steht Lisa vor Anjas Haustür. Nachdem Sarahs Mutter geöffnet hat, nimmt sie ihren Gast fürsorglich in den Arm.

„Lisa! Schön, dass du hier bist! Komm erst einmal rein und dann erzähl mir, was vorgefallen ist! Hast du dich mit Finn gestritten?", vereinnahmt sie die junge Frau.

Lisa lässt sich auf das bequeme Sofa fallen. Traurig starrt sie auf die Tischplatte.

„Möchtest du etwas trinken? Oder hast du Hunger?", bietet Anja aufmerksam an.

„Ein Glas Wasser wäre nett! Warum kann ich mich nicht entscheiden?", antwortet Lisa, während sie sofort ihre Gedanken ausspricht.

„Wie meinst du das?", will Anja interessiert wissen.

„Naja … ich habe zu Hause in Frankfurt einen Freund. Nicklas. Ich liebe ihn – oder zumindest dachte ich das bis jetzt – aber wenn ich bei Finn bin, dann …", erklärt Lisa unschlüssig.

„Hast du ein schlechtes Gewissen wegen Sarah? Glaubst du, dass du ihr den Mann wegnimmst?", hakt Anja vorsichtig nach.

„Nein! Finn hat mir erzählt, dass sie seit einem Jahr getrennt sind! Aber …", bricht sie unentschlossen ab.

„Lass dir Zeit, Lisa! Die letzten Tage waren sicher nicht einfach für dich! Zuerst hast du erfahren, dass Sarah im Koma liegt, dann deine Jugendliebe wieder getroffen. Ordne in Ruhe deine Gedanken, dann wirst du auch wieder wissen, was du willst und was dir guttut!", spricht Anja beruhigend auf sie ein.

„Vielleicht sollte ich mich von ihm fernhalten, glaubst du das schaffe ich?", wendet sie sich an die Ältere.

„Das könnte schwierig werden, weil Finn morgen Leonie bringt."

„Dann sperre ich mich in der Toilette ein", erklärt Lisa trotzig.

„Jetzt mal den Teufel nicht an die Wand! Morgen sieht die Welt schon wieder ganz anders aus!", erklärt sie beruhigend.

„Danke, dass ich hierbleiben kann, Anja! Soll ich hier auf dem Sofa schlafen?", fragt Lisa zurückhaltend.

„Quatsch! Du kannst Sarahs Zimmer haben! Das kennst du doch noch von früher, oder?", antwortet sie aufmunternd.

„Danke! Ich bringe nur schnell meinen Koffer nach oben. Dann können wir uns weiter unterhalten", erklärt Lisa, während sie aufsteht und auf die Treppe zusteuert.

Als sie die Tür zu Sarahs Kinderzimmer öffnet, überschwemmen sie schlagartig alte Erinnerungen.

Die Möbel stehen noch genauso, wie damals. An den Wänden hängen die gleichen Poster und Bilder. Nur der kleine Schminktisch steht verlassen vor ihr. Als sie das letzte Mal hier war, war er übersät mit Parfums, Make-up und anderen nützlichen Utensilien, um eine junge Frau zu verschönern.

In Gedanken versunken setzt sie sich aufs Bett. Ihr Blick fällt auf den Schreibtisch, der direkt vor dem großen Fenster steht. Sie stellt sich vor, wie Sarah dort sitzt und den Brief an sie verfasst, während die große Eiche im Garten tanzende Schatten auf das Papier wirft.

Plötzlich hört sie die Klingel. Ihr Herz macht einen Sprung. Ist das etwa Finn? Vielleicht will er doch noch mit ihr reden? Hatte er Sehnsucht nach ihr und konnte nicht bis morgen warten?

Die Stimmen, welche sie im nächsten Moment hört, verraten ihr, dass der Besucher nicht Finn ist.

Neugierig begibt sie sich hinunter ins Wohnzimmer.

„Da bist du ja, Lisa! Schau nur, wer ganz spontan zu Besuch gekommen ist?", ruft Anja ihr aufgeregt entgegen.

„Nina?", fragt Lisa erstaunt, nachdem sie die hübsche Frau mit ihren langen blonden Haaren erkennt.

„Lisa! Wie geht es dir?", ruft Nina erfreut und stürmt auf die Freundin ihrer Schwester zu. Herzlich umarmen sie sich zur Begrüßung.

„Gut! Und dir?", antwortet sie spontan. Nina hat ein graues Kostüm an, welches sie edel und schön aussehen lässt. Sie wirkt, wie eine vielbeschäftigte Geschäftsfrau.

„Danke, auch gut! Ich glaube, du kennst meinen Mann noch nicht! Das ist Patrick! Patrick, das ist Lisa, die damals beste Freundin meiner Schwester!", stellt sie die beiden vor.

Patrick reicht Lisa die Hand, welche sie lächelnd entgegennimmt.

Nachdem sich alle Anwesenden gesetzt haben, wendet sich Anja an ihre Tochter. „Warum hast du nicht Bescheid gesagt, dass ihr noch vorbeikommt? Dann hätte ich etwas zu Essen gemacht, oder …"

„Schon gut, Mama! Die Entscheidung war ganz spontan! Wir wollten dir etwas erzählen", fängt Nina behutsam an.

„Ist etwas passiert? Geht es dir gut?", will sie hektisch wissen. Ihr Gesicht zeigt echte Besorgnis.

Nina schaut zu Patrick und beide lächeln sich an. Lisa schießt plötzlich ein Gedanke in den Sinn, welcher im nächsten Moment bestätigt wird.

„Wir sind schwanger!", platzt Nina glücklich heraus.

„Ihr seid…? Du bist …?", stottert Anja ungläubig.

„Ja! Ich bin bereits im vierten Monat! Wir wollten warten, bis die kritische Zeit vorüber ist, bevor wir es erzählen!", erklärt Nina lächelnd.

„Und deine Niere ist in Ordnung? Besteht da keine Gefahr für das Baby?", hakt Anja besorgt nach.

„Die Niere arbeitet einwandfrei! Der Arzt ist sehr zufrieden!", bestätigt Nina beruhigend.

Völlig unerwartet wird Anjas glückliches Grinsen von Trauer abgelöst. Ihr Blick senkt sich auf ihren Schoss, während ihre Augen sich mit Tränen füllen.

„Mama! Was ist los? Freust du dich nicht?", will Nina besorgt wissen.

„Doch! Und Papa hätte sich auch gefreut! Er hätte sich gefreut, dass es dir gut geht! Und dass du ein Kind erwartest!", wispert sie weinend.

Nina springt auf, um ihre Mutter in den Arm zu nehmen. Tröstend streicht sie ihr über den Rücken.

Lisa beobachtet die Situation und kann nur schwer ihre Tränen unterdrücken. In diesem Moment wird ihr klar, dass Anja nur eine Rolle spielt, wenn sie die glückliche Oma mimt. Die Trauer um ihren verstorbenen Mann hat sie noch fest im Griff. Beim Gedanken an den lustigen Joachim spürt auch Lisa, wie sich ein Kloß in ihrem Hals bildet.

Nachdem sich Anja wieder beruhigt hat, kommen sie auf Sarah zu sprechen.

„Ohne meine Schwester, würde ich heute nicht hier sitzen", gibt Nina ehrfürchtig zu.

„Und wir würden kein Baby erwarten", fügt Patrick hinzu, während er seine Frau liebevoll küsst.

„Sarah wird sich bestimmt freuen, Tante zu werden!", wirft Lisa lachend ein.

Drei Augenpaare blicken sie fragend an. Die Übelkeit, die sich in diesem Moment in ihrem Magen ausbreitet, kann sie nur schwer unterdrücken. Hat sie etwas Falsches gesagt?

„Ich meine, wenn sie wieder aufwacht", ergänzt sie zaghaft.

„Falls sie wieder aufwacht!", erwidert Nina ernst.

„Die Ärzte sagen, es sieht gut aus! Ihre Gehirnströme zeigen normale Funktion. Sie muss nur noch aufwachen. Dann wird sie wieder vollständig gesund!", erläutert Lisa ihre im Krankenhaus erlangte Erkenntnis.

„Das hoffen wir alle! Wenn ich doch nur irgendetwas für sie tun könnte!", jammert Nina hilflos. „Sie hat mir damals, ohne lange zu überlegen, eine ihrer Nieren gespendet, um mich zu retten! Warum kann ich jetzt nichts für sie tun?"

Lisa kann nur erraten, was Nina gerade empfindet. Sie hat Schuldgefühle!

„Nina! Wir können nur hoffen und beten. Lisa hat sicher Recht – Sarah wird wieder aufwachen!", wendet sich Anja an ihre älteste Tochter.

Lisas Blick wandert zu Patrick, der still in der Ecke des Sofas sitzt. Sein Gesicht spiegelt allerdings andere Gefühle, als Besorgnis und Mitleid. Fast genervt rollt er leicht mit den Augen, was Lisa nur für einen kurzen Moment wahrnimmt. Als Patrick bemerkt, dass er beobachtet wird, wendet er sich umgehend seiner weinenden Ehefrau zu.

Irritiert betrachtet Lisa das Paar auf dem Sofa. Liebevoll kümmert der Mann sich um seine Frau. Plötzlich fühlt sie sich fehl am Platz. Ruckartig steht sie auf.

„Entschuldigt, aber ich bin hundemüde! Ich geh nach oben! Ich wünsche euch alles Gute, mit eurem Baby!", wendet sie sich an Nina. Nachdem sie sich herzlich von ihr verabschiedet hat, reicht sie Patrick die Hand. Anschließend läuft sie die Treppe in den ersten Stock hinauf.

Auf ihrem Bett grübelt sie noch lange über die beobachtete Szene. Hat Patrick etwas zu verbergen? Warum hat er so seltsam reagiert, als Nina in Mitleid zu ihrer Schwester versunken ist?

Schließlich schläft sie über ihren Gedanken ein.

Kapitel 33

Am nächsten Morgen wacht Lisa von den Sonnenstrahlen, die durchs Fenster scheinen, auf. Sie hat tief und fest geschlafen, wodurch sie sich ausgeruht und frisch fühlt.

Gutgelaunt hüpft sie die Treppe hinunter. Anja steht bereits in der Küche und bereitet das Frühstück zu.

„Guten Morgen! Hattest du eine erholsame Nacht?", will sie von ihrem Gast wissen.

„So tief habe ich schon lange nicht mehr geschlafen! Das muss an der Ruhe und dem bequemen Bett liegen!", antwortet Lisa lachend.

Erstaunt blickt sie auf den reichlich gedeckten Tisch. „Ist das alles für uns zwei? Hast du dir extra für mich so viel Arbeit gemacht?", fragt sie schuldbewusst.

„Nein! Nicht nur für uns! Finn kommt doch gleich mit Leonie! Wir haben uns angewöhnt, gemeinsam zu frühstücken, bevor er zur Arbeit fährt!", erwidert Anja fröhlich.

„Oh! Dann zieh ich mich lieber schnell an! Nicht dass ich ihn im Schlafanzug empfangen muss!", plappert Lisa aufgeregt vor sich hin.

„Geht es dir heute besser? Du willst dich nicht mehr vor ihm verstecken?"

„Nein! Das würde eh nichts bringen! Ich muss mich meinen Gefühlen stellen und lernen, damit umzugehen!", antwortet Lisa ernst.

„Das ist die richtige Einstellung! Ich bin froh, dass du das so siehst!", bemerkt Anja erleichtert.

Aufgeregt hetzt Lisa nach oben ins Badezimmer. Nachdem sie geduscht und sich angezogen hat, legt sie noch dezent etwas Schminke auf. *Was tu ich hier eigentlich? Gestern bin ich bei*

Finn ausgezogen, weil ich Abstand zu ihm gewinnen wollte und heute versuche ich aufreizend auf ihn zu wirken? Bin ich noch ganz dicht?

Als sie wenig später in der Küche erscheint, räumt Anja gerade den Tisch ab.

„Was ist los? Warum räumst du die Sachen wieder weg?", fragt Lisa erstaunt.

„Finn hat gerade angerufen! Leonie ist krank! Er bleibt mit ihr heute zu Hause!", antwortet sie traurig.

„Oh! Das tut mir leid! Leonie war gestern im Krankenhaus schon schlecht. Anscheinend hat sie sich doch einen Virus eingefangen", überlegt Lisa laut.

„Ich habe Finn angeboten, dass ich zu ihm komme, um Leonie zu betreuen. Ich habe heute sowieso frei und er müsste ein paar wichtige Termine absagen", klärt sie Lisa auf.

„Das ist nett von dir!"

„Quatsch! Ich bin Leonies Oma! Das ist doch selbstverständlich, dass ich helfe, wo ich kann! Kommst du alleine zurecht?", entgegnet sie abwinkend.

„Natürlich! Wann kommst du wieder?"

„Erst abends! Am Nachmittag gehe ich mit Nina gemeinsam ans Grab. Auch das ist ein regelmäßiges Ritual geworden. Wenn es dir zu langweilig wird, kannst du Leonie gerne besuchen kommen! Vielleicht triffst du dann ja auch auf Finn?", bemerkt sie mit einem Augenzwinkern.

„Anja! Ich muss nicht verkuppelt werden!"

„Da bin ich ganz anderer Meinung!", erwidert sie grinsend.

Einige Zeit später verlässt Anja das Haus. Lisa geht hinauf in Sarahs Zimmer. Dort legt sie sich aufs Bett und starrt an die Decke. Soll sie wirklich zu Finn fahren? Was soll sie ihm sagen? Seit gestern hat sich an ihrer Entscheidung nichts geändert!

Plötzlich klingelt ihr Handy. Aufgeregt schaut sie aufs Display. Ihr Herz macht einen kurzen Sprung, als sie den Anrufer erkennt.

„Hi, Nick!", ruft sie fröhlich in den Hörer.

„Hey Süße! Wie geht es dir? Sorry, dass ich mich erst jetzt melde, aber ich war die letzten Tage total im Stress! Am Abend habe ich mir vorgenommen dich anzurufen, bin dann aber schlagartig auf dem Sofa eingeschlafen. Hast du eine schöne Zeit mit deiner Freundin?", plappert er ungehalten darauf los.

„Äh … eigentlich nicht!", stammelt sie unbeholfen.

„Was? Warum nicht? Was ist los?", hakt er alarmiert nach.

„Sarah hatte einen Autounfall und liegt seit über einer Woche im Koma!", erzählt sie traurig.

„Oh Shit! Das tut mir leid, Süße! Willst du, dass ich komme? Ich kann mir sicher ein paar Tage frei nehmen!", bietet er fürsorglich an.

„Nein! Ich bin nicht alleine! Ich wohne bei Sarahs Mutter. Ihre Schwester kommt auch ab und zu vorbei. Ich komme schon zurecht. Wie geht es dir?"

„Abgesehen davon, dass du mir schrecklich fehlst – gut! Ich vermisse dich, Lisa! Die ganze Arbeit ist nichts wert, wenn man am Abend nach Hause kommt und die Wohnung leer vorfindet. Das ist grausam, weißt du das?", fragt er mitleidig.

„In ein paar Tagen bin ich ja wieder da! Ich würde zwar gerne noch bleiben, bis Sarah aufwacht, aber ich muss wieder zur Arbeit!", erklärt sie wehmütig.

„Was machst du gerade?", will er neugierig wissen.

„Nichts! Ich liege auf dem Bett und starre an die Decke!"

„Denkst du manchmal an mich?", kommt seine liebevolle Frage.

„Öfter, als mir lieb ist! Das kannst du mir glauben!", antwortet sie ehrlich.

„Melde dich, falls ich doch kommen soll, in Ordnung?"

„Mach ich! Bis bald, Nick!", antwortet sie langsam.

„Ich liebe dich, Lisa!", ruft Nick ihr durch die Leitung zu.

„Ich dich auch!", antwortet sie, ohne sich über ihre Worte bewusst zu sein.

Im nächsten Moment hört sie das Freizeichen, weil Nick aufgelegt hat.

Was soll ich nur machen? Das Telefonat hat Lisa gezeigt, dass sie tatsächlich noch etwas für Nicklas empfindet. Liebe? Ja, aber auf einer anderen Ebene als für Finn! Bei Nicklas hat das Verlangen nach ihm langsam begonnen und sich stetig gesteigert, bis sie schließlich im Bett gelandet sind. Der Sex mit ihm war die logische Folgerung aus den Gesprächen, den Berührungen und den Gefühlen, die sie füreinander empfanden. Bei Finn ist das anders! Wenn sie ihn sieht, zieht es sofort spürbar in ihrem Unterleib, so dass eine Welle des Verlangens sie überrollt. Die Frage ist nur: Welche Beziehung hat eine Zukunft? Sie muss kein Wissenschaftler sein, um die Frage beantworten zu können. Es ist allseits bekannt, dass die sexuelle Anziehungskraft zwischen den Partnern mit der Zeit nachlässt und eine stabile Beziehung durch gemeinsame Interessen und inniger Liebe geprägt wird. *Vielleicht sollte ich die Vor- und Nachteile beider Partnerschaften gegeneinander abwägen?*

Nicklas: Wir sind seit zwei Jahren glücklich zusammen. Ich liebe ihn. Der Sex mit ihm ist gut und ich fühle mich bei ihm sicher. Ich vertraue ihm hundertprozentig!

Finn: Wir waren in der Schulzeit ein Jahr zusammen. Mein Herz und mein Körper verlangen momentan nur nach ihm! Ich kann an nichts anderes mehr denken! Aber er hat mich damals hintergangen! Und ich habe Angst, dass er es wieder tun würde! Kann er überhaupt treu sein?

Lisa wägt lange die Vor- und Nachteile jedes Mannes ab. Schlussendlich findet sie es albern, eine Strichliste über die

Stärken und Schwächen eines Partners anzufertigen. Warum kann sie nicht einfach ihr Herz entscheiden lassen? Vielleicht sollte Nicklas doch kommen? Vielleicht, wenn sie beiden Männern gegenübersteht ... dann ... ja, was dann? Dann traut sie sich keinem die Wahrheit zu sagen!

Nein! So komme ich nicht weiter!

Ruckartig setzt sie sich auf. Ihr Blick wandert durchs Zimmer. Am Kleiderschrank ihrer Freundin bleibt er schließlich hängen. Ihre Erinnerungen schweifen ab. In eine Zeit, als alles noch in Ordnung war ...

Kapitel 34

RÜCKBLICK

Sarah steht vor ihrem Kleiderschrank und probiert das sechste T-Shirt an, bevor sie auch dieses für unpassend findet und auf den Boden wirft.

„Ich habe nichts anzuziehen!", jammert sie.

„Das rote Shirt war doch schön! Außerdem gehen wir nur ins Kino!", bemerkt Lisa mitfühlend.

„Du hast leicht reden! Du bist ja mit Finn zusammen, aber ich sitze das erste Mal neben Salvatore!", wirft sie ihrer Freundin vor.

„Du sagst es! Du sitzt neben ihm! Es ist dunkel! Er kann deine Klamotten nicht sehen!", erinnert Lisa sie.

Entmutigt lässt Sarah sich aufs Bett neben Lisa fallen. „Ich wünsche mir so sehr einen Freund, der es wert ist, in meine Schatzkiste zu kommen!", schwärmt sie vor sich hin.

„In deine Schatzkiste?", hakt Lisa irritiert nach.

Unsicher schaut Sarah zu ihrer Freundin. Soll sie es wagen und sie ihr zeigen?

„Ich habe davon noch nie jemandem erzählt! Nicht einmal meine Eltern wissen, dass es diese Kiste gibt!", erklärt sie verschwörerisch.

„Wo ist sie?", will Lisa neugierig wissen.

Sarah steht auf, öffnet die Schranktür und steigt auf einen Stuhl. Im hintersten Eck des oberen Regals zieht sie einen golden beklebten Schuhkarton hervor. Anschließend setzt sie sich wieder neben Lisa, wobei sie die Kiste andächtig auf ihren Schoß stellt.

„Das ist deine Schatzkiste?", fragt Lisa ungläubig.

„Ja!", flüstert Sarah, als würde sie durch zu lautes Sprechen die Magie der Kiste zerstören.

„Und die hast du immer dort oben im Schrank?"

„Ja! Aber das weiß keiner!", antwortet Sarah sicher.

„Doch! Glaub mir! Deine Mutter weiß über alles Bescheid, was sich in deinem Schrank befindet!", klärt Lisa ihre unwissende Freundin auf.

„Das glaube ich kaum! Vielleicht deine Mutter! Aber ich räume meine Sachen selbst in den Schrank! Sie hat schon lange keine Ahnung mehr, was ich alles darin verstecke!"

„Solange es keine Jungs sind, die du in den Schrank sperrst?", zieht Lisa ihre Freundin auf.

„Ha ha! Sehr lustig, Lisa!", antwortet Sarah gekränkt. „Willst du jetzt wissen, was ich darin aufbewahre?"

„Sorry! Ja! Wenn du es mir zeigen willst?", entschuldigt sich Lisa für ihr Benehmen.

Bedächtig öffnet Sarah die Schachtel. Lisa erkennt ein Klassenfoto.

„Was sind das für Sachen?", hakt sie vorsichtig nach.

„In diese Kiste kommen nur Gegenstände, die mir viel, sehr viel, bedeuten", erklärt Sarah bestimmt.

„Ein Klassenfoto?"

„Äh … ja! Da ist ein Junge drauf, in den ich verknallt war. Er ist nicht mehr auf unserer Schule", erklärt sie schnell. Lisa betrachtet das Foto und bemerkt, dass das Bild entstand, bevor sie selbst an die Schule kam.

Als Nächstes hält Sarah einen alten Schnuller in die Höhe. „Den habe ich geliebt! Ich war schon sechs, als ich ihn endlich hergegeben habe. Vor einigen Jahren hat meine Mutter mir diese Babysachen übergeben. Sie meinte, an denen habe ich ganz besonders gehangen. Damals ist die Idee zu dieser Kiste entstanden. Ich wollte einen bestimmten Ort haben, wo meine liebsten Sachen im Leben einen Platz finden. Und wenn ich

einmal sterbe, dann soll diese Schatzkiste mit in mein Grab!",
erzählt sie ernst.

„Was ist das?", will Lisa wissen, während sie nach einer
Ansichtskarte greift.

„Die ist von meinem Papa! Er war vier Wochen auf Kur und
hat mir fast täglich eine Karte geschrieben. Ich konnte nur diese
eine aufheben, sonst wäre die Kiste schon überfüllt!", erzählt
sie glücklich.

Lisa dreht die Karte um und liest die Nachricht:

> Meine liebe Sarah,
> jetzt sind es nur noch zwölf Tage, bis ich wieder bei
> dir bin. Ich denke jeden Tag an dich! Du bist mein
> größter Schatz!
> In Liebe dein Papa

„Ich hatte solche Sehnsucht nach ihm! Seine Karten haben
mich jeden Tag aufgemuntert und mir geholfen, dass ich
durchhalte, bis er zurück ist", erklärt sie kurz.

„Wie alt warst du damals?", will Lisa wissen.

„Acht!"

„Also würde ich Joachim nicht so gut kennen, könnte man
glauben, dass …", setzt Lisa vorsichtig an.

„Was?", will Sarah neugierig wissen.

Lisa schaut schuldbewusst auf. „Nichts! Sorry, war nur ein
blöder Gedanke!"

Plötzlich wird Sarah knallrot im Gesicht. Wütend reißt sie
ihrer Freundin die Karte aus der Hand.

„Spinnst du? Du glaubst doch nicht … ist das dein Ernst?",
schreit sie außer Atem. Man merkt ihr an, dass sie wirklich
außer sich ist vor Wut.

„Es hört sich eben so an! Welcher Vater schreibt seiner
Tochter denn solche Zeilen?", rechtfertigt Lisa sich.

„Mein Vater liebt mich! Und ich liebe ihn! Aber doch nicht so!", schreit sie verzweifelt. „Er würde mich niemals ...", bricht sie entsetzt ab. Angewidert wendet sie sich von Lisa ab.

Lisa bereut, dass sie ihre abwegigen Gedanken laut ausgesprochen hat. Tatsächlich ist es so, dass Joachim zu beiden Töchtern ein inniges Verhältnis hat. Jedoch hat es niemals eine Andeutung in diese Richtung gegeben, welche Sarah jetzt so aus der Fassung brachte.

Mit schlechtem Gewissen beobachtet Lisa ihre Freundin, die mit der goldenen Kiste in der Hand auf den Stuhl steigt, um sie wieder in ihr sicheres Versteck zu stellen.

An diesem Tag ist ein kleiner Haarriss in ihrer Freundschaft entstanden, der sich kurze Zeit später zu einem gefährlichen Leck entwickeln sollte.

Kapitel 35

Lisas Erinnerungen verblassen. Ihr Blick ist weiterhin auf den Schrank gerichtet. Langsam steht sie auf, öffnet ihn und steigt auf einen Stuhl. Suchend greift sie auf das oberste Regal, bis sie schließlich fündig wird.

Andächtig zieht sie die goldene Schuhschachtel hervor.

Soll ich das wirklich machen? Das sind Sarahs private Erinnerungen!

Ihre Neugier siegt. Aufgeregt setzt sie sich aufs Bett und öffnet den Deckel.

Erstaunt blickt sie auf den Inhalt, der sich in den letzten Jahren definitiv angesammelt hat. Oben auf liegen mehrere Briefumschläge, fein säuberlich beschriftet und verklebt.

Als sie ihren Namen liest, wird Lisa misstrauisch. *Für Lisa* steht auf einem dieser Kuverts geschrieben.

Warum bewahrt Sarah Briefe in ihrer Schatzkiste auf?

Oh mein Gott! Für den Fall, dass sie stirbt!

Lisa verliert schlagartig die Farbe aus ihrem Gesicht. Für einen Moment wird ihr schwindlig und Übelkeit kriecht in ihr hoch. Mit den verschiedenen Kuverts in der Hand sitzt sie einige Minuten wie in Trance da. Die Erinnerungen schießen ihr durch den Kopf. Tausend Gedanken, Fragen und Antworten prasseln gleichzeitig auf sie ein.

Wenn Sarah diese Briefe geschrieben hat, damit man sie nach ihrem Tod findet, dann will sie sicher nicht, dass man sie jetzt schon liest. Hätte sie gewollt, dass ihre Mutter sie findet, dann hätte Sarah sie auf den Tisch oder aufs Bett gelegt. Aber in dieser Kiste findet sie Niemand! Außer, wenn man ihr Zimmer leer räumt, weil sie nicht mehr existiert!

Bedächtig legt Lisa die Kuverts auf den Tisch vor sich. Schnell überfliegt sie die einzelnen Namen auf den Umschlägen. Lisa, Mama, Nina, Finn, David, Leonie.

Sechs Briefe – sechs Namen. Aber kein Brief für ihren Vater! Also hat sie die Mitteilungen erst nach dessen Tod verfasst! *Soll ich ihn öffnen? Oder lieber nicht? Vielleicht erfahre ich dann, warum Sarah mich herbestellt hat.* Möglicherweise hält sie die Antwort auf ihre quälenden Fragen bereits in Händen! Die Vernunft kämpft mit ihrer Neugier.

Plötzlich läutet es an der Haustür. Mit schlechtem Gewissen schreckt sie hoch, bevor sie gedankenverloren nach unten läuft. Warum klingelt Anja? Hat sie ihren Schlüssel vergessen?

Als sie die Tür öffnet, schaut sie den Besucher verwundert an.

„Hallo! Was machst du denn hier?", fragt sie erstaunt.

„Hi Lisa! Ist Nina noch nicht da? Ich wollte sie abholen!", begrüßt Patrick sie freundlich.

„Äh … nein! Wollte sie nicht mit Anja zum Friedhof? Wie spät ist es eigentlich?", fragt sie verwirrt, während sie ihn eintreten lässt.

„Fast fünf Uhr! Eigentlich sind sie um diese Zeit immer längst zurück!", entgegnet er verwundert.

„Vielleicht haben sie sich etwas später getroffen? Leonie ist krank und Anja hat heute auf sie aufgepasst", erinnert Lisa sich.

„Kann ich warten? Oder stör ich dich gerade?", will er aufmerksam wissen.

„Nein! Natürlich kannst du hier warten!"

Nachdem Patrick sich aufs Sofa gesetzt hat, wendet er sich an Lisa. „Was hast du heute gemacht? Warst du schon bei Sarah?", will er interessiert wissen.

„Nein! Ich … war oben im Zimmer. Ich habe irgendwie die Zeit vergessen!", bringt sie unsicher hervor.

„Du hast sicher viel über die Vergangenheit gegrübelt, stimmt's? Das kann man dir nicht verdenken. Du hast Sarah so lange nicht gesehen – da kommen jetzt sicher viele Erinnerungen in dir hoch!", bemerkt er mitfühlend.

Lisa nimmt neben Patrick Platz. Während er seine Nachrichten auf dem Handy überprüft, beobachtet sie ihn. Soll sie ihm von den Briefen erzählen? Nein, lieber nicht! Sie kennt ihn doch kaum! Sie beschließt, sich langsam an ihn ranzutasten.

„Was hältst du eigentlich von Sarah? Ich meine, wie stehst du zu ihr?", fragt Lisa belanglos.

Patricks Aufmerksamkeit gehört sofort ihr. „Warum? Hat sie dir etwas über mich erzählt?", will er argwöhnisch wissen.

„Nein! Ich frage nur, weil …", bricht sie plötzlich ab.

„Weil was? Willst du mir irgendetwas erzählen? Hast du ein Problem mit ihr?", ermutigt er sie.

„Du hast doch damals mit ihr gesprochen, wegen der Nierenspende für Nina. Ich denke, Sarah schätzt dich, sonst hätte sie sich von dir nicht überreden lassen. Ich meine, nicht einmal ihr Vater konnte sie dazu bewegen, ihre Meinung zu ändern!", plappert Lisa unsicher darauf los.

„Naja! Ganz so einfach war es nicht!", gibt Patrick zaghaft zu.

„Wie meinst du das? Du konntest sie doch überzeugen, dass jeder Mensch das Recht hat, dass ihm geholfen wird, wenn es möglich ist", ergänzt sie ihre Ausführungen.

Patrick schaut betroffen zur Seite. Ohne sich über die Konsequenzen ihrer folgenden Worte bewusst zu sein, erzählt Lisa ihm von ihrer Entdeckung.

„Patrick? Ich habe einen Brief gefunden, der an deine Frau gerichtet ist. Er ist von Sarah!", berichtet Lisa ihm vorsichtig. Kaum hat sie den Satz ausgesprochen, ist sie sich nicht mehr sicher, ob diese Entscheidung die Richtige war.

„Einen Brief?", stößt Patrick überrascht aus. „Was steht drin?"

„Ich habe ihn nicht geöffnet. Er ist an Nina adressiert!", erklärt Lisa leise.

„Wo hast du ihn gefunden?"

„In einem Geheimversteck! Das kannte nur Sarah – und ich!"

„Waren da noch andere Briefe?", will er neugierig wissen.

„Ja. Für Finn, Leonie, Anja, David und mich", zählt sie auf.

„Was steht in deinem Brief drin?", hakt er vorsichtig nach.

„Ich habe ihn nicht gelesen."

Abschätzend betrachtet Patrick die Frau neben sich.

„Du hast ihn nicht gelesen? Obwohl er an dich andressiert ist? Bist du nicht neugierig?", will er verwundert wissen.

„Doch, vor allem …", setzt Lisa kleinlaut an.

„Was?"

„Sie hat mich vor knapp zwei Wochen gebeten, hier her zu kommen, weil sie mit mir über etwas sprechen wollte. Ich habe keine Ahnung um was es geht, aber es scheint ihr sehr wichtig gewesen zu sein! Sie wollte ihr Gewissen erleichtern, deutete sie an."

„Und du glaubst, in diesem Brief könnte sie über dieses Ereignis berichten? Sozusagen ihre Beichte ablegen?", hakt er behutsam nach.

„Möglicherweise, ja!"

„Warum liest du ihn dann nicht?", will er irritiert wissen.

„Sie hat die Kuverts so versteckt, dass sie keiner finden kann! Verstehst du? Ich glaube einfach, sie wollte nicht, dass wir sie jetzt schon lesen", erklärt sie ehrlich.

„Du meinst … es sind Abschiedsbriefe?", platzt Patrick erschrocken aus.

Verunsichert zieht Lisa ihre Schultern nach oben. Im nächsten Moment rückt Patrick ein Stück näher an sie heran. Fürsorglich legt er einen Arm um ihre Schultern, um sie zu trösten.

„Hör mal! Selbst wenn es Abschiedsbriefe sind … Sarah wird wieder aufwachen. Mach dir keine Sorgen!", versucht er sie zu trösten.

„Du findest also auch, ich sollte sie in ihrem Versteck lassen?", will sie verunsichert wissen.

„Wo sind die Briefe jetzt?"

„Sie liegen oben auf dem Schreibtisch."

Plötzlich steht Patrick auf und reicht Lisa seine Hand, um sie vom Sofa hochzuziehen.

„Komm mit! Wir räumen sie gemeinsam wieder weg! Geheime Briefe in geheimen Verstecken sollten auch geheim bleiben. Du handelst sicher nicht in Sarahs Sinn, wenn du ihre privaten Zeilen einfach an die Empfänger aushändigst!", erklärt er aufrichtig.

Gemeinsam steigen sie die Treppe ins erste Obergeschoss hinauf. Nachdem sie Sarahs altes Zimmer betreten haben, beobachtet Patrick, wie Lisa die weißen Kuverts zurück in eine goldene Kiste legt. Anschließend verstaut sie den Schuhkarton auf dem obersten Regal im Schrank.

Völlig unerwartet hören sie Stimmen aus dem Wohnzimmer.

„Lisa? Patrick? Seid ihr da?", ruft Anja durchs Haus.

Gemeinsam hetzen die Gerufenen die Treppe hinunter. Lächelnd und mit ertapptem Gesichtsausdruck, begrüßen sie die Ankömmlinge.

„Na, endlich seid ihr da! Wo wart ihr denn solange?", fragt Patrick neugierig.

„Wir waren am Friedhof!", erklärt Anja wahrheitsgemäß. „Wir haben Joachim von dem Baby erzählt!"

Skeptisch wandert Ninas Blick zwischen ihrem Mann und Lisa hin und her.

„Was habt ihr da oben gemacht? Habt ihr ein Geheimnis?", richtet sie sich lachend an Patrick.

Sein überstürztes Schnauben lässt sogar Anja hellhörig werden.

„Quatsch! Ich war oben auf der Toilette, wir haben uns zufällig auf der Treppe getroffen!", erklärt er etwas zu schnell.

„Ich war in meinem Zimmer!", fühlt sich Lisa genötigt, seine Ausführungen zu ergänzen.

Schlagartig tritt eine unangenehme Stille ein. Lisa ist bewusst, dass ihr Verhalten auffällig wirkt, aber momentan fällt ihr keine Erklärung ein, die das soeben Gesagte entschärfen könnte. Jede weitere Ausrede würde sofort als solche entlarvt werden.

„Dann können wir ja jetzt fahren!", ruft Patrick gutgelaunt in den Raum.

Nachdem Nina ihre Mutter zum Abschied umarmt hat, verlässt sie gemeinsam mit ihrem Mann das Haus.

Kapitel 36

An diesem Abend findet Lisa nur schwer in den Schlaf. Ihre Gedanken kreisen unaufhaltsam um die goldene Kiste im Kleiderschrank. Nur schwer kann sie ihre Neugier unterdrücken, die sie am liebsten aufspringen lassen würde, um den an sie gerichteten Brief zu lesen. Obwohl ihr Beruf als angehende Rechtsanwältin voraussetzt, dass sie sich an Briefgeheimnisse oder offensichtliche Wünsche von Mandanten hält, befindet sich jedoch auch eine gesunde Neugier in ihr, die es überhaupt erst möglich macht, schwierige Fälle aufzurollen und solange in der Umgebung zu suchen, bis sie geeignete Beweise für die Unschuld ihres Mandanten gefunden hat. Allerdings fällt es ihr wesentlich schwerer, ihren Wissensdurst in privaten Angelegenheiten zu unterdrücken, selbst, wenn sie im Vorfeld bereits weiß, dass ihre Handlungen nicht richtig sind. *Was will Sarah mir erzählen?* Wollte sie ihr die Geschichte mit David berichten? Dass sie vergewaltigt wurde? Oder eher, dass sie ihren aktuellen Freund damals durch ihre Falschaussage ins Gefängnis gebracht hat? Oder ging es bei ihrer Beichte um Finn? Wollte sie ihr Gewissen erleichtern und ihr offenbaren, dass Finn der Vater ihres Kindes ist? Vielleicht geht es auch um etwas ganz anderes?

Lisa spürt, wie ihr Kopf schwer wird, die aufwühlenden Gedanken nur noch zäh durch ihr Hirn kriechen. Weit nach Mitternacht schläft sie endlich ein.

Ein leises Rascheln weckt sie. Normalerweise hätte sie dieses Geräusch überhaupt nicht wahrgenommen, aber im Haus ist es nachts dermaßen still, dass jeder ungewöhnliche Laut sofort auffällt.

Langsam öffnet Lisa die Augen. Bis auf einen schwachen Lichtschein des Mondes, ist das Zimmer stockdunkel. Müde schweift ihr Blick durch den Raum. Und plötzlich erkennt sie den Grund ihres Erwachens. Eine schwarze Gestalt zieht vorsichtig den Schreibtischstuhl über den Boden.

„Ahh!", schreit sie panisch und zieht die Decke bis unter ihr Kinn.

Im nächsten Moment liegt das Gewicht des Unbekannten auf ihrem Brustkorb. Seine linke Hand drückt auf ihren Mund, während seine Augen sie durch die angsteinflößende Sturmmaske betrachten.

„Kein Wort!", flüstert er mit rauer Stimme. Wie erstarrt liegt sie vor ihm. Im nächsten Moment greift der Mann mit seiner freien Hand in seine Tasche. Beim Aufblitzen des silbernen Metalls erkennt Lisa, dass er ein Messer hervorzieht. Mit Gewalt drückt er es ihr an den Hals.

„Sei ruhig! Ich will dir nichts tun!", presst er schweratmend hervor. Plötzlich ist das Messer verschwunden! Ihre Fantasie hat ihr einen Streich gespielt!

Lisas Augen weiten sich, ihre Panik steigt ins Unermessliche. Sie schreit in seine Hand, was zur Folge hat, dass er noch fester zudrückt. Augenblicklich bekommt sie Atemnot. Sie windet sich unter seinem Körper, tritt mit ihren Füßen um sich und versucht krampfhaft, ihn von sich zu schieben. Woher sie den Mut zur Gegenwehr nimmt, weiß sie nicht. Er ist einfach da!

„Sei endlich still! Bitte!", mahnt der Mann mit der Maske. Als Lisa nicht aufhört, sich mit aller Kraft gegen ihn zu wehren, zieht er plötzlich die Sturmhaube ab.

Schlagartig verharrt Lisa in ihrer Bewegung. Ungläubig blickt sie in das ihr bekannte Gesicht.

Kapitel 37

RÜCKBLICK

Sarah liegt auf ihrem Bett und starrt an die Zimmerdecke. Drei kleine Sterne kleben über ihr, welche im Dunkeln leuchten. Was meinte ihre Mutter damit: Sie solle an Leonie denken! Sie macht nichts anderes! Wenn Leonie ihre Niere bräuchte, würde sie nicht einen Moment lang zögern! Aber ihre gemeinsame Vergangenheit mit ihrer Schwester hat nicht nur sonnige Seiten. Sie wurde von Nina oft geärgert, was wohl zwischen Geschwistern normal ist. Da Nina aber schnell begriffen hat, dass Sarah von ihrem Vater bevorzugt wurde, hat sie ihre Eifersucht oft an der Jüngeren ausgelassen.

Nina fügte sich oft selbst Wunden zu, welche sie vor den Eltern geschickt zu verbergen versuchte. Wenn ihre Mutter sie jedoch entdeckte, gab Nina kleinlaut zu, dass Sarah ihr diese Verletzungen zugefügt habe. Einmal ging Nina sogar so weit, dass sie in ihren Saft Alkohol mischte, um anschließend zu behaupten, Sarah hätte ihr das Getränk zubereitet.

Sarah wurde oft dafür bestraft. Schließlich musste sie sogar zehn Stunden bei einer Kinderpsychologin absolvieren, um ihr krankhaftes Verlangen, ihre Schwester zu verletzen, zu therapieren. Sarahs Verteidigungsversuche wurden stets ignoriert. Selbst ihr Vater konnte ihr in dieser schweren Zeit nicht helfen.

Obwohl diese Vorfälle bereits Jahre zurückliegen, haben sie bei Sarah tiefe Wunden hinterlassen. Und jetzt endlich hat sie die Chance sich zu rächen! In den letzten Tagen hat sie sich mehrmals gefragt, ob sie es fertig bringen würde, den Tod ihrer Schwester in Kauf zu nehmen. Aber Nina wird nicht sterben!

Sie muss lediglich dreimal in der Woche zur Dialyse. Das ist Strafe genug für die in ihrer Kindheit begangenen Taten.

Plötzlich klopft es. Erschrocken setzt sie sich auf, als sich die Tür einen Spalt öffnet.

Kapitel 38

„Du? Spinnst du? Was machst du hier?", schreit Lisa den Mann neben sich an.

„Kannst du bitte etwas leiser reden? Ich will nicht, dass Anja aufwacht!", bemerkt Patrick betreten.

„Das hättest du dir vielleicht vorher überlegen sollen! Bevor du hier einbrichst und mich mit einer Maske auf dem Kopf zu Tode erschrickst! Was willst du? Ist das ein schlechter Scherz? Habe ich irgendetwas verpasst?", redet sie unaufhörlich auf Ninas Ehemann ein.

„Es tut mir leid! Ich wusste mir nicht anders zu helfen. Ich konnte die ganze Nacht nicht schlafen ... schließlich kam ich auf die Idee, Ninas Schlüssel zu benutzen, um unentdeckt ins Haus zu kommen", erklärt er betreten.

„Um was zu tun? Du willst doch nicht ...?", setzt Lisa erschrocken an, während sie ihre Bettdecke höher zieht.

„Nein! Um Himmels willen!", stößt er entsetzt aus. Erschöpft lässt er sich auf den Stuhl fallen, welcher in der Mitte des Raumes steht.

Abschätzend betrachtet Lisa den Eindringling. Ihre Gedanken rasen über die Synapsen-Autobahn.

„Hat es mit Sarah zu tun?", setzt sie vorsichtig an.

Patrick schweigt. Starrt verzweifelt auf seine Schuhe.

„Patrick? Hat es mit Sarah zu tun?", schreit sie ihm entgegen.

„Psst! Sei doch leise, sonst wacht Anja noch auf!", flüstert er verschwörerisch.

„Ich glaube kaum, dass sie einen so festen Schlaf hat, dass ihr entgangen ist, dass ich Besuch habe. Du bringst uns beide in eine prekäre Situation, das ist dir doch klar, oder?", teilt sie ihm streng mit.

Erneut zieht Patrick es vor, zu schweigen.

„Sag mir endlich, was du hier willst! Oder verschwinde!"

„Das kann ich nicht!", wispert er mutlos.

„Was? Reden oder verschwinden?", hakt Lisa wütend nach.

„Ich kann nicht ohne den Brief gehen!", sagt er resigniert.

„Welchen …? Aber für dich hat Sarah doch gar keine Nachricht hinterlassen!", wundert Lisa sich.

„Ich brauche den Brief an Nina! Ich kann nicht zulassen, dass sie ihn liest!"

„Aber er ist in der Kiste! Dort findet ihn Niemand! Wenn Sarah aufwacht, kannst du sie doch selbst danach fragen. Sie bitten, dass sie dir diesen Brief gibt!", schlägt Lisa vor.

Mit verächtlichem Blick schaut Patrick sie an. „Das glaubst du doch selbst nicht!"

„Dass sie aufwacht? Doch, ich glaube fest daran, dass …"

„Dass sie mir den Brief gibt! Sie hat einen Grund, Nina etwas zu beichten. Und mit Sicherheit will Sarah, dass ihre Schwester das irgendwann erfährt!", gibt er hoffnungslos zu.

„Und du weißt, was es ist?", setzt Lisa behutsam an.

Patrick nickt. „Bitte übergebe mir diesen Brief! Nina darf einfach nicht erfahren, was darin steht! Diese Nachricht könnte ihre Schwangerschaft gefährden! Willst du schuld daran sein, wenn sie eine Fehlgeburt hat?", erklärt er weinerlich.

„Versuchst du mir gerade eine Verantwortung zuzuschieben, die keinesfalls in meinem Bereich liegt?"

„Ja! Wenn Nina diesen Brief liest, wird sie sich von mir trennen und je nachdem wie sehr sie das Geständnis ihrer Schwester belastet, könnte sie auch unser Kind verlieren! Und ich würde in jedem Fall dir die Schuld dafür geben!", presst er wütend hervor.

„In Ordnung!"

„Was? Gibst du mir das Kuvert?", hegt Patrick plötzlich Hoffnung.

„Nein! Aber du wirst mir erzählen, was in dem Brief steht! Danach entscheide ich, ob die Nachricht für Ninas Baby gefährlich werden könnte!", schlägt sie ihm vor.

Kopfschüttelnd blickt Patrick zur Seite. Einige Sekunden versinkt er in seine Gedanken, grübelt, ob er das Geheimnis preisgeben soll. Schließlich schaut er Lisa direkt in die Augen.

Er atmet tief ein. Dann beginnt er zu erzählen:

„An dem Abend, als ich zu Sarah ins Zimmer ging, hat sie nicht freiwillig zugestimmt, Nina zu helfen...

Kapitel 39

RÜCKBLICK

„Darf ich reinkommen?", fragt Patrick vorsichtig.

„Wenn es sein muss!", erwidert Sarah schnippisch.

Nachdem er die Tür hinter sich geschlossen hat, setzt Patrick sich zögernd auf die Bettkante. Nachdenklich betrachtet er seine Schwägerin.

„Hast du es dir noch mal überlegt?", will er behutsam wissen.

„Ich werde es nicht tun! Mir ist das Risiko zu groß und Dad hat gesagt, er wird meine Entscheidung akzeptieren", erklärt sie langsam.

„Ja! Das habe ich mir schon gedacht!", sagt er überzeugt.

„Ach ja? Willst du mich jetzt überreden? Oder mich zwingen? Oder fällst du vor mir auf die Knie und bettelst vor lauter Angst um Nina?", blafft sie ihn übermütig an.

Mit einem Satz rutscht Patrick an sie heran. Sein Gesicht ist dem ihren plötzlich so nahe, dass sie seinen Atem spüren kann.

„Weder noch!", presst er leise hervor. „Ich werde dir etwas anbieten, was du sicher nicht abschlägst. Für mich bist du nur ein verwöhntes, kleines Mädchen!" Ebenso schnell wie er sich ihr genähert hat, weicht er wieder ein Stück zurück.

„Was soll das sein? Das Risiko ist mir trotzdem zu hoch!", entgegnet sie ängstlich.

„Jeder hat seinen Preis!"

„Bist du dir da sicher?", erwidert sie abschätzend.

„Wie viel ist dir deine Hilfe wert?", flüstert er beinahe.

„Wie viel ist dir denn meine Hilfe wert?", kommt prompt die Gegenfrage.

Patricks Augen verengen sich. „Zehntausend!"

Sarahs Herzschlag beschleunigt sich. Sie erkennt die Chance, die sich ihr gerade bietet. „Hunderttausend!", erhöht sie die Summe mutig.

Patrick lässt sich keine Regung anmerken. Seine Augen fixieren Sarah.

„Können wir uns auf Fünfzigtausend einigen? Mehr kann ich nicht beschaffen!", schlägt er emotionslos vor.

„Du kannst fünfzigtausend Euro beschaffen? Wow! Wie das denn?", fragt sie ehrlich überrascht.

„Das geht dich überhaupt nichts an!", erwidert er mit einem gespielten Lächeln.

„Einverstanden! Dann werde ich jetzt meinen Eltern verkünden, dass ich mich entschlossen habe, meiner geliebten Schwester eine Niere zu spenden!", erklärt sie entschlossen.

Kapitel 40

„Du hast sie gekauft? Du hast Sarah dafür bezahlt, dass sie Nina eine Niere spendet?", ruft Lisa fassungslos aus.

„Kannst du bitte etwas leiser sprechen?", versucht Patrick sie zu beruhigen. „Andernfalls hätte sie es nicht getan!", gibt er schließlich schuldbewusst zu.

„Das weißt du nicht! Vielleicht hätte ihr Vater sie doch noch überreden können! Oder Finn, oder Anja!"

„Ja, vielleicht! Vielleicht aber auch nicht! Darauf zu vertrauen war mir zu unsicher! Ich wollte, dass Nina gesund wird. Und ich hätte alles dafür getan! Alles, verstehst du?", erklärt er ernst.

Geschockt starrt Lisa vor sich hin. Das kann einfach nicht sein! Ist Sarah wirklich so gewissenlos? Verständnislos blickt Lisa den Mann neben sich an.

„Und du glaubst, dass Sarah diese Sache in ihrem Brief an Nina erwähnt?", fragt Lisa nachdenklich.

„Ich weiß es nicht! Aber es wäre für keinen hilfreich, wenn sie es erfahren würde!", antwortet er leise. „Würdest du mir jetzt bitte den Umschlag aushändigen?"

Lisa denkt ernsthaft über seine Bitte nach. Sie ficht einen innerlichen Kampf mit sich selbst. Bevor sich ein Sieger erkennen lässt, wird die Zimmertür von außen aufgestoßen.

Mit bösem Blick steht Anja im Türrahmen.

„Darf ich erfahren, was das zu bedeuten hat?", will sie mit zitternder Stimme wissen.

Patrick und Lisa starren sich erschrocken an und wissen im selben Augenblick, dass sie Anja die Wahrheit sagen müssen.

Nachdem Anja, gemeinsam mit Patrick, ihr Zimmer verlassen hat, sinkt Lisa erschöpft auf ihr Bett zurück. Anja hat die Nachricht über die bezahlte Nierenspende erstaunlich gut aufgenommen. Was Lisa von sich nicht behaupten kann. Ihr Entsetzen nimmt kein Ende. *Warum hat Sarah das getan?* Warum hat sie sich dafür bezahlen lassen, ihrer Schwester das Leben zu retten?

Lange starrt sie gedankenverloren an die weiße Decke. Was ist jetzt mit den Briefen? Soll sie Patrick das betreffende Kuvert aushändigen, um zu verhindern, dass seine Frau von der erzwungenen Spende erfährt? Ihre Neugier über den an sie gerichteten Brief nimmt stetig zu. Aber noch hat sie die Kraft, sich dagegen zu wehren. Noch siegt die Vernunft!

Kapitel 41

Am nächsten Morgen betritt Lisa unsicher die Küche. Anja zieht gerade ihren Mantel über, um das Haus zu verlassen.

„Du gehst schon?", ruft sie ihrer Gastgeberin überrascht zu.

„Ja! Leonie geht es immer noch nicht besser und Finn muss zeitig los!", erklärt sie bedauernd.

„Ich fahre nachher zu Sarah ins Krankenhaus. Soll ich auf dem Rückweg irgendetwas besorgen? Brauchst du etwas aus dem Supermarkt?", bietet Lisa ihre Hilfe an.

„Wenn du ein Brot mitbringen könntest, das wäre nett. Und richte meiner Tochter schöne Grüße aus! Ich komme am Abend, wenn Finn zurück ist, noch bei ihr vorbei!", antwortet Anja freundlich.

Im nächsten Augenblick verlässt sie das Haus.

Lisa gießt sich einen Kaffee ein und setzt sich in der Küche auf einen der Stühle. Ihre Gedanken schweifen zu gestriger Nacht ab. Der Schock, als sie Patrick für einen Einbrecher gehalten hat, sitzt ihr noch tief in den Knochen. Ein kalter Schauer läuft ihr über den Rücken. Als Anja dann wenig später beide zur Rede stellte, kamen sie nicht umhin, ihr von Patricks geldlicher Zuwendung an Sarah, sowie seinem Versuch, Ninas Brief an sich zu nehmen, zu erzählen. Anja war gefasster, als Lisa es vermutet hätte. Sie kommentierte die Ereignisse lediglich mit einem Satz: „Wenn Sarahs letzte Wille ist, dass Nina von ihrem Verhalten erfährt, dann sollten wir dies akzeptieren!"

Als Lisa, eine Stunde später, die breite Tür zum Krankenzimmer aufdrückt, fällt ihr Blick umgehend auf das blasse Gesicht in dem Bett vor ihr. Mit gemischten Gefühlen setzt sie sich auf einen der Stühle, greift nach Sarahs Hand und betrachtet die Monitore an der Wand. Die gleichmäßigen Sinuskurven malen ein stetes Muster auf den Bildschirm.

Nachdenklich betrachtet sie Sarahs Gesichtszüge. Sie hat Mitleid mit ihrer Freundin, kann jedoch eine gewisse Unruhe, welche aus Enttäuschung herrührt, nicht verbergen.

„Sarah!", flüstert sie leise. „Wann wachst du endlich auf? Ich habe so viele Fragen an dich!"

Schweigend wartet sie auf ein Zeichen der Komapatientin. Nachdem dieses jedoch ausbleibt, fährt sie fort: „Ich habe die Briefe gefunden! Es war reiner Zufall, dass ich mich an deine Schatzkiste erinnert habe. Jetzt grüble ich die ganze Zeit, ob du das, was du mir erzählen wolltest, auch in dem Brief niedergeschrieben hast. Soll ich ihn öffnen? Willst du, dass ich den Inhalt schon jetzt lese?", fragt sie hoffnungsvoll.

Plötzlich hört sie, wie sich der Sinusrhythmus verändert. Zwei schnelle Schläge folgen aufeinander, bevor sich der Herzschlag wieder unverändert fortsetzt. Lisas Blick schnellt auf den Monitor über Sarahs Kopf. *Habe ich mir das eingebildet?* Das bekannte Muster gleitet unverändert über den Bildschirm. Obwohl es keinerlei Anzeichen für eine Veränderung gibt, ist Lisa sich sicher, dass Sarah reagiert hat. Sie beschließt, weiter auf ihre Freundin einzureden, stets bemüht, erneut ein Zeichen des Aufwachens hervorzurufen.

„Ich habe mir überlegt, die anderen Briefe den Empfängern zu übergeben. Was auch immer du ihnen beichten willst, es scheint nichts Gutes zu sein! Patrick hat mich angefleht, ihm Ninas Brief auszuhändigen. Aber ich bin mir nicht sicher, ob das richtig wäre! Bitte, bitte wach endlich auf! Ich bin mir sicher, dass du mich hörst, dass du verstehst, was ich dir erzähle! Komm endlich zurück zu uns!", bricht sie entmutigt ab.

Schweigend bleibt sie am Bett sitzen, während sie weiterhin die Hand ihrer Freundin hält.

IM STILLEN

Ich höre eine mir bekannte Stimme. Lisa ist da! Sie greift nach meiner Hand. Ich spüre ihre warmen Finger an meiner Haut. Und plötzlich verstehe ich auch was sie erzählt. Es beunruhigt mich. Sie hat die Briefe gefunden? Für einen Moment beschleunigt sich mein Herzschlag. Ich spüre, wie er unaufhaltsam durch meine Adern pulsiert. Ein kräftiges Pochen drückt gegen meinen Brustkorb. Ich will nicht, dass sie den Brief jetzt schon liest! Ich will es ihr doch persönlich erklären! Das, was ich ihr angetan habe!

Kapitel 42

RÜCKBLICK

Sarahs Vater ist seit über einem Monat tot. Wochen, in welchen sich seine jüngste Tochter sehr verändert hat. Sie wurde zunehmend lustloser, kümmerte sich nicht mehr um ihre Arbeit und vernachlässigte schließlich sogar ihre kleine Tochter.

Finn wendet sich hilfesuchend an Anja. „Sie muss zu einem Arzt gehen! Ich glaube, dass sie Depressionen hat!", äußert Finn seine Bedenken.

„Aber, wenn sie doch nicht will! Ich habe ihr mehrfach angeboten, mit ihr einen Psychologen aufzusuchen. Sie sträubt sich vehement dagegen!", erwidert Anja hilflos.

„Auf jeden Fall müssen wir etwas unternehmen! Ich habe Angst, sie mit Leonie allein zu lassen!", gibt Finn ehrlich zu.

„Was ist mit ihrem neuen Freund?", fragt Anja interessiert.

„Was soll mit dem sein? Keiner von uns kennt ihn! Er ist ihr offensichtlich keine große Stütze, wenn du das meinst", bemerkt er genervt.

„Hast du Sarah schon mal auf ihn angesprochen?", will Anja neugierig wissen.

Finn schnaubt verächtlich aus. „Nicht nur einmal! Sie hat mir mehrmals erklärt, dass sie nicht über ihn sprechen will. Was machen wir jetzt?"

„Wenn sich ihr Zustand nicht bessert, dann müssen wir sie ins Krankenhaus bringen!", flüstert Anja.

„Das würdest du tun? Deine eigene Tochter in die Psychiatrie einliefern lassen?", meint Finn überrascht.

„Ich will doch nur ihr Bestes!", antwortet Anja besorgt.

„Ich kann mir schon selbst helfen, Mama!", hören sie plötzlich Sarahs Stimme von der Treppe her. „Wenn es dir nichts ausmacht, würde ich gerne ein paar Tage hier wohnen! Finn könntest du dich so lange um Leonie kümmern?", wendet sie sich an Finn.

Überrascht blicken beide auf Sarah, die mittlerweile das Wohnzimmer erreicht hat.

„Ich brauche nur etwas Zeit, um das alles zu verarbeiten! Wenn ich es nicht alleine schaffe, dann gehe ich zum Arzt!", teilt sie den Anwesenden mit.

„Was ist mit deinem Freund? Wo ist er jetzt, wo du ihn brauchst?", wirft Finn ihr verständnislos vor.

„Er ist verreist!", antwortet Sarah emotionslos.

Die nächsten Tage verbringt Sarah die meiste Zeit allein in ihrem Zimmer. Sie liegt auf dem Bett, starrt an die Decke und trauert um ihren verstorbenen Vater. Sie denkt an ihr Leben – an die Menschen, die sie liebt – an die Taten, die sie begangen hat. Sie hat die, die ihr am Nächsten standen verletzt, betrogen und belogen. Wie kann sie das jemals wiedergutmachen? Der Tod ihres Vaters hat sie verändert. Sie ist nachdenklicher, grübelt über den Sinn des Lebens und über das Schicksal, in welches sie viel zu oft eingegriffen hat.

Sarahs Blick fällt auf ihren Spiegel, welcher über dem Schminktisch hängt. An der rechten Seite haftet ein Foto aus einer Zeit, in welcher die Welt noch in Ordnung war. Lächelnd strahlen ihr zwei Mädchen entgegen, die Arm in Arm vor einer Berghütte stehen. Sie selbst mit Lisa! Ihre damalige beste Freundin! Warum haben wir den Kontakt verloren? Was ist geschehen, dass wir uns nur noch zweimal im Jahr einen Glückwunsch per Whats App schicken? Sarah will ihr Fehlverhalten in der Vergangenheit wiedergutmachen. Sie nimmt sich vor, sich bei jedem Einzelnen, den sie verletzt hat, zu entschuldigen und ihre Beweggründe offen darzulegen. Und beginnen wird sie mit Lisa!

Entschlossen setzt sie sich an ihren Schreibtisch, zieht ein Blatt Papier hervor und beginnt zu schreiben:

Liebe Lisa,

du wunderst dich sicherlich, warum ich dir einen Brief schreibe, ...

Nachdem sie das Kuvert zugeklebt hat, beschriftet sie es mit Lisas Namen sowie deren Anschrift in Frankfurt und klebt eine Briefmarke darauf. *Der erste Schritt ist getan!* Am Nachmittag, als ihre Mutter beim Einkaufen ist, entschließt sie sich zu einem kurzen Spaziergang. Ihr Weg führt sie auch an einem Briefkasten vorbei, mit dessen Hilfe sie ihre Nachricht auf die Reise schickt.

Kapitel 43

Gedankenversunken streichelt Lisa die Hand ihrer Freundin. Sie verliert sich in der Vergangenheit, als das Öffnen der Tür sie abrupt aus ihren Gedanken reißt.

„Hallo Lisa!", grüßt Nina freudig überrascht.

„Hi!", erwidert Lisa zurückhaltend.

Nina setzt sich auf die andere Seite des Bettes. Liebevoll streicht sie ihrer Schwester eine Strähne aus der Stirn, während sie leise vor sich hin flüstert.

„Es ist schon erstaunlich, wie nah sich Leben und Tod stehen! Wenn man Sarah betrachtet, wird einem erst bewusst, wie eng die beiden Extreme miteinander verbunden sind. Sie kann sich uns nicht mitteilen, nicht mit uns lachen und nicht mit uns weinen, aber sie lebt! Sie kann sich nicht rühren, nicht sprechen, nichts sehen, trotzdem ist sie nicht tot!"

„Eure Familie musste besonders viele Schicksalsschläge hinnehmen. Erst deine Krankheit, dann Joachims Tod, jetzt Sarahs Unfall", zählt Lisa bedacht auf.

„Ja! Das Schicksal hat seine eigenen Regeln!", bestätigt sie verletzlich. „Aber glücklicherweise habe ich eine Schwester, die mir eine Niere spenden konnte. Ich bin wieder vollkommen gesund! Hey, ich erwarte sogar ein Kind!"

Lisas Gedanken kreisen um die Ereignisse, die ihr Patrick letzte Nacht erzählt hat. Offensichtlich weiß Nina wirklich nichts von Sarahs Bezahlung. Augenblicklich hat sie Mitleid mit der jungen Frau neben sich, wenn sie irgendwann einmal die wahren Beweggründe ihrer Schwester erfährt. Bevor sich jedoch Lisas Empathie ausbreiten kann, wendet sich Nina an sie.

„Obwohl ich mir sicher bin, dass Sarah mir ihre Niere gerne gegeben hat, hat sie es mich teuer bezahlen lassen", äußert sie wissend.

„Was meinst du damit?", fragt Lisa verständnislos.

Nina blickt die Freundin ihrer Schwester an. „Sarah hat es faustdick hinter den Ohren! Sie wusste schon immer wie sie ihren Willen durchsetzen kann! Bei unserem Vater hatte sie es besonders leicht. Die beiden waren sich so ähnlich, dass sie sich ohne viele Worte verstanden. Der Eine wusste oft, was der Andere dachte, das war manchmal echt gruselig!"

„Aber ihr beide habt euch nicht so gut verstanden, oder?", hakt Lisa vorsichtig nach.

„Nicht immer! Anfangs war sie meine geliebte kleine Schwester! Ich vergötterte sie regelrecht. Als ich aber irgendwann realisierte, dass sie zu unserem Vater eine besondere Beziehung hatte, wuchs Wut in mir heran. Als Kind habe ich sie nicht immer gut behandelt. Ich provozierte Streit mit ihr heraus, der aber meistens an mir hängen blieb. Sarah bekam nur lächerliche Strafen, während ich an der kurzen Leine gehalten wurde. Das war auch der Grund, warum ich mit achtzehn auszog. Ich hielt es keinen Tag länger im Schatten meiner Schwester aus."

„Sarah hat aber nie böse über dich gesprochen! Sie hat eigentlich überhaupt nicht viel über dich erzählt!", gibt Lisa nachdenklich zu.

„Das wundert mich nicht! Mich wundert eher, dass sie mir so bereitwillig ihre Niere überlassen hat. Da wurde ich wirklich misstrauisch!", erzählt Nina.

„Vielleicht hatte sie ein schlechtes Gewissen?", wendet Lisa vorsichtig ein.

„Das schlechte Gewissen hat sie eher mir gemacht. In der Folgezeit, als sie regelmäßig vor meiner Tür stand und Geld verlangte!", stößt Nina gekränkt aus.

Kapitel 44

RÜCKBLICK

Sarah öffnet die Tür zu ihrer Wohnung. Auf dem Arm trägt sie die knapp dreijährige Leonie, die bereits im Auto eingeschlafen ist. Als sie den Flur betritt, kommt ihr Finn aus dem Wohnzimmer entgegen.

„Sarah! Warum hast du nichts gesagt? Du sollst doch Leonie noch nicht tragen!", wirft er ihr streng vor.

„Oh Mann! Ihr übertreibt alle! Mir geht es gut! Die Nierentransplantation ist bereits vier Monate her! Wie lange soll ich noch warten, bis ich mein Kind wieder auf den Arm nehmen darf?", antwortet sie bestürzt.

„Schon gut! Ich mach mir doch nur Sorgen um dich!", verteidigt Finn sich.

„Übertreib mal nicht! Und spiel nicht den besorgten Liebhaber! Wir wissen beide, dass du das nicht bist!", entgegnet sie ernst.

„Du bist die Mutter meiner Tochter! Natürlich will ich, dass es dir gut geht! Das eine hat doch nichts mit dem anderen zu tun!", wirft er ihr vor.

„Danke für deine Fürsorge, Finn! Mir geht es wirklich gut!", beendet sie das Gespräch.

Nachdem sie ihre schlafende Tochter ins Bett gelegt hat, erscheint sie kurz im Türrahmen zum Wohnzimmer.

„Finn? Ich muss noch mal kurz weg! Wie lange bist du noch da?", will sie interessiert wissen.

„Ich bleibe heute daheim! Die NBA wird übertragen!", antwortet er begeistert.

„Prima! Es kann nämlich spät werden!"

„Hast du ein Date?", fragt Finn neugierig.

Ein breites Grinsen breitet sich auf Sarahs Gesicht aus.

„Selbst wenn es so wäre, würdest du es als Letzter erfahren!", haucht sie ihm entgegen. Mit einem Handkuss verabschiedet sie sich und huscht aus der Wohnung.

Ihr Weg führt sie zu Nina. Die letzten Monate, seit der Operation, besucht sie ihre Schwester regelmäßig.

Nach zweimaligem Klingeln wird die Tür des kleinen Einfamilienhauses geöffnet.

„Hallo Sarah! Warum wundert es mich nicht, dass du schon wieder da bist?", wird sie lächelnd begrüßt.

„Hi Nina! Darf ich nicht einmal meine Schwester besuchen? Die vor vier Monaten noch so schwer krank war, dass nur meine Niere sie retten konnte?", erwidert Sarah spitz.

„Komm rein!"

„Ist Patrick da?", fragt Sarah unsicher.

„Nein!", antwortet Nina knapp. „Was gibt's?"

„Hör mal, ich weiß, dass ich die letzte Zeit etwas oft zu dir gekommen bin, aber ...", setzt Sarah kleinlaut an.

„Ich würde sagen regelmäßig zweimal im Monat!", unterbricht Nina ihre Schwester.

„Wirklich? So oft? So häufig kam es mir überhaupt nicht vor!", gibt sich Sarah unschuldig.

„Was willst du, Sarah?", fordert Nina sie direkt auf.

„Naja, du weißt ja, dass Finn bald Geburtstag hat und ...", fängt sie zögernd an.

„Wie viel?"

„Äh ... vielleicht zweihundert? Aber nur wenn es dir keine Umstände macht!", bemerkt Sarah zurückhaltend.

Kopfschüttelnd wendet Nina sich ab, um ihren Geldbeutel zu holen. Bei ihrem ersten Besuch, kurz nach der Transplantation hat Sarah sie deutlich darauf hingewiesen, dass es ihr ohne die bedingungslose Hilfsbereitschaft ihrer Schwester heute nicht so gut ginge. Nina war Sarah einfach nur dankbar und hat ihr gerne aus ein paar finanziellen Nöten geholfen. Mittlerweile lächelt sie nur noch über die fadenscheinigen Ausreden, die Sarah ihr auftischt. Es ist ihr egal! Sarah verlangt nie mehr als ein paar Hundert Euro, welche Nina ohne größere Probleme entbehren kann. Sarah muss nicht wissen, dass Nina sie schon längst durchschaut hat. Irgendwann wird sie ihr einen Riegel vorschieben, aber noch überwiegt die Dankbarkeit gegenüber ihrer Schwester.

Als sie mit dem Geld in der Hand zurückkommt, steht plötzlich Patrick vor ihr.

„Du willst ihr schon wieder etwas geben?", faucht er seine Frau an.

„Patrick! Es sind doch nur zweihundert Euro! Sie möchte Finn etwas zum Geburtstag kaufen und …"

„Nur zweihundert Euro? Rechne mal zusammen, wie viel du ihr schon gegeben hast!", bemerkt er aggressiv.

„Das bleibt ja wohl Ninas Entscheidung, ob und wie viel sie mir gibt! Misch dich da nicht ein!", faucht Sarah ihren Schwager an.

Im nächsten Moment steht er vor ihr, drückt sie an die Wand. „Ab heute bekommst du keinen Cent mehr, verstanden? Wenn ich dich hier noch einmal sehe, dann wird Nina erfahren, wie viel sie dir damals wert war. Alles klar?", droht er ihr leise.

Sarah spürt instinktiv, dass sie zu weit gegangen ist. Kleinlaut blickt sie auf den Boden.

„In Ordnung! Ich habe kapiert, was du mir sagen willst!", antwortet sie leise.

Plötzlich greift Nina ein und zieht ihren Mann zur Seite.

„Patrick! Hör auf! Was soll das? Lass sie in Ruhe!", verteidigt sie ihre Schwester.

Resignierend läuft Patrick ins Wohnzimmer, um die beiden Frauen alleine zu lassen.

„Nimm es nicht so ernst, was er sagt. Er meint es nicht so! Hier nimm das Geld!", sagt Nina.

„Vielleicht ist es besser, wenn ich …", wehrt Sarah ab.

„Quatsch! Nimm! Ich gebe es dir gerne, wirklich!", versichert die Ältere.

Nachdem Sarah das Haus verlassen hat, wendet sich Nina ihrem Ehemann zu.

„Sag mal, was meintest du eigentlich damit, dass ich erfahren würde, wie viel ich Sarah damals wert war?", hakt sie verständnislos nach.

„Nichts!", brummt er vor sich hin.

„Für ein Nichts bist du aber ganz schön aufgegangen!"

„Es tut mir leid, Schatz! Ich will nur nicht, dass Sarah glaubt, dich jetzt ihr Leben lang ausnehmen zu können, nur, weil sie dir ihre Niere gespendet hat", begründet er sein Verhalten.

„Das wird sie nicht! Es wird irgendwann aufhören, bestimmt!", erwidert sie zuversichtlich.

Ja, dafür werde ich sorgen!, denkt Patrick bei sich.

Kapitel 45

Erstaunt betrachtet Lisa die Frau neben sich.

„Du wusstest, dass Sarah dich nur ausnehmen will und hast es trotzdem toleriert?", fragt sie fassungslos.

„Sie ist meine Schwester! Sie hat mir mein Leben gerettet! Was sind da schon ein paar Euro? Gesundheit lässt sich immer noch nicht erkaufen!", erklärt sie versöhnlich.

„Vermutlich hast du Recht", stimmt Lisa zu.

„Wenn ich Sarah jetzt helfen könnte aufzuwachen, wäre mir das noch ein paar tausend Euro wert!"

„Nur ein paar Tausender?", hakt Lisa lachend nach.

„Du weißt, wie ich das meine! Sarah ist kein schlechter Mensch, nur weil sie ab und zu Geld von mir verlangt hat. Ich liebe meine Schwester! Egal, was zwischen uns war!", beteuert Nina ehrlich.

„Hast du noch Lust auf eine Tasse Kaffe?", fragt Lisa hoffnungsvoll.

„Tut mir leid! Aber ich muss noch zur Arbeit! Ich muss schließlich die Zeit noch nutzen, bevor das Kind da ist. Dann ist nämlich Schluss mit freier Zeiteinteilung!", bedauert sie.

Lisa erhebt sich. „Na dann! Ich hoffe, wir sehen uns bald wieder. Am liebsten zu Sarahs Entlassung!"

„Bis bald, Lisa!", verabschiedet sich Nina, bevor Lisa das Krankenzimmer verlässt.

IM STILLEN

Ich bin so traurig. Ich weine hemmungslos, aber keiner bemerkt meine Tränen. Ich schreie vor Verzweiflung, aber keiner hört meine Rufe. Obwohl ich zwischenzeitlich weiß, dass meine Bemühungen, mich zu bewegen, keinen Erfolg haben, versuche ich es erneut. Immer und immer wieder. Ich bin nicht bereit, aufzugeben! Niemals! Ich liebe das Leben und ich liebe meine Familie! Die Worte meiner Schwester haben mich aufgewühlt, mir zu denken gegeben und meine bisherige Einstellung zu ihr komplett geändert. Wie konnte ich jemals daran zweifeln, dass sie mich liebt und dass ich in ihr meine große, geliebte Schwester sehe? Vielleicht hat mein Unfall auch etwas Gutes. Ich sehe die Welt mit anderen Augen. Vorher war alles grau und dunkel. Jetzt erkenne ich, dass das Leben schön ist und gelegentliche Auseinandersetzungen mit seinen Lieben nicht überbewertet werden sollten. Was hat man noch, wenn diese Menschen um einen herum nicht mehr da sind? Nichts! Wenn ich aufwache – und das werde ich irgendwann – dann will ich mein Leben genießen. Jeden einzelnen Tag! Ich werde jedem Einzelnen, den ich verletzt habe, tausendfache Wiedergutmachung zukommen lassen.

Kapitel 46

Zügig fährt Lisa über die verlassene Landstraße nach Fürstenfeldbruck.

Als sie den Wagen vor Anjas Haus parkt, erkennt sie bereits Patrick, der wartend vor der Haustür steht. Unschlüssig geht sie auf ihn zu.

„Hallo Patrick! Anja ist nicht zu Hause, sie passt auf Leonie auf!", begrüßt sie ihn freundlich.

„Ich wollte auch nicht zu Anja, sondern zu dir!"

„Wenn es um den Brief geht, den habe ich …", setzt Lisa an.

„Können wir das vielleicht drinnen besprechen?", unterbricht er sie.

Nachdem Lisa zwei Gläser Wasser aus der Küche geholt hat, sitzen sie sich im Wohnzimmer gegenüber.

„Hör zu Patrick! Ich kann und will dir den Brief nicht aushändigen. Anja hat unmissverständlich erklärt, was sie davon hält! Außerdem habe ich heute Nina getroffen", beginnt Lisa die Unterhaltung.

Kritisch betrachtet Patrick sie. „Hast du ihr etwas erzählt?", hakt er unsicher nach.

„Nein! Habe ich nicht!"

„Ich weiß deine Diskretion wirklich zu schätzen. Hättest du etwas dagegen, wenn ich den Brief kurz lese? Vielleicht erwähnt Sarah die Angelegenheit überhaupt nicht!", bittet er höflich.

„Ich glaube nicht, dass du etwas zu befürchten hast! Zumindest nicht, dass der Inhalt des Briefes euer Kind gefährden könnte!", erklärt sie behutsam.

Patrick springt auf. Nervös fährt er sich mit den Händen durchs Haar. „Sie darf es einfach nicht erfahren!", flüstert er verzweifelt vor sich hin.

„Was denn? Dass du Sarah fünfzigtausend Euro bezahlt hast, damit sie Nina eine Niere spendet? Ich glaube kaum, dass deine Frau das besonders aufregen wird. Sie hat Sarah doch selbst regelmäßig Geld gegeben!", platzt es aus Lisa heraus.

„Woher weißt du das?"

„Nina hat es mir heute im Krankenhaus erzählt. Sie meinte, du warst sehr aufgebracht deswegen, aber ihr hat es nie so viel ausgemacht", antwortet sie ehrlich.

„Aber nur, weil Nina nicht wusste, dass Sarah bereits von mir ausreichend für ihre Hilfe bezahlt wurde!"

„Selbst wenn sie es erfährt – ich glaube nicht, dass es sie besonders schockieren wird. Sie kennt ihre Schwester ... besser als du!"

Patrick schaut Lisa mit einem bedauernden Lächeln an. Ihm ist bewusst, dass er ihr die Wahrheit sagen muss, um an den Brief zu kommen.

„Da war noch mehr!", setzt er vorsichtig an.

„Noch mehr? Was meinst du?"

„Sarah hat mich erpresst!", flüstert er beinahe.

„Sie hat was?", stößt Lisa verwundert aus.

„Sie wollte auf Ninas Zuwendungen nicht verzichten. Da ich ihr gedroht habe, Nina die Wahrheit zu erzählen, hat Sarah einen anderen Weg gefunden, ihren Willen durchzusetzen."

„Worum geht es hier eigentlich?", will Lisa verständnislos wissen.

„Es geht um mich! Sarah will ihrer Schwester die Wahrheit über mich erzählen!", schreit er verzweifelt.

„Was hast du getan?", hakt sie argwöhnisch nach.

„Ich habe meine Frau betrogen – mit ihrer eigenen Schwester!"

Kapitel 47

RÜCKBLICK

Drei Tage nach Patricks Warnung beschließt Sarah, ihn zur Rede zu stellen. Sie ist nicht gewillt, auf die regelmäßigen Zuwendungen ihrer Schwester zu verzichten, nur weil Patrick droht, seiner Frau die Wahrheit zu erzählen. Sarah hat erfahren, dass Nina am Nachmittag einen längeren Termin im Krankenhaus hat. Es geht um die Nachuntersuchung der transplantierten Niere. Sie wird vermutlich mindestens zwei Stunden außer Haus sein, bevor sie zurückkommt.

Während Sarah in ihrem roten Opel Corsa vor dem Haus ihrer Schwester sitzt, hofft sie, dass Patrick bereits von der Arbeit zurück ist. Fest entschlossen steigt sie aus.

Nach zweimaligem Klingeln öffnet er die Tür. Mit einem weißen T-Shirt sowie einer grauen Jogginghose bekleidet, schaut er sie überrascht an.

„Sarah? Was willst du hier? Nina ist nicht da, sie ist im Krankenhaus", erklärt er gereizt.

„Ich weiß! Ich wollte zu dir!", erklärt sie unmissverständlich.

„Zu mir? Du weißt, dass ich dir kein Geld mehr gebe, also versuch …"

„Ich will kein Geld von dir! Kann ich reinkommen?"

Verwundert stößt Patrick die Tür auf, damit Sarah eintreten kann. Ohne sich von der Stelle zu rühren, schließt er sie hinter sich wieder.

„Dann schieß los! Was willst du?", fordert er sie genervt auf.

„Ich möchte mich bei dir entschuldigen!", bringt sie leise hervor.

„Entschuldigen?", wiederholt Patrick ungläubig. „Wofür?"

„Für alles! Dass ich vor vier Monaten das Geld von dir verlangt habe und dass ich ständig zu Nina komme, um sie anzubetteln", erzählt Sarah kleinlaut.

„Dann hör einfach damit auf!", schlägt er vor.

„Das kann ich nicht! Ich habe so viele Ausgaben und … Leonie kostet schließlich auch Geld", bemerkt Sarah verzweifelt.

„Ich verstehe immer noch nicht, was du von mir willst?"

„Ich will dir das Geld zurückzahlen!", erklärt sie entschlossen.

„Gut! Ich gebe dir meine Bankverbindung, dann kannst du mir das Geld überweisen!", schlägt er vor.

„Das kann ich nicht!"

„Was heißt: Das kannst du nicht?", hakt er nach.

„Ich habe es nicht mehr!"

„Du hast es nicht mehr? Hattest du Schulden? Wofür, zum Teufel, hast du fünfzigtausend Euro gebraucht?", will er bestürzt wissen.

„Das geht dich nichts an!", wehrt sie seine Fragen ab.

„Und wie willst du es mir dann zurückzahlen?"

„Kann ich es bei dir abarbeiten?", fragt sie schüchtern.

„Abarbeiten? Wie denn?"

„In deiner Firma! Ich kann doch putzen oder leichte Büroarbeiten übernehmen!", bietet sie ihm an.

„Das geht nicht! Wir brauchen keine Leute! Wie stellst du dir das vor?", fragt er fassungslos.

Nachdenklich kaut sie auf ihrer Unterlippe. Schließlich blickt sie schüchtern zu ihm auf.

„Vielleicht kann ich es dir auch anders zurückzahlen?", macht sie eine vorsichtige Anspielung.

Patrick beobachtet Sarah. Angestrengt versucht er, aus ihrer Gestik zu erraten, welche Richtung dieses Gespräch nimmt.

„Willst du mir damit das sagen, was ich glaube?"

„Was glaubst du denn?", haucht sie ihm entgegen, während sie näher an ihn herantritt.

„Ich glaube, dass du nicht mehr alle Tassen im Schrank hast! Ich verlange von dir, dass du Nina und mich in Zukunft in Ruhe lässt. Du hast mittlerweile ausreichend Geld bekommen!", erklärt er nervös.

Sarah rückt noch näher an ihn heran. Ihre Hand streicht behutsam über seine Brust, während sie unmissverständlich in sein Ohr flüstert. „Ich will mit dir schlafen! Jetzt und hier! Nina kommt erst in zwei Stunden zurück." Zärtlich küsst sie seinen Hals. Sie spürt, wie seine errichtete Mauer langsam bröckelt.

„Sarah, lass das! Ich weiß nicht, was du vorhast, aber ...", versucht er sich zu wehren.

„Ich will dich einfach nur lieben! Du bist so wahnsinnig attraktiv und dein Körper macht mich so an!", haucht sie ihm entgegen. Ihre Hand wandert nach unten und umschließt seine Männlichkeit.

Ein erregtes Stöhnen entfährt seinem Mund. Sarahs Lippen suchen die seinen, bis sie ihr Ziel erreichen. Leidenschaftlich küsst sie ihn, während ihre Finger langsam in seinen Hosenbund eintauchen.

Im nächsten Moment bricht seine Abwehr in sich zusammen. Verlangend umarmt er sie, zerrt an ihrer Kleidung und küsst sie fordernd.

Sie treiben es im Flur, im Wohnzimmer sowie auf der Treppe zum Obergeschoss, bis ihre Kondition sie schließlich zwingt, eine Pause einzulegen.

Nachdem Sarah sich wieder angezogen hat, tritt sie vor Patrick. Liebevoll küsst sie ihn zum Abschied.

„Ich hoffe, das Thema Geld ist jetzt kein Problem mehr! Ich werde nämlich weiterhin bei meiner Schwester auftauchen, um sie anzubetteln. Solltest du mit dem Gedanken spielen, ihr von den fünfzigtausend Euro zu erzählen, wird sie leider erfahren müssen, dass ihr geliebter Ehegatte seine eigene Schwägerin verführt hat", droht sie ihm mit süßer Stimme.

Patricks Gesicht verliert augenblicklich an Farbe. „Das tust du nicht! Wir sitzen im gleichen Boot! Sie würde dir das nie verzeihen!", bringt er entsetzt hervor.

„Doch, das würde sie! Du hattest einen akuten Stau wegen der Enthaltsamkeit meiner Schwester und musstest ihn dringend loswerden. Da bist du völlig überraschend über mich hergefallen! Wie kann ich mich gegen einen großen Mann, wie dich, wehren?", erklärt sie lächelnd.

„Tu das bitte nicht!", fleht er sie an.

„Solange du unsere Abmachung für dich behältst, wird dein kleines Geheimnis auch bei mir sicher sein!", versichert sie ihm. Im nächsten Moment verlässt sie das Haus.

Patrick sinkt auf die unterste Stufe der Treppe. *Was habe ich nur getan?* Jetzt hat Sarah ihn in der Hand. Wenn sie wollte, könnte sie weiteres Geld von ihm erpressen! Unbegrenzt!

Angewidert läuft er hinauf ins Bad, dreht die Dusche auf, um sich seine Schuld vom Körper zu waschen.

Kapitel 48

Mit großen Augen starrt Lisa ihr Gegenüber an. Sie kann einfach nicht glauben, was sie soeben gehört hat. Ihre Gefühle streiten gerade um den besten Platz. Einerseits tut ihr Patrick leid, aber andererseits ist er selbst Schuld an seiner Lage. Von Sarahs Verhalten ist Lisa allerdings nur noch schockiert. Immer, wenn sie glaubt, jetzt könnten keine neuen Enthüllungen mehr auftauchen, erfährt sie ein weiteres Detail aus Sarahs Vergangenheit, welches das Bild von ihrer einstigen Freundin mehr und mehr verzerrt.

„Du hattest eine Affäre mit Sarah?", fragt sie ungläubig.

„Nein! Es ist nur dieses eine Mal passiert! Danach nie wieder!", versichert er verlegen.

„Und Sarah hat weiterhin von Nina Geld gefordert?", hakt sie fassungslos nach.

„Ja! Allerdings nur bis vor einem Jahr! Seit sie ihren neuen Freund hat, kam sie nicht mehr", antwortet er ruhig. „Hör zu, Lisa! Ich liebe Nina, das musst du mir glauben! Was damals passiert ist, war ein Ausrutscher. Nina darf das nie erfahren!", fleht er sie an.

„Deshalb willst du den Brief vernichten?"

„Ja! Wir sind glücklich und erwarten ein Baby! Wenn Sarah ihrer Schwester jetzt von dieser … diesem Fehltritt berichtet, dann ist alles aus! Nina wird mich zum Teufel schicken!", jammert er ängstlich.

In Lisa regt sich Mitleid mit dem attraktiven Mann vor ihr. Trotzdem hält sie an ihrer Meinung über das Briefgeheimnis fest.

„Ich verstehe dich! Aber du bist leider nicht unschuldig an der Misere, in welcher du jetzt steckst. Das Risiko musst du wohl eingehen! Wenn Sarah aufwacht kannst du sie ja direkt auf den Brief ansprechen. Möglicherweise vernichtet sie ihn freiwillig. Jetzt, wo sie mit David glücklich zusammen ist, hat sich vielleicht ihre Meinung geändert!", rät sie ihm.

„David? Ist das ihr Freund? Sie ist aber bereits seit über einem Jahr mit ihm zusammen. Hast du eine Ahnung, wann Sarah die Briefe geschrieben hat?", will er argwöhnisch wissen.

Bedauernd schaut sie auf. „Ich glaube, dass sie die Zeilen nach Joachims Tod verfasst hat. Für ihn ist nämlich kein Brief dabei!"

Ängstlich weiten sich Patricks Augen. Lisas leichtes Kopfschütteln hält ihn jedoch davon ab, um eine weitere Herausgabe zu betteln. Er weiß, wann er verloren hat. Mit gesenktem Kopf verabschiedet er sich und verlässt das Haus.

Noch lange Zeit grübelt Lisa über das soeben Gehörte. Ist Sarah wirklich so unberechenbar?

Auf einmal kündigt ihr Handy eine neue Nachricht an. Neugierig streicht sie über das Display.

„Ich hoffe, es geht dir gut! Ich vermisse dich!", lautet Finns Nachricht.

Ihr Herz macht einen spürbaren Sprung. Ohne lange zu überlegen, wählt sie Finns Nummer.

„Hey!", meldet er sich hoffnungsvoll.

„Hey!", antwortet sie gleichermaßen kurz.

„Geht es dir gut?", will er interessiert wissen.

„Könnte besser sein! Wie geht es Leonie? Ist sie noch immer krank?", fragt Lisa besorgt.

„Sie hat sich eine schlimme Magen-Darm-Grippe eingefangen. Anja ist gerade gegangen", erklärt er leise.

„Was machst du gerade?", hakt sie vorsichtig nach.

„Ich versuche mich mit einem langweiligen Krimi abzulenken, aber das gelingt mir nicht wirklich!"

„Warum musst du dich ablenken? Wegen Leonie?", fragt sie überrascht.

„Nein! Wegen dir!"

„Achso!", bringt sie unsicher heraus.

„Lisa? Hast du vielleicht Lust, morgen Abend zu mir zu kommen? Ich könnte uns etwas kochen …", schlägt er liebevoll vor.

„Ich weiß nicht …"

„Bitte! Ich vermisse dich so sehr!", bettelt er.

„Wir wissen beide, wo das endet! Ich habe zurzeit wirklich keinen Kopf, um mich mit meinem Liebesleben zu beschäftigen. Ich kann dir noch immer keine Antwort auf deine Frage geben!", versucht sie sich zu wehren.

„Das nehme ich in Kauf! Ich will dich einfach nur bei mir haben!", flüstert er sehnsüchtig.

„In Ordnung! Dann … bis morgen Abend!", verabschiedet sie sich.

„Schlaf gut!", flüstert er, bevor er schließlich auflegt.

Während Lisa in ihrem Bett liegt, fällt ihr Blick erneut auf den großen Schrank. Er zieht sie fast magisch an. Mittlerweile ist sie sich fast sicher, dass nichts Gutes in dem Brief an sie steht. Es ist nicht mehr nur die Neugier, die sie treibt, auch eine unbewusste Angst vor der Enthüllung von irgendetwas Schrecklichem lässt sie momentan erschaudern. Während sie aufsteht, beschleunigt sich ihr Herzschlag. Mit feuchten Händen zieht sie den Stuhl heran, öffnet die Schranktür und steigt hinauf. Mit zitternden Knien streckt sie sich, bis sie die kleine Schachtel ertastet. Einen Augenblick später sitzt sie wieder auf ihrem Bett. Voller Ehrfurcht öffnet sie den Karton. Sie liest ihren Namen und greift im nächsten Moment nach dem Kuvert. Mit geübten Handgriffen öffnet sie ihn, faltet ihn auseinander und liest die verfassten Zeilen.

Schon während sie den mehrseitigen Brief überfliegt, bahnen sich Tränen einen Weg über ihre Wangen. Schließlich fällt sie weinend auf ihr Kissen.

„Was hast du nur getan, Sarah! Warum hast du uns das angetan?", schluchzt sie entsetzt.

Kapitel 49

Als Lisa einige Stunden später aufwacht, fühlt es sich an wie ein Traum. Im ersten Moment ist sie erleichtert, dass die Geschichte nicht der Wahrheit entspricht. Doch dann bemerkt sie die Blätter, die direkt neben ihr auf dem Bett liegen. Sofort spürt sie wieder den Kloß im Hals, der ihr die Kehle zuschnüren will. Den Schmerz in der Brust, der ihr die Luft zum atmen nimmt. Und die salzigen Tränen, die sich durch ihre Augen einen Weg nach draußen bahnen.

Es war kein Traum! Es ist die Wahrheit!

Langsam greift sie nach dem ersten Blatt Papier, hebt es an und liest erneut die mit blauer Tinte verfassten Wörter:

Liebe Lisa,

ich schreibe diese Zeilen, weil ich mein Gewissen erleichtern will. Vermutlich wirst du diesen Brief niemals lesen, da ich dir alles schon persönlich erzählt habe! Trotzdem ist dieser Brief eine Art Therapie für mich. Eine Aufarbeitung meiner Vergangenheit, die manchmal gut und manchmal schlecht verlaufen ist. Sollte ich nach unserem Gespräch vergessen, den Brief zu vernichten, wirst du ihn irgendwann als alte Frau, wenn ich das Zeitliche gesegnet habe, erhalten (Sofern es noch Angehörige gibt, die meinen Nachlass weiterleiten). Vorab möchte ich mich bei dir entschuldigen! Für alles, was ich dir angetan habe! Aber lass mich von vorne beginnen: Du erinnerst dich sicher an den Tag, als ich dir von Celina erzählte …

Kapitel 50

RÜCKBLICK

„Lisa! Mach dir keine Gedanken! Finn betrügt dich nicht! Da bin ich mir sicher!", beruhigt Sarah ihre Freundin.

„Und wenn er es doch tut?"

„Ich werde Celina unauffällig aushorchen, ob sie sich erneut mit Finn trifft. Wenn ja, kannst du ihn in flagranti erwischen!"

„Und du glaubst, das gibt mir Genugtuung? Wenn ich meinen Freund beim Sex mit einer anderen erwische? Das muss ich mir nicht antun!", entgegnet Lisa angewidert.

„Keine Genugtuung! Aber Gewissheit!", spricht Sarah deutlich aus.

Wenig später verabschiedet sich Sarah von ihrer Freundin. Auf dem Nachhauseweg grübelt sie über ihre Anschuldigung nach. Sie will nicht, dass Lisa leidet! Sie will ihre Freundin einfach nur zurückhaben! Seit Lisa mit Finn zusammen ist, hat sie kaum noch Zeit für sie. Früher hingen sie jedes Wochenende zusammen, schauten Filme oder unternahmen mit ihren Eltern Ausflüge. Seit Finn in Lisas Leben getreten ist, hat sie kein Interesse mehr an diesen Unternehmungen. Lisas Leben dreht sich nur noch um ihn! Sarah weiß, dass sie eifersüchtig ist. Und sie gesteht sich dieses Gefühl auch ein. Außerdem kennt sie Finn schon länger und weiß, dass er früher tatsächlich häufig seine Partnerinnen gewechselt hat. Wie kann sich Lisa also sicher sein, dass er jetzt treu ist? Sie tut dies alles doch nur zum Wohl ihrer Freundin! Sie will sie beschützen, nicht ihr schaden!

Am Mittwochabend ist es endlich soweit. Sarah beobachtet Finn und seine Mannschaftskollegen beim Training. Nervös blickt sie auf ihre Uhr, da sie weiß, wann Lisa aufkreuzen wird, um ihren Freund mit der vermeintlichen Rivalin zu erwischen. Pünktlich um acht Uhr verlassen die jungen Männer den Platz Richtung Kabine. Finn bleibt als einziger zurück, um weitere Körbe zu werfen.

Sarah greift zu ihrem Handy und ruft Lisa an. Nachdem sie ihr erklärt hat, dass sie sie leider nicht begleiten könne, taucht plötzlich Celina neben ihr auf. „Hey Sarah! Hast du mal ne Kippe?", fragt sie freundlich. Hektisch legt Sarah eine Hand auf das Mikrofon ihres Telefons.

„Sorry, ich rauche nicht!", antwortet sie kurz. Schulterzuckend verlässt Celina das Gelände.

Sarah zieht die Hand von ihrem Handy und flüstert ihrer Freundin zu: „Lisa, ich muss Schluss machen! Meine Mutter stresst gerade! Sorry, ich drück dir die Daumen!" Anschließend beendet sie das Gespräch.

Vorsichtig schleicht Sarah zu den Kabinen. Vor dem Gebäude beobachtet sie, wie die Spieler aus den Duschräumen treten, sich zügig anziehen und anschließend die Kabine verlassen.

„Bis später!", ruft Salvatore seinen Freunden zu, während er das Gebäude verlässt. Sarah rückt noch ein Stück weiter in das dichte Gebüsch, um nicht entdeckt zu werden. Nur kurz denkt sie an den Kinoabend mit Salvatore zurück, der schließlich in einem Fiasko endete. Obwohl sie darauf aus war, ihn als festen Freund zu gewinnen, war er nur auf das Eine aus. Er war bereits während des Films sehr aufdringlich und ließ sich nur schwer davon abbringen, seine Hand unter ihren Rock zu schieben. Erneut versteht Sarah nicht, warum ein Junge, wie Finn, sich mit einem Macho, wie Salvatore, abgibt.

Nach und nach verlassen alle Spieler das Gebäude.

Kurz vor halb Neun betritt Finn als Letzter die Kabine. Sarah huscht unbeobachtet hinter ihm ins Gebäude. Langsam betritt sie den Umkleideraum, wo Finn gerade dabei ist, seine Schuhe auszuziehen.

„Hallo Finn!", ruft sie ihm verführerisch entgegen.

Erschrocken dreht er sich um. „Sarah? Was machst du denn hier?"

Sein Blick wandert über ihr knappes Top sowie ihren viel zu kurzen Rock. Skeptisch wartet er auf eine Erklärung von ihr.

Mit wenigen Schritten steht Sarah vor ihm. Sie presst ihren Körper an seinen und küsst ihn verlangend auf den Mund.

„Ich bin wegen dir hier! Ich begehre dich so sehr! Bitte nimm mich! Hier und jetzt!", bietet sie sich ihm an, während sie seine Hände auf ihre prallen Brüste drückt.

Völlig überrumpelt steht Finn vor ihr. Plötzlich greift sie ihm zwischen die Beine. Obwohl er es nicht will, regt sich etwas in ihm. Sein Körper reagiert vollkommen selbständig auf die dargebotenen Reize. „Sarah, was soll das?", versucht er sich zu wehren.

„Bitte weise mich nicht ab! Liebe mich nur das eine Mal! Lisa wird nichts davon erfahren!", haucht sie ihm schwer atmend ins Ohr.

Finns Körper reagiert immer heftiger. Sarah zieht ihm sein Trikot aus, nestelt hektisch an seiner Hose.

Plötzlich wird sie von seiner Hand gestoppt. „Hör auf! Ich weiß nicht, was du vorhast, aber ich bin mit Lisa zusammen und ich liebe sie! Dass du, als ihre Freundin, mich jetzt verführen willst, …", bringt er fassungslos heraus. Plötzlich wird Sarah bewusst, in welche Gefahr sie sich begibt. Sie erkennt, dass ihr Vorhaben zum Scheitern verurteilt ist. Finn hat ihr eindeutig Einhalt geboten. Aber wenn er Lisa hiervon erzählt … dass Sarah ihn verführen wollte … dann wird Lisa sich von ihr abwenden. Sie wird ihr die Freundschaft kündigen! Und das wäre noch viel schlimmer, als wenn Lisa keine Zeit für sie hätte, weil sie sich ständig mit Finn trifft!

Schlagartig tritt sie einen Schritt zurück. „Tut mir leid! Wirklich! Ich weiß nicht, was in mich gefahren ist. Ich ...", stottert sie unbeholfen los.

Finn betrachtet sie abschätzend. „Glaubst du Lisa findet das gut, dass du mich hier anbaggerst?", fragt er fassungslos.

„Nein! Bitte sag ihr nichts! Ich weiß nicht, was über mich gekommen ist! Sie liebt dich so sehr! Bitte! Bitte tu ihr das nicht an! Sie hat neben dir nur mich als Freundin!", bettelt sie verzweifelt.

„Ich bin mir nicht sicher, ob sie so eine Freundin braucht", bringt er wütend heraus.

„Gib mir eine Woche! Ich werde es ihr erzählen! Ich verspreche es dir! Ich erkläre ihr, warum ich das getan habe und dass du es nicht wolltest!", versichert sie ihm.

„Erklärst du es auch mir? Warum du das gerade tun wolltest?"

„Nicht jetzt! Ich muss los! Sorry, Finn, für alles!", ruft sie ihm zu, während sie aus der Kabine stürmt.

Kopfschüttelnd schnappt Finn sich sein Handtuch und verschwindet unter der Dusche.

Vor dem Gebäude versteckt sich Sarah erneut im Gebüsch. *Das ist gründlich danebengegangen!* Nun gut! Dann stellt Lisa eben fest, dass ihr Freund sie nicht betrügt. Hauptsache, er hält den Mund und verrät nicht, was da gerade vor sich gegangen ist.

Plötzlich hört sie Schritte. Im nächsten Moment betritt Salvatore das Gebäude. Blitzschnell gelangt sie zu einer neuen Strategie und folgt ihm in die Kabine.

„Hallo Süßer!", ruft sie ihm von der Tür aus zu.

„Sarah? Was machst du denn hier?", fragt er überrascht.

„Ich habe auf dich gewartet?"

„Auf mich? Da hast du aber Glück, dass ich zurückgekommen bin, weil ich mein Handy vergessen habe. Eigentlich ...", will er erklären.

Im nächsten Moment hängt Sarah an seinen Lippen. Sie küsst ihn fordernd und zerrt ungeduldig an seinem T-Shirt.

„Was hast du vor?", fragt er überrumpelt.

„Zieh dich aus!", fordert sie atemlos.

Salvatore braucht keine zweite Aufforderung, wenn er merkt, dass ein Mädchen willig ist. Blitzschnell zieht er sich sein T-Shirt über den Kopf und streift seine Jeans ab. Leidenschaftlich küsst er Sarah, während seine Hände über ihren knapp bekleideten Körper gleiten.

„Warte! Zieh das hier an!", bittet sie ihn verführerisch.

„Das Trikot? Warum?", will Salvatore verständnislos wissen.

„Es macht mich an, wenn du das trägst!", haucht sie ihm entgegen.

Ohne diesen Wunsch zu hinterfragen, streift er sich das rote Shirt über. Schwungvoll dreht er Sarah um und drückt sie mit ihrem Körper an die Wand. Er greift unter ihren Rock und bemerkt, dass sie keinen Slip trägt. In diesem Moment kann er sich nicht mehr beherrschen. Blind vor Verlangen, dringt er von hinten in sie ein.

Es dauert nicht lange, bis er seinen Höhepunkt erreicht. Sarah lässt ihn jedoch noch nicht gehen. Erneut küsst und reizt sie ihn, um sich seiner Aufmerksamkeit sicher zu sein. Erst als ihr Handy klingelt, lässt sie schlagartig von ihm ab.

„Warte!", sagt sie schnell, während sie auf das Display schaut. Als sie den Namen des Anrufers liest, breitet sich ein gewinnendes Lächeln auf ihren Lippen aus.

„Lisa? Was ist los?", meldet sie sich besorgt.

„Sarah! Er ist so ein Schwein! Er hat es wirklich getan! Du hattest Recht! Kann ich zu dir kommen?", schluchzt Lisa in den Apparat.

„Jetzt? Äh …es ist grad ungünstig, ich bin unter der Dusche. Ich komm gleich zu dir, in Ordnung?", schlägt sie ihrer Freundin vor.

„Ich dachte, du hast Hausarrest?", bringt Lisa schluchzend hervor.

„Lass das mal meine Sorge sein! Wenn es dir so schlecht geht, dann bin ich für dich da! Ich beeile mich!", erklärt sie schnell, bevor sie auflegt.

Salvatore zieht sie an sich, um seine neuerliche Erregung zu befriedigen.

„Das reicht! Danke für den netten Fick!", schiebt Sarah ihn mit einem Schmunzeln von sich, bevor sie zügig die Kabine verlässt und einen völlig verwirrten Jungen zurücklässt.

Kapitel 51

Mit verweinten Augen lässt Lisa den Brief ihrer Freundin sinken. Sie kann es einfach nicht glauben! Warum hat Sarah das getan? Lisa fühlt sich innerlich zerrissen: Einerseits freut sie sich, dass Finn ihr treu war, andererseits ist sie so maßlos enttäuscht von ihrer Freundin! Nicht, weil sie mit Salvatore Sex hatte! Es ist ihre Sache, wem sie sich bereitwillig hingibt! Nein! Sondern, dass Sarah Finn und sie auseinanderbringen wollte. Weil sie eifersüchtig auf ihn war!

Jetzt wird Lisa auch klar, warum Sarah unbedingt mit ihr persönlich sprechen wollte! Sie ist froh, es nicht Angesicht zu Angesicht erfahren zu haben. Sie weiß nicht, wie sie reagiert hätte. Ist Sarahs Verhalten zu entschuldigen? In irgendeiner Weise erklärbar? Nein! Sarah hat ihre beste Freundin hintergangen! Ihr vorgespielt, sie beschützen zu wollen! *Und ich war ihr noch dankbar dafür!* Welch eine Ironie!

Nachdem die anfängliche Wut auf ihre Freundin verflogen ist, machen sich Selbstvorwürfe in Lisa breit. Hätte sie es nicht erkennen müssen? Hat es keine Anzeichen dafür gegeben, dass Sarah ihr Finn ausreden wollte? So sehr sie auch überlegt – es fallen ihr keine auffälligen Situationen ein. Im Gegenteil: Sarah hat immer gut über Finn gesprochen. Sie hat Lisa versichert, dass Finn nur sie liebe! Das gehörte alles zu ihrem Plan! *Wie kann ich ihr jemals wieder vertrauen?* Wollte sie wirklich nur ihr Gewissen erleichtern? Oder hatte sie mit dieser Offenbarung etwas anderes vor?

In diesem Moment ist sich Lisa sicher, dass die Briefe nicht bereits jetzt entdeckt werden sollten. Falls in den anderen

Umschlägen ebenfalls solch prekäre Geständnisse stecken, dann befindet sich in dieser Kiste mehr menschliches Drama, als der Film *Titanic* auf die Leinwand projiziert.

Nachdenklich blickt sie auf die Umschläge vor ihr. Was steht wohl in dem Brief an Finn? *Haben die beiden in der Vergangenheit etwas erlebt, wovon ich nichts weiß?* Mit Sicherheit! Sie sind seit fünf Jahren zusammen und haben eine gemeinsame Tochter!

Ihr kribbelt es in den Fingern, den Brief zu öffnen. Aber sie hält sich zurück, weigert sich, ihrer Neugier nachzugeben. Es ist ein Unterschied, einen Brief, der an einen selbst gerichtet ist, zu lesen oder ein fremdes Kuvert, dessen Inhalt nicht für die eigenen Augen bestimmt ist, zu öffnen.

Plötzlich klopft es an ihre Zimmertüre.

„Ja bitte!", antwortet Lisa, während sie sich schnell die restlichen Tränen aus dem Gesicht wischt.

Anja steckt ihren Kopf durch den Spalt und lächelt ihren Gast an.

„Lisa! Hast du Lust ...", bricht sie plötzlich ab. „Was ist los? Ist etwas passiert?", fragt sie besorgt, während sie auf Lisa zugeht.

„Nein! Ich ... ich habe nur etwas erfahren", bringt Lisa schluchzend hervor, wobei sie spürt, wie die Tränen bereits wieder gegen ihre Augen drücken.

Liebevoll nimmt Anja die junge Frau in den Arm. „Willst du es mir erzählen?", bietet sie fürsorglich an.

„Es ist wegen Finn! Er ... ich hätte damals überhaupt nicht Schluss machen müssen. Es war alles nur ein Missverständnis", erzählt sie eine harmlosere Variante der eigentlichen Geschichte. Obwohl Lisa maßlos von ihrer Freundin enttäuscht ist, bringt sie es nicht übers Herz, Anja über die Kaltherzigkeit ihrer Tochter aufzuklären. *Es reicht schon, dass sie das mit Patrick erfahren hat!*

„Aber jetzt seid ihr doch zusammen? Manchmal dauert es eben etwas länger, bis man sein Glück endgültig findet!", redet sie beruhigend auf Lisa ein.

„Nein! Wir sind nicht zusammen! Ich habe in Frankfurt einen Freund! Eigentlich wollte ich mich in Ruhe entscheiden, für wen mein Herz mehr schlägt, aber Finn geht mir einfach nicht aus dem Kopf!", berichtet Lisa bedrückt.

„Ich verstehe dich! Die Anwesenheit eines geliebten Menschen kann einen derart in Beschlag nehmen, dass in diesem Augenblick für andere große Gefühle kein Platz mehr ist. Deshalb fühlst du dich jetzt, wo du bei Finn bist, so stark zu ihm hingezogen", klärt Anja sie auf.

„Und wie soll ich rausfinden, ob ich Nicklas noch liebe?"

„Du musst zu ihm fahren. Dann wirst du schnell merken, für wen du mehr empfindest", rät Anja ihr.

Vorsichtig befreit Lisa sich aus Anjas Umarmung. „Ich muss kurz auf die Toilette!", bemerkt sie leise.

„Hast du Lust auf eine Tasse Tee? Dann komm nach unten ins Wohnzimmer", schlägt die Ältere behutsam vor.

Als Lisa einige Minuten später im Wohnzimmer erscheint, betrachtet Anja sie abschätzend.

„Geht es dir besser?", will sie interessiert wissen.

„Es geht schon wieder! Ich muss einfach mal über etwas anderes nachdenken, vielleicht bekomme ich dann einen klaren Kopf", äußert Lisa bedrückt.

Anja wartet einen Moment, bis sie sich erneut an Lisa wendet.

„Darf ich dich mal etwas fragen, Lisa?", setzt sie behutsam an.

„Klar! Schieß los!"

„Kennst du Sarahs neuen Freund?"

Lisas Blick wandert reflexartig zum Boden. Was soll sie darauf antworten? Will Sarah überhaupt, dass ihre Mutter von der Beziehung zu ihrem ehemaligen Lehrer erfährt?

„Warum fragst du das? Kennst du ihn nicht?", begegnet sie ihr mit einer Gegenfrage.

„Nein! Sarah hat ihn uns nie vorgestellt. Auch Finn weiß nicht, wer er ist! Glaubst du, er ist irgendwie anders? Ich meine, weil sie nie über ihn gesprochen hat", rätselt Anja.

„Anders? Was meinst du damit?"

„Vielleicht ist er komplett tätowiert und hat Ringe durch Nase und Körperteile. Ich weiß es nicht! Aber irgendeinen Grund muss es doch geben, dass sie ihn uns nie vorgestellt hat!", bemerkt sie neugierig.

„Ich habe ihn vor ein paar Tagen im Krankenhaus kennengelernt. Ich kann dich beruhigen, er sieht vollkommen normal aus", erzählt Lisa aufrichtig.

„Ist er nett? Wie heißt er?", bohrt sie erwartungsvoll nach.

„Er heißt David und er ist sehr nett."

„David?", grübelt Anja plötzlich. „Woran erinnert mich der Name nur? Ach ja! Jetzt fällt es mir wieder ein!", erklärt sie leise. Einen Moment lang verdüstert sich ihr Blick.

Augenblicklich ist Lisa klar, woran Anja in diesem Moment denkt. Unschlüssig überlegt sie, ob sie ihre Gastgeberin über die wahren Begebenheiten aufklären soll.

Da Anja jedoch schlagartig das Thema wechselt, sieht Lisa keinen Grund mehr, Sarahs Mutter unnötigerweise mit der Wahrheit zu konfrontieren.

Kapitel 52

RÜCKBLICK

Stoisch blickt Sarah an die Decke ihres Zimmers. Das Klopfen an ihrer Türe nimmt sie nur verzögert wahr.

„Sarah! Willst du etwas essen? Komm doch bitte runter!", bettelt ihre Mutter zum wiederholten Male. Nach einigen Minuten gibt sie auf und lässt ihre Tochter in Ruhe.

Plötzlich klingelt Sarahs Handy. Schlagartig kehrt sie zurück in die Gegenwart. Ein Blick auf das Display verrät ihr, wer der Anrufer ist.

„Hallo?", meldet sie sich aufgeregt.

„Hi Sarah! Wie geht es dir? Ich vermisse dich schrecklich!", erwidert David liebevoll.

„Gut! Und dir? Ist das Wetter heute besser in London?", will sie interessiert wissen.

„Ja! Heute scheint die Sonne!", antwortet David lachend.

Seit knapp zwei Wochen ist David geschäftlich in England. Fast täglich telefonieren sie miteinander. David weiß weder von Sarahs depressiven Stimmungen, noch, dass sie vorübergehend zu ihrer Mutter gezogen ist.

„Was machst du gerade?", fragt David neugierig.

„Ich telefoniere mit dir", antwortet sie ehrlich.

„Sarah! Ich vermisse dich auch! Aber erzähl mir, was du heute noch vorhast?", drängt er sie.

„Momentan putze ich meine Wohnung. Und in einer Stunde hole ich Leonie vom Kindergarten ab. Dann gehen wir ein wenig in den Park, einkaufen und anschließend nach Hause", zählt sie ihre Lügen auf.

„Mist! Ich muss wieder los! Die Sitzung geht weiter! Ich liebe dich! In einer Woche bin ich wieder bei dir!", ruft er bedauernd in den Hörer.

„Ich liebe dich auch! Bis bald!", erwidert sie, bevor die Leitung getrennt wird.

Erschöpft lässt Sarah sich aufs Bett fallen. Diese Gespräche fallen ihr zunehmend schwerer. Anfangs hat sie sich noch auf jeden Anruf von David gefreut. Mittlerweile hat sie Schwierigkeiten aus ihrer Dunkelheit hervorzukriechen, wenn er anruft. Sie will auf keinen Fall, dass er von ihrer momentanen Krise erfährt. Sie weiß, dass er sofort den Auslandsaufenthalt abbrechen würde, um bei ihr zu sein. Das wäre für seine berufliche Stellung nicht besonders förderlich. Sie will nicht erneut seiner Karriere im Weg stehen.

Seit Tagen grübelt sie über ihre Vergangenheit nach. Ihr ist bewusst, dass sie kein guter Mensch ist. Zu oft hat sie die Menschen um sich herum manipuliert und verletzt. Zuletzt ihren Vater, der mit seinem Leben bezahlen musste. Das kann sie sich nicht verzeihen! Niemals!

Vor drei Tagen hat sie Lisa einen Brief geschrieben. Sie bat ihre Freundin, nach München zu kommen. Am liebsten würde sie es Lisa persönlich erzählen, aber sie ist sich nicht sicher, dass sie solange warten kann.

Sarahs Blick fällt auf ihren Schreibtisch sowie das danebenliegende Briefpapier. Sie hat es zu ihrem fünfzehnten Geburtstag geschenkt bekommen. Allerdings hat sie kaum ein Blatt davon verwendet, was im Zeitalter des Handys bisher auch nicht notwendig war.

Nachdenklich setzt sie sich auf den Stuhl, rückt ihn näher an den Tisch heran und greift nach einem blauen Kugelschreiber.

Liebe Lisa,

…

Nachdem sie den Brief beendet hat, faltet sie ihn sorgfältig zusammen, legt ihn in ein Kuvert und beschriftet es. *Für Lisa.*

Ihre Gedanken schweifen ab. Ihr Blick bleibt an dem Baum vor ihrem Fenster hängen. Sie denkt an die Menschen, denen sie in der Vergangenheit Unrecht getan hat. Entschlossen greift sie nach ihrem Stift, um den nächsten Brief zu schreiben. Danach verfasst sie den Dritten, den Vierten und den Fünften.

Der sechste Brief ist an ihre Tochter gerichtet. Er fällt ihr besonders schwer, weil sie nicht weiß, wann Leonie ihre Zeilen erhalten wird.

Als sie alle sechs Kuverts in Händen hält, überlegt Sarah, wo sie diese verstauen könnte. Sie will nicht, dass sie gefunden werden. Sie möchte den Empfängern diese Nachrichten persönlich erklären. Irgendwann! Trotzdem tat es ihr gut, ihr Gewissen zu erleichtern. Alles niederzuschreiben hat ihr neuen Mut für die Zukunft gegeben. Sie hat das Gefühl, dass der schwarze Schleier etwas durchsichtiger wurde. Sie fühlt sich befreit und … nahezu glücklich!

Plötzlich bemerkt sie, dass sie Hunger hat.

Mit neuer Lebenskraft steigt sie unter die Dusche, zieht frische Klamotten an und begibt sich anschließend in die Küche zu Ihrer Mutter. Lächelnd setzt sie sich an den Tisch.

„Geht es dir gut, mein Schatz?", will Anja abschätzend wissen.

„Ja! Ich fühle mich wie neu geboren! Hast du etwas zu essen da?", entgegnet Sarah ruhig.

Anja glaubt ihren Augen nicht zu trauen. Sie hat solange auf diesen Moment gewartet. Endlich geht es ihrer Tochter wieder besser. Offenbar hat sie endlich den Tod ihres Vaters überwunden.

„Sarah? Du weißt, dass morgen der Psychiater kommt?", erinnert Anja sie vorsichtig.

„Ja, natürlich! Aber dem kannst du absagen! Es geht mir wieder gut! Ich fahre morgen nach Hause. Zu Leonie!", erklärt Sarah lächelnd.

„Bist du dir sicher? Willst du nicht lieber …"

„Mama! Es geht mir gut! Ich habe mich lange genug zurückgezogen! Ich muss mein eigenes Leben wieder in den Griff bekommen! Mach dir keine Sorgen!", unterbricht sie ihre besorgte Mutter.

Lange unterhalten sie sich. Über Joachim, Nina und Leonie. Als Sarah schließlich gegen acht Uhr in ihr Zimmer geht, hat Anja ein gutes Gefühl. Ihre Tochter verhält sich fast wieder wie früher – vor dem Tod ihres Vaters. Glücklich räumt sie die Küche auf.

Sarah greift zum Telefon. Nach mehrmaligem Klingeln hebt der Angerufene ab.

„Hallo?"

„Hi Finn! Ist Leonie noch wach? Ich würde gerne mit ihr sprechen!", bittet sie ihren ehemaligen Lebensgefährten.

„Geht es dir gut? Du hörst dich so … so …", stottert er los.

„Es geht mir gut! Ich möchte morgen wieder nach Hause kommen. Dann kannst du endlich wieder dein eigenes Leben führen", ruft sie überzeugt aus.

„Ich habe das gerne gemacht! Das weißt du!"

„Danke, Finn! Wirklich! Für alles! Kann ich jetzt Leonie sprechen?", wiederholt Sarah ihre Bitte.

„Ja, natürlich!", entgegnet Finn nachdenklich.

Einen Moment später meldet sich ein kleines Mädchen am Telefon. „Mama? Wann kommst du heim?"

„Hallo meine Süße! Morgen komme ich wieder nach Hause! Geht es dir gut?", fragt sie liebevoll.

„Ja! Ich freue mich auf dich!", erklärt das Mädchen, bevor sie den Hörer weitergibt.

„Sarah? Bist du dir sicher, dass es dir gut genug geht, um auf Leonie aufzupassen? Was ist mit dem Arzttermin morgen?", hakt Finn besorgt nach.

„Den habe ich abgesagt! Ich habe meine Krise überwunden. Ich bin dir wirklich sehr dankbar, dass du dich so um Leonie gekümmert hast, aber ..."

„Sie ist meine Tochter! Das ist selbstverständlich für mich!", unterbricht Finn sie.

„Ja, natürlich! Aber jetzt bin ich wieder gesund und kann diese Aufgabe selbst übernehmen. Falls etwas ist, werde ich dich sofort informieren, versprochen!", ergänzt sie zuversichtlich.

Nachdem sie sich verabschiedet haben, legt Sarah sich ins Bett. Obwohl sie die letzten Tage nichts unternommen hat, außer im Zimmer zu liegen, fühlt sie sich erschöpft.

Das ist sicher meine neu erlangte Lebenskraft! Voller Zuversicht für ihr zukünftiges Leben dreht sie sich zur Seite und schläft im nächsten Moment ein.

Kapitel 53

Nach einer traumlosen Nacht, wacht sie am Morgen ausgeruht auf, obwohl ihre Augen schmerzen und ihr Kopf dröhnt.

Schnell packt sie ihre wenigen Habseligkeiten zusammen und erscheint wenig später in der Küche.

„Trinkst du noch einen Kaffee mit mir? Ich habe noch ein paar Minuten, bevor ich zur Arbeit muss", fragt Anja aufmerksam.

„Ja gerne!", antwortet Sarah lächelnd.

„Wie geht es dir heute?", will Anja abschätzend wissen.

„Gut! Und dir?", kommt die prompte Gegenfrage.

„Du weißt, wie ich das meine, Sarah! Fühlst du dich wirklich stark genug, wieder deinen Alltag zu meistern? Mit Kind, Wohnung und Beruf?", fragt sie besorgt.

Beruhigend legt Sarah eine Hand auf den Unterarm ihrer Mutter. „Mach dir keine Sorgen! Es ist alles in Ordnung! Außerdem unterstützt mich Finn, wo es nur geht!"

„Du kannst jederzeit zu mir kommen, wenn du Hilfe brauchst! Verstanden?", äußert Anja eindringlich.

„Danke, Mama! Für alles!", sagt Sarah, dabei schaut sie ihrer Mutter eindringlich in die Augen.

Nur schwer kann sich Anja von ihrer Tochter trennen. Am liebsten würde sie sie nach Hause begleiten, aber ihr Weg führt sie in die entgegen gesetzte Richtung.

„Ich muss los! Du meldest dich heute Abend, in Ordnung?", fordert sie ihre Tochter nachdrücklich auf.

„Mach ich!", nickt Sarah bestätigend, während sie ihre Mutter liebevoll in den Arm nimmt.

„Warum bin ich zurzeit nur immer zu spät dran? Irgendwie habe ich ein Talent dafür, immer auf den letzten Drücker loszufahren", murmelt Anja vor sich hin, bevor sie zur Tür hinausstürmt.

Als Sarah sich allein in dem großen Haus befindet, läuft sie zielstrebig von Zimmer zu Zimmer. Dabei prägt sie sich jedes Detail ein. Sie weiß nicht genau, warum sie das tut, aber es ist ihr ein dringendes Bedürfnis, jeden Raum genau zu begutachten.

Wenig später beschließt sie, den Heimweg anzutreten. Sie packt ihre Tasche in den Kofferraum ihres roten Opel Corsa, steigt ein und fährt los. Das laute Piepsen der Gurtkontrolle erinnert sie daran, sich anzuschnallen. *Wie konnte ich das vergessen? Früher ist mir das nie passiert!*

Es ist wenig Verkehr auf der B 471 Richtung Dachau. Während Sarah die Ortsausfahrt Fürstenfeldbruck durchfährt, schweifen ihre Gedanken ab. Erneut erscheinen die beunruhigenden Bilder ihrer Vergangenheit vor ihrem inneren Auge. Sie erinnert sich an Lisa, Finn, David und Nina. Ein schwarzer Schleier breitet sich über ihr Gewissen. Sie fühlt eine tiefe Traurigkeit, während sie starke Schuldgefühle überkommen. Als sie schlussendlich ihren Vater regungslos vor sich sieht, spürt sie regelrecht, wie in ihrem Gehirn die Neutronenverbindungen zu kollabieren drohen. Ihre Tränen überschwemmen ihr Gesicht, ihr Blick wird durch die Flüssigkeit in den Augen getrübt und ihre Gedanken kreisen nur noch um ein Thema: Ich bin schuld! Ich bin es nicht wert zu leben!

Als sie wenig später die Ausfahrt Maisach passiert, bemerkt sie den Lastwagen, der ihr auf einer langgezogenen Kurve entgegenkommt. Ihre Gedanken überschlagen sich. Ihr Blick ist fokussiert auf das sich stetig nähernde Fahrzeug. Das beklemmende Gefühl hat mittlerweile vollkommen von ihr Besitz ergriffen. Sie hat nur einen einzigen Wunsch: Sie will zu ihrem Vater, um sich bei ihm zu entschuldigen!

Der Lastwagen befindet sich nur noch einige hundert Meter von ihr entfernt. Mit beiden Händen umschließt Sarah fest das Lenkrad. Bevor sie ihren Wagen nach links zieht, greift ihre rechte Hand zum Gurt und löst ihn.

Im nächsten Augenblick kracht der rote Opel frontal gegen den entgegenkommenden Lkw.

Kapitel 54

IM STILLEN

Das monotone Piepen des Monitors erfüllt mein Gehirn. Angestrengt lausche ich den übrigen Geräuschen, die mich umgeben. Ein leises Summen, welches von der Lichtleiste über mir herrührt - ab und zu eine Tür, die vorsichtig geschlossen wird - die kaum hörbaren Schritte vereinzelter Personen - die gedämpften Stimmen vor dem Zimmer.

Ich weiß, dass es Nacht ist. Tagsüber geht es im Krankenhaus wesentlich geschäftiger zu. Wie lange liege ich hier schon? Tage? Wochen? Mein Zeitgefühl lässt mich im Stich. Ich will endlich aufwachen! Ich will zurück! Zu meiner Familie, zu meinen Eltern! Papa? Plötzlich schieben sich beunruhigende Bilder vor mein inneres Auge. Mein Vater ist tot! Wie durch einen Magneten angezogen, ziehen meine Erinnerungen von mir fort.

Es war ein Samstag, als ich ihn das letzte Mal sah.

Kapitel 55

RÜCKBLICK

Gutgelaunt sitzen Joachim und Anja am Küchentisch. Während die junge Großmutter lediglich an ihrem Kaffee nippt, streicht ihr Ehemann sich genüsslich das zweite Brot.

„Wann brecht ihr heute auf?", will Anja interessiert wissen.

„Wir treffen uns um Eins bei Rudi. Dann fahren wir nach Kaltenberg. Gegen Abend sind wir wieder zurück", klärt Joachim seine Frau auf.

„Könntest du vielleicht vorher noch das Schlafzimmerfenster überprüfen? Du weißt doch, es schließt nicht mehr richtig!", bittet sie ihn freundlich.

„Natürlich! Das habe ich dir doch schon versprochen!"

„Ich weiß! Ich wollte dich ja nur erinnern! In deinem Alter vergisst man gerne mal etwas!", zieht sie ihn schmunzelnd auf.

„Darf ich dich erinnern, dass du diejenige bist, die gestern vergessen hat, die Wäsche rein zu holen, als es zu regnen begann?", wirft er ihr liebevoll vor.

„Du weißt genau, dass ich gerade in der Badewanne lag, als der Himmel völlig unerwartet seine Schleusen geöffnet hat. Kann ich etwa hellsehen?", entgegnet sie gekränkt.

„Das ist so ziemlich das Einzige, was du nicht kannst! Ich finde, du bist die beste Hausfrau auf Erden! Und die beste Ehefrau noch dazu!", bemerkt er leise, während er ihr einen zärtlichen Kuss gibt.

Amüsiert steht Anja auf. Es ist kurz nach Neun. Sie muss sich beeilen, um rechtzeitig in der Arbeit zu erscheinen. Hektisch greift sie nach ihrer Handtasche und hetzt zur Tür.

„Überanstreng dich bitte nicht auf dem Fahrrad!", ruft sie ihm besorgt entgegen.

„Keine Sorge! Ich habe noch genügend Energie für dich übrig, wenn ich nach Hause komme! Frohes Schaffen, mein Schatz!", antwortet er mit einem Augenzwinkern, bevor Anja das Haus verlässt.

Nachdem Joachim den Tisch abgeräumt und die Spülmaschine angestellt hat, begibt er sich ins Schlafzimmer, um das defekte Fenster zu überprüfen. Schnell stellt er fest, dass die Scharniere an der Innenseite ausgeleiert sind. Spontan entschließt er sich dazu, neue zu besorgen.

Als er schließlich gegen Mittag zurück ist, beginnt er umgehend mit der Reparatur. Die Fahrt in den Baumarkt hat länger gedauert, als beabsichtigt, da er einen früheren Bekannten traf, der ihn in ein intensives Gespräch verwickelte. Jetzt muss er sich beeilen, um noch rechtzeitig fertig zu werden, bevor er zu seiner Radtour aufbrechen muss.

Nachdem Joachim sich versichert hat, dass das Fenster wieder ordnungsgemäß schließt, sucht er seine Radlerhose sowie sein Sportshirt aus dem Schrank und betritt den Flur im ersten Stock.

Ruckartig bleibt er stehen. „Sarah?", ruft er erschrocken aus.

„Papa? Was machst du denn hier?", entgegnet seine Tochter schreckhaft.

„Das gleiche wollte ich dich gerade fragen?"

„Du hast doch gesagt, du bist heute bei einer Radtour?", bemerkt Sarah unsicher.

„Bin ich auch! Ich muss in zehn Minuten los!", bestätigt er gefasst.

„Dann lass dich nicht aufhalten!", ruft Sarah ihm zu, während sie in ihr Zimmer läuft.

„Danke für das nette Gespräch!", entgegnet er genervt, während er sich auf den Weg nach unten macht.

Als er etwa die Hälfte der Treppe erreicht hat, hört er erneut die Stimme seiner Tochter.

„Papa? Weißt du zufällig, wo meine Geburtsurkunde ist?"

Ungläubig dreht er sich um. „Wozu brauchst du deine Geburtsurkunde?", will er alarmiert wissen.

Genervt verdreht Sarah die Augen. „Hast du sie oder nicht?", hakt sie ungeduldig nach.

Unmissverständlich winkt Joachim seine Tochter herbei. „Komm mal mit runter! Ich glaube, wir müssen reden!"

Widerwillig folgt Sarah ihrem Vater ins Wohnzimmer.

„Du musst doch gleich los! Ich will dich wirklich nicht aufhalten, Papa! Gib mir einfach meine Geburtsurkunde und ich lass dich in Ruhe!", erklärt Sarah mit freundlichem Ton.

„Warum?"

„Was, warum? Es ist meine Urkunde! Es ist mein Recht, dass ich …", setzt Sarah an.

„Willst du heiraten?", unterbricht Joachim sie ernst.

„Nein! Ich und heiraten…!", schnaubt sie belustigt.

„Das ist der einzige Grund, der mir spontan einfällt, warum du diese Urkunde brauchen könntest", wendet er schnell ein.

Sarah schießen die Tränen in die Augen. Es hatte einen Grund, warum sie nicht wollte, dass ihre Eltern davon erfahren. Sie weiß, dass sie David niemals als ihren Freund akzeptieren könnten - geschweige denn, einer Hochzeit mit ihm zustimmen würden.

Behutsam geht Joachim einen Schritt auf seine Tochter zu und legt liebevoll eine Hand auf ihre Schulter.

„Willst du es mir erzählen?", fordert er sie sachte auf.

„Ich … ich kann nicht! Musst du nicht los?", wispert sie weinerlich.

Joachims Blick fällt auf die große Wanduhr. Tatsächlich müsste er jetzt losfahren, um noch pünktlich zum Treffen zu erscheinen. Aber Sarahs augenblickliche Stimmung lässt ihm keine Ruhe. Obwohl er sich bereits seit über einer Woche auf diese Radtour freut, ist ihm seine Tochter wichtiger. In dieser Verfassung will er sie auf keinen Fall alleine lassen.

„Dauert es länger, wenn du es mir erzählst?", will er ehrlich wissen.

Sarah nickt. Ihren inneren Kampf hat sie bereits verloren. Es war schon immer so: Wenn ihr Vater sie direkt auf ihre Probleme ansprach, sprudelten die Worte nur so aus ihr heraus. Meistens hatte er einen sinnvollen Ratschlag für sie parat. Die wenigen Situationen, in denen er ihr nicht helfen konnte, war er einfach für sie da. In ihrem gesamten bisherigen Leben hatte sie nur ein großes Geheimnis vor ihrem Vater. David!

Joachim greift nach seinem Handy. Nachdem er einen Teilnehmer ausgewählt hat, legt er das Gerät an sein Ohr.

„Hallo Rudi! Hör mal, mir ist leider was dazwischen gekommen! Ich kann nicht mitkommen!", erklärt er seinem Gesprächspartner.

„Bist du krank?", will Rudi besorgt wissen.

„Nein! Mir geht es blendend! Ich kann es dir momentan nicht erklären. Es tut mir wirklich leid!"

„Schon gut! Wir sehen uns am Montag! Schönen Tag noch!", verabschiedet sich sein Arbeitskollege enttäuscht.

Nachdem Joachim aufgelegt hat, setzt er sich aufs Sofa. Vorsichtig nimmt Sarah neben ihm Platz.

„Was willst du wissen?", fragt sie unsicher.

„Wer ist es?", platzt Joachim geradewegs heraus.

„Ihr kennt ihn nicht!", gibt sie zögernd zu.

„Das ist mir schon klar! Deine Mutter und ich wissen, dass du dich von Finn vor einem Jahr getrennt hast. Er hat uns auch erzählt, dass du einen neuen Freund hast", erklärt Joachim behutsam.

„Dad …"

„Willst du still und heimlich heiraten? Ohne deine Eltern?", fragt er fassungslos.

Sarahs Tränen fließen erneut. Seit Kindestagen an ist es ihr sehnlichster Wunsch, in einem weißen Brautkleid von ihrem Vater an den Altar geführt zu werden.

„Ihr würdet ihn nicht akzeptieren!", bringt sie weinerlich hervor.

„Woher willst du das wissen?"

„Ich weiß es einfach!", flüstert sie.

„Sarah! Du weißt, dass wir sehr tolerant sind! Wir haben weder etwas gegen eine andere Nationalität, noch stört es uns, wenn jemand einer anderen Religion angehört. Auch Tattoos oder sonstige moderne Schönheitsmerkmale können uns nicht abschrecken. Schlussendlich ist uns nur wichtig, dass du ihn liebst und glücklich bist!", erklärt Joachim traurig.

„Ich weiß! Aber bei ihm ist es etwas anderes!"

„Vertraust du uns nicht? Kennst du uns so schlecht?", wirft er ihr vor.

Sarah blickt ihrem Vater in die Augen. Sie erkennt die Aufrichtigkeit, die sie ausstrahlen.

„Kannst du mir nicht einfach die Urkunde geben? Bitte!", fleht sie ihren Vater hilflos an.

„Nein! Ich will wissen, wer meine Tochter so glücklich macht, dass sie den Rest ihres Lebens mit ihm verbringen will. Warum gestehst du mir das nicht zu?"

Sarahs Herz krampft sich zusammen. Ihr wird übel. Daher beschließt sie im nächsten Moment, es schnell hinter sich zu bringen.

„Es ist David!", stößt sie nuschelnd aus.

„Wer?"

„David!", wiederholt sie deutlicher.

„Er heißt also David! Schön! Willst du ihn uns auch vorstellen?", fragt Joachim lächelnd.

Ungläubig starrt Sarah ihren Vater an. *Er weiß nicht, von wem ich spreche!*

„Dad! Der Mann, den ich liebe heißt David Schweiger! Er saß wegen mir vier Jahre lang unschuldig im Gefängnis!", erzählt sie ungehalten.

Augenblicklich verändert sich Joachims Mine. Ungläubig betrachtet er die junge Frau neben sich. In seinen Kopf überschlagen sich die Gedanken. Die soeben gehörten Worte prallen wie Billardkugeln gegeneinander. Schweiger – wegen mir – unschuldig. Er kann nicht verhindern, dass er blass wird. Den leichten Druck in seiner Brust ignoriert er.

„Willst du mir damit sagen, dass du mit deinem ehemaligen Lehrer zusammen bist, der dich vergewaltigt hat?", bringt er fassungslos hervor.

„Er hat mich nicht …"

„Dieser David Schweiger?", unterbricht er sie barsch.

„Ja! Ich liebe ihn, Dad!", gibt sie kleinlaut zu.

Joachim springt auf. Er muss sich bewegen, um seine innere Unruhe nach außen verarbeiten zu können. Mit schnellen Schritten läuft er im Wohnzimmer auf und ab, streicht sich nervös durch sein graumeliertes Haar. Nach einigen Sekunden bleibt er vor Sarah stehen.

„Kannst du mich bitte aufklären? In meinem Kopf haben sich nämlich zwei mögliche Szenarien gebildet. Und ich komme zu dem Ergebnis, dass ich beide Versionen nicht billigen kann!"

„Es tut mir …", setzt Sarah entschuldigend an.

„Entweder…", unterbricht Joachim sie schroff. „… willst du den Mann heiraten, der dich vor neun Jahren vergewaltigt hat! Oder, was fast noch schlimmer ist, du hast die Vergewaltigung nur vorgetäuscht und deinen Lehrer unschuldig ins Gefängnis gebracht!", presst Joachim wütend hervor.

Wie ein Häufchen Elend sitzt Sarah auf dem Sofa. Ihr hätte klar sein müssen, dass irgendwann die Wahrheit ans Licht kommt und ihr Vater dann maßlos von ihr enttäuscht ist.

Bevor sie sich zu seiner Vermutung äußern kann, wendet sich ihr Vater direkt an sie.

„Sag mir die Wahrheit!", fordert er sie traurig auf. Er scheint schlagartig um Jahre gealtert. Sein Gesicht zeigt Sorgenfalten, die kurz vorher noch nicht sichtbar waren. Unbewusst greift er sich mit der rechten Hand an die Brust.

„Er hat mich nicht vergewaltigt", ist das Einzige, was Sarah ihm antwortet. Während Joachim sich in den Sessel fallen lässt, erhebt Sarah sich vom Sofa. Zielsicher läuft sie auf die Treppe zu.

„Wo willst du hin? Du schuldest mir noch eine Erklärung!", ruft Joachim ihr traurig nach.

Tränenüberströmt dreht Sarah sich um. „Du würdest es nicht verstehen, Papa! Ich liebe dich, aber dieses Mal entscheide ich mich für David!" Völlig aufgelöst läuft sie die Treppe nach oben.

Joachim springt auf, stürmt hinter seiner Tochter her. „Warte!", ruft er ihr zu.

Vor ihrem Zimmer bleibt Sarah stehen. Joachim steht fassungslos vor ihr.

„Sarah! Bitte erklär es mir! Ich verstehe einfach nicht, wie du es zulassen konntest, dass ein Unschuldiger vier Jahre ins Gefängnis geht. Warum hast du nie etwas gesagt? Warum hast du es mir nicht erzählt? Hatten wir nicht immer ein gutes Verhältnis? Du konntest über alles mit mir reden! Über alles! Verstehst du?", schreit er sie mittlerweile unbeherrscht an.

„Ich hatte Angst, du würdest mich verstoßen, wenn ich dir die Wahrheit erzähle!", erklärt sie wütend.

„Ich bin so enttäuscht von dir! Nicht nur, weil du das alles getan hast! Sondern, weil du so wenig Vertrauen in mich hattest! Und die jetzige Hochzeit erscheint mir auch übereilt! Gib uns Zeit, dass wir ihn kennenlernen können. Warte, bis du dir sicher bist, ob er der Richtige ist!", schlägt er bittend vor.

„Nein! Ich liebe ihn und ich werde ihn heiraten! Mit oder ohne euren Segen! Wenn du mir die Urkunde nicht geben willst, werden wir es auch ohne schaffen!", schreit sie ihm aufgebracht entgegen.

„Sarah! Bitte gib mir eine Chance, dass …"

„Nein! Verschwinde! Wenn du mich nicht unterstützt, dann geh einfach! Lass mich in Ruhe! Ich brauche dich nicht mehr! Ich habe eine neue Familie!", brüllt sie ihn an. Dabei schubst sie ihren Vater mit beiden Händen von sich weg. Sie ist so außer sich, dass sie seine Nähe momentan einfach nicht ertragen kann.

Tröstend greift Joachim nach den Händen seiner Tochter. In diesem Moment reißt sie sich los, schlägt mit voller Wucht gegen seine Brust. Joachim gerät ins Taumeln, stolpert ein paar Schritte rückwärts und stürzt ohne Vorwarnung die Treppe hinunter.

Fassungslos beobachtet Sarah die Szene. Wie in Zeitlupe überschlägt sich sein Körper mehrmals, bis er schließlich reglos am Treppenabsatz liegen bleibt.

Geschockt steht Sarah vor der obersten Stufe und blickt auf ihren Vater hinab. Im nächsten Moment stürmt sie die Treppe hinunter.

„Papa! Papa?", ruft sie hysterisch.

Schreiend lässt sie sich neben den Verletzten fallen. Vorsichtig rüttelt sie ihn, versucht ihn zu einer Reaktion zu bewegen.

„Papa, wach auf! Es tut mir leid! Das wollte ich nicht!", schreit sie immerzu.

Als sie seinen Kopf ein Stück zur Seite dreht, sieht sie das Blut, das aus seinem Ohr sowie seiner Nase läuft.

Kapitel 56

IM STILLEN

Die Erinnerungen überschwemmen mich. Hemmungslos weine ich los. Als ich meinen Mund öffne, schmecke ich etwas Salziges. Sind das meine Tränen? Ich kann weinen? Ich kann schmecken? Ängstlich öffne ich meine Augen. Ein schwacher Lichtschein erreicht meine Linse, welche die Reizung an mein Hirn weiterleitet. Mein Blick gleitet nach unten, über meinen bedeckten Körper. Meine Arme liegen ruhig auf der weißen Decke. Aufgeregt bewege ich einen meiner Finger. Im nächsten Moment erfüllt mich ein Glücksgefühl. Er bewegt sich! Ich bin wach! Ich bin wieder da!

Vorsichtig versuche ich aufzustehen, was mir jedoch nicht gelingt. Offensichtlich bin ich zu schwach, um sofort nach Hause zu gehen. Nach Hause! Schlagartig sehe ich das Wohnzimmer meiner Eltern! Meinen Vater, der verzweifelt auf dem Sessel sitzt, während ich ihm offenbare, dass ich David heiraten will. Warum habe ich nur so unbeherrscht reagiert? Ich habe meinen Vater aus meinem Leben verbannt – in zweifacher Hinsicht! Ich bin schuld an seinem Tod!

Während ich erneut den verhängnisvollen Samstag durchlebe, ändert sich schlagartig meine Stimmung. Während meiner Bewegungsunfähigkeit ging es mir gut. Ich konnte mich zwar nicht bemerkbar machen, habe aber alles verstanden, was meine Besucher erzählt haben. Ich habe mich auf die Rückkehr ins wirkliche Leben gefreut. Ich war glücklich!

Jetzt verhängt ein schwarzer Schleier meine Seele! Die Schuldgefühle umschließen mein gesamtes Ich, zwängen es in ein Gefängnis aus Dunkelheit und Kälte. Ich fühle mich ungeliebt und verstoßen. Welcher vernünftige Mensch könnte mich lieben, nach alldem was ich getan habe? Dabei war der Tod meines Vaters nur die krönende Spitze des Unheils, welches ich verbreitet habe.

Meine Angehörigen wären ohne mich besser dran. Sie bräuchten nicht zu befürchten, dass eine falsche Schlange ihnen irgendwelche Lügen auftischt, sie ausnützt und ihr Leben gefährdet.

Nina bekommt ein Kind! Mama wird glücklich sein! Leonie wird sich über die junge Verwandtschaft freuen. Finn und Lisa haben sich wieder gefunden. Sie sollen glücklich werden! Nur um David tut es mir leid! Aber auch er wird eine neue Liebe finden.

Suchend blicke ich mich um. Der Monitor neben mir zeichnet meinen Sinusrhythmus auf. Darunter ist ein kleiner roter Knopf mit einer Glocke darauf. Ich vermute, dass sich damit der Alarm abschalten lässt, der ausgelöst wird, sollte mein Herzschlag aussetzen. Mein Blick gleitet weiter über ein kleines Tischchen neben meinem Bett. Unbedacht liegen mehrere Spritzen darauf. Über meinem Kopf hängt ein Tropf, der mich mit Flüssigkeit versorgt. In meiner rechten Hand steckt eine schmale Kanüle, welche eine kleine Öffnung besitzt. Aus der Zeit im Krankenhaus, nach der Nierentransplantation, weiß ich, dass durch den kleinen Zugang an der Kanüle Medikamente, zum Beispiel Schmerzmittel, direkt in die Vene verabreicht werden können.

Mein Hirn läuft auf Hochtouren, während die schwarze Kälte weiter von mir Besitz ergreift. Düstere Gedanken breiten sich in mir aus. Ich sehe Blut spritzen, Gedärme, die aus einem zuckenden Körper hängen. Aber am schlimmsten ist die Leere, die mich umgibt. Die Hoffnungslosigkeit auf eine sorgenfreie Zukunft. Das hat alles doch keinen Sinn! Und wenn etwas sinnlos ist – dann sollte man es beenden!

Auf meinem Nachttisch befindet sich ein kleiner Block sowie ein Stift. Über den Grund, warum diese Gegenstände hier liegen, mache ich mir keine Gedanken. Ich greife nach dem roten Kugelschreiber und notiere ein paar Zeilen auf das weiße Papier.

Anschließend versuche ich mich aufzusetzen, was mir allerdings nicht gelingt. Ich strecke mich, um den roten Knopf am Monitor zu erreichen. Es dauert lange, bis ich diesen ersten Schritt geschafft habe. Aber ich habe Zeit! Mich erwartet niemand! Schwer atmend falle ich zurück in mein Kissen. Anschließend greife ich nach einer der Spritzen. Behutsam ziehe ich sie auf. Erst nach einigen Versuchen treffe ich die kleine Öffnung an der Kanüle.

Mit Tränen in den Augen blicke ich an die Decke. „Papa! Ich komme zu dir!"
Langsam drücke ich den Kolben der Spritze nach unten. Es dauert genau drei Atemzüge, bis die injizierte Luftblase mein Herz erreicht.

Kapitel 57

Fünf Tage nach Sarahs Tod findet ihre Beerdigung statt. Anja hat darauf bestanden, dass ihre Tochter in Fürstenfeldbruck, im Grab ihres Ehemannes, beigesetzt wird.

Lisa sitzt auf Sarahs Bett und betrachtet die fünf Kuverts in ihrer Hand. Jetzt ist doch der Fall eingetreten, dass es sich um Abschiedsbriefe handelt. Sie sieht es als ihre Pflicht an, Sarahs letzten Wunsch zu erfüllen. Auch Nina wird sie den an sie bestimmten Brief übergeben. So leid ihr Patrick in dem Moment tut, muss er mit den Konsequenzen seines Handelns leben.

Als Lisa von Sarahs Freitod erfahren hat, war sie schockiert. Zuerst konnte sie es nicht glauben, dachte an eine Verwechslung im Krankenhaus oder einer Fehlbehandlung der Schwestern, die zu Sarahs Tod geführt hat. Schließlich hat man sie sowie die übrigen Angehörigen jedoch mit den unwiderlegbaren Tatsachen konfrontiert. Die Spritze in Sarahs Hand, welche Luft in ihre Vene gepumpt hat sowie der kleine Zettel, welcher als Abschiedsbrief gewertet wurde.

Lisa erinnert sich genau an die Worte, die unwiderruflich von Sarah niedergeschrieben wurden:

Danke, dass ihr stets bei mir wart. Es tut mir so leid, was ich euch angetan habe!

Ab diesem Tag bestand Lisa darauf, bei Anja zu bleiben. Sie wollte die Mutter ihrer Freundin in dieser schweren Zeit nicht alleine lassen.

Finn musste sich um Leonie kümmern. Es fiel ihm äußerst schwer, das kleine Mädchen auf die Beerdigung ihrer Mutter vorzubereiten. Zwei Tage dauerte es, bis Leonie einigermaßen begriffen hat, dass sie ihre Mama nie wieder sehen wird, weil diese jetzt im Himmel bei ihrem Opa leben würde.

Es war zu erwarten, dass Leonie dieser Auskunft mit einer Mitteilung entgegentrat, welche aus kindlicher Sicht absolut verständlich ist. „Dann will ich auch in den Himmel! Ich will auch zu Mama und Opa!"

„Du musst noch hier bei mir und Oma bleiben. Mama und Opa müssen dort oben erst alles für dich vorbereiten, bevor du nachkommen kannst. Bleibst du solange bei uns?", erklärte Finn kindgerecht.

Nach kurzem Überlegen, fiel Leonie ihrem Vater um den Hals. Sie weinte und bedauerte, ihre Mutter längere Zeit nicht mehr sehen zu können.

Einen Tag nach Sarahs Tod erreichte Lisa ein Anruf.

„Hallo?", meldete sie sich verwundert.

„Lisa? Hier ist David!", begrüßte der Anrufer sie behutsam.

„Hallo David! Am Montag ist die Beerdigung! Du kommst doch, oder?", wollte sie interessiert wissen.

„Ich glaube nicht! Ich denke, es ist besser, wenn mich Sarahs Mutter und Schwester nicht sehen. Auch Finn ist nicht gut auf mich zu sprechen", erklärte er bedauernd.

„Das kann dir doch egal sein! Es geht hier um Sarahs Abschied! Du musst kommen!", warf sie ihm gereizt vor.

„Ich weiß nicht …"

„David! Versprich mir, dass du kommst! Auch wenn du dich nur im Hintergrund hältst! Sarah muss merken, dass du da bist!", forderte sie ihn unmissverständlich auf.

„Lisa? Sarah ist tot! Sie merkt überhaupt nichts mehr!", antwortete David traurig.

„Glaubst du nicht an den Himmel? Dass die Seele dort weiterlebt?"

„Der Glaube ist so vielfältig wie die Menschen selbst", antwortete er ernst.

„David, bitte! Ich muss dir etwas geben. Und das werde ich nur bei der Beerdigung tun", machte sie ihn neugierig.

„Was musst du mir geben?", wollte er verständnislos wissen.

„Etwas von Sarah! Einen Abschiedsbrief."

„Willst du mich erpressen?"

„Nein! Ich möchte, dass du dich von Sarah verabschiedest. Und zwar so, wie es sich für ihre große Liebe gehört!", fauchte sie ihn unmissverständlich an.

Heute, am Tag der Beerdigung, ist sich Lisa nicht mehr so sicher, ob das die richtige Entscheidung war. Wenn Anja und Finn David entdecken, kann es durchaus zu unschönen Situationen kommen. Lisa hofft, dass sich die beiden, falls es zu einem Aufeinandertreffen kommen sollte, Sarah zu Liebe zurückhalten werden.

Ein behutsames Klopfen an der Tür reißt sie aus ihren Gedanken. „Lisa? Bist du fertig?", will Anja leise wissen.

Langsam steht Lisa auf und öffnet die Tür. „Ich bin soweit!"

Die Zeremonie verläuft in einer angespannten Trauerstimmung. Es fließen zahlreiche Tränen, welche von ebenso zahlreichen weißen Taschentüchern aufgesaugt werden.

Als Leonie wenig später vor dem ausgehobenen Grab ihrer Mutter steht, eine weiße Rose sowie einen kleinen rosa Teddy in den Händen, brechen einige Trauernden zusammen. Leise verabschiedet sich das kleine Mädchen von ihrer Mutter.

„Machs gut, Mama! Sag Opa einen schönen Gruß von mir! Wenn es dir nichts ausmacht, dann bleibe ich noch ein bisschen hier unten bei Papa und Oma! Aber wenn ihr alles für mich hergerichtet habt, dann komme ich euch besuchen. Ich hab dich lieb, Mama!", erklärt Leonie mit zitternder Stimme. Anschließend wirft sie die Rose sowie den Teddy hinab auf den verzierten Eichensarg.

Nachdem auch Finn eine weiße Rose in das Grab geworfen hat, nimmt er die Hand seiner Tochter und geht einige Schritte zurück.

Vorsichtig tritt Lisa an die Grube heran, bückt sich und lässt einen mittelgroßen Gegenstand auf den Sarg gleiten. Es ist ein goldener Schuhkarton, der Sarahs wertvollste Erinnerungen enthält.

Etwas abseits von der Trauergemeinde, unter einer großen Eiche, steht ein Mann. Er hält eine rote Rose in der Hand, sein Kopf ist geneigt. Erst nachdem die Trauernden den Rückweg antreten, wagt er sich an das geöffnete Grab heran.

Still und voller Trauer verabschiedet David sich von seiner großen Liebe. Als er sich zum Gehen abwendet, steht plötzlich Lisa vor ihm.

„Danke, dass du gekommen bist", flüstert sie bedächtig.

„Ich habe es nicht für dich getan. Sondern für mich – und für Sarah!", entgegnet er mit verweintem Blick.

Langsam zieht Lisa ein Kuvert aus ihrer Tasche. „Ich hoffe, die Zeilen helfen dir bei deiner Trauer."

Ein kurzes Nicken ist alles, was David noch zustande bringt. Er nimmt den Brief entgegen und wendet sich ab. Mit schnellen Schritten steuert er auf den Ausgang des Friedhofs zu.

Der engste Familienkreis versammelt sich bei Anja zu Hause. Nina und Lisa haben Kuchen gebacken, der Kaffee läuft bereits durch die Maschine.

Während jeder der Angehörigen seinen Gedanken nachhängt, nutzt Lisa die Gelegenheit, um kurz in Sarahs Zimmer zu verschwinden. Nachdenklich greift sie nach den übrigen vier Kuverts.

„Willst du sie verteilen?", hört sie plötzlich Finns Stimme hinter sich.

Erschrocken dreht sie sich um. „Ja! Ich werde sie den Empfängern aushändigen!"

„Lisa! Ich weiß, dass das jetzt ein ungünstiger Moment ist, aber wir konnten seit über einer Woche nicht mehr alleine reden und ..."

„Bitte! Mir ist im Augenblick wirklich nicht danach, über unsere Beziehung zu sprechen", wehrt sie sein Anliegen ab.

„Wie lange bleibst du noch hier?"

„Ich habe wegen der Beerdigung meinen Urlaub verlängert. Aber ich muss morgen zurück nach Frankfurt!", erklärt sie bedrückt.

„Kommst du wieder?", will er besorgt wissen.

Lange schauen sie sich in die Augen, bis Lisa schließlich die Stille unterbricht.

„Ja! Ich glaube ich komme wieder. An meinen Gefühlen zu dir hat sich nichts geändert. Ich bin momentan nur so ... betäubt, um sie wahrzunehmen", teilt sie ihm ehrlich mit.

Finn geht einen Schritt auf Lisa zu, legt seine Hand auf ihre Wange und gibt ihr einen zärtlichen Kuss.

„Ich liebe dich! Und ich werde hier auf dich warten!", versichert er ihr.

Mit unterdrückten Glücksgefühlen umarmen sie sich. Lisa legt ihren Kopf auf seine Brust, während er ihren Körper fest mit seinen Armen umschlingt. So verweilen sie einige Minuten, bis schließlich Leonie im Türrahmen steht.

„Papa, Lisa! Ihr sollt runterkommen, sagt Oma!", ruft sie aufgeregt.

Eine Stunde später hält Lisa den Zeitpunkt für günstig, um den Anwesenden von Sarahs Briefen zu erzählen.

Langsam erhebt sie sich. Die Augen der Angehörigen sind ausnahmslos auf sie gerichtet.

„Ich möchte euch etwas erzählen. Ein Geheimnis, von welchem nur Sarah und ich wussten. Es handelt sich um ein Versteck, in welchem Sarah ihr Tagebuch aufbewahrt hat. Ich gestehe, dass ich, als ich einige Tage hier wohnte, nachsehen wollte, ob es diese Schatzkiste, wie Sarah sie nannte, noch gibt. Und es gab sie noch. Ich habe in dieser Kiste sechs Briefe gefunden. Sie sind von Sarah verfasst. Da ein Brief an Joachim fehlt, gehe ich davon aus, dass sie diese Zeilen erst nach dessen Tod geschrieben hat. Mein Kuvert habe ich bereits geöffnet. Nun möchte ich die restlichen Briefe an euch verteilen. Ich glaube, dass es Sarahs Wunsch war, dass ihr sie bekommen sollt."

Lisas Blick trifft Patrick, der stur vor sich auf den Tisch blickt.

„Anja, ein Brief ist für dich!", erklärt Lisa und überreicht das weiße Kuvert der Ältesten im Raum.

„Nina, auch dir hat Sarah einige Zeilen geschrieben", erklärt sie der schwangeren Frau.

„Die letzten beiden Briefe sind für Finn und Leonie", bemerkt sie traurig.

„Und wer bekommt den Sechsten?", will Anja neugierig wissen.

Erst jetzt fällt Lisa auf, dass sie die Anzahl der vorgefundenen Schriftstücke erwähnt hat. Wie soll sie das jetzt erklären? Sie entscheidet sich dafür, die Anwesenden nicht zu schonen.

„Der sechste Brief war für David!", antwortet sie gelassen.

„David? Sie hat ihm einen Brief hinterlassen?", faucht Finn los.

„Ist das ihr neuer Freund?", wendet Anja verwirrt ein.

„Ja! Sie war seit einem Jahr mit ihm zusammen und hat ihn geliebt!", erklärt Lisa aufgebracht.

„Welcher David?", will Anja unsicher wissen.

„David Schweiger!", antwortet Lisa ohne Rücksicht.

„Der Lehrer? Der Sarah vergewaltigt hat? Mit dem war sie zusammen? Aber warum?", bringt Anja mühsam heraus. Diese Neuigkeit ist für sie offensichtlich ein Schock.

Fürsorglich legt Patrick den Arm um Anja und führt sie zum Sessel.

„Wie konnte sie ihm das jemals verzeihen?", will Anja fassungslos wissen.

„Er war es nicht!", erklärt Lisa ruhig.

„Das weißt du nicht!", lenkt Finn ein.

„Er hat es mir glaubhaft erzählt", begründet sie ihre Meinung.

„Der kann viel erzählen!", entgegnet Finn genervt.

„Hört auf!", schreit Anja plötzlich. „Hört auf euch zu streiten! Es war einzig und allein Sarahs Entscheidung, mit wem sie zusammen sein will. Wir können sie nicht mehr fragen warum, aber sie wird ihre Gründe gehabt haben. Bitte lassen wir sie in Frieden ruhen!"

Nachdem sich die Gemüter wieder beruhigt haben, bemerkt Lisa, dass Nina und Anja auffallend nervös wirken. Immer wieder blicken sie auf den Brief in ihren Händen. Offensichtlich können sie es nicht erwarten, ihn zu lesen.

„Anja, möchtest du, dass wir gehen?", wendet Lisa sich an die Gastgeberin.

„Vielleicht ist es wirklich besser, wenn wir die Runde für heute auflösen. Ich würde euch aber gerne nächstes Wochenende zum Essen einladen", schlägt Anja vor.

„Soll ich hier bleiben?", will Lisa fürsorglich wissen.

„Nein! Fahr ruhig mit Finn und Leonie nach Hause. Ich weiß, dass du morgen wieder nach Frankfurt musst. Du warst jetzt so lange bei mir, irgendwann muss ich mit der gegebenen Situation wieder alleine zurechtkommen!", erwidert sie bedacht.

„Machs gut! Ich komme dich bald besuchen!", verabschiedet sich Lisa von der Älteren.

Gemeinsam verlassen Sarahs Angehörige das Haus. Zurück bleibt die Witwe, die nun auch noch ein Kind verloren hat. In ihren Händen hält sie die letzte Nachricht ihrer Tochter.

Epilog

Nachdem ihre Gäste das Haus verlassen haben, sitzt Anja noch lange auf dem Sofa. In ihrem Schoß liegt Sarahs Brief. Anja überlegt, ob Sarah beim Verfassen der Zeilen bereits wusste, dass sie sich umbringen würde. Oder waren es doch nur die Depressionen, die sie in diese verhängnisvolle, aussichtslose Situation gezogen haben?

Behutsam öffnet sie das Kuvert. Mit zitternden Händen faltet sie das weiße Blatt auseinander.

Liebe Mama,

...

Langsam und konzentriert liest Anja die letzte Nachricht ihrer Tochter. Sarah berichtet ihr von dem Samstag, als Joachim starb. Als die Wörter detaillierter werden, ihr deutlich machen, dass Sarah sich heftig mit ihrem Vater gestritten hat, bevor er die Treppe hinuntergestürzt ist, laufen ihr unaufhaltsam Tränen über die Wangen. Fassungslos legt sie eine Hand auf ihren Mund, um ein entsetztes Stöhnen zu unterdrücken. Nachdem sie die letzte Zeile gelesen hat, blickt sie auf. Mit einem Mal ist ihr bewusst, warum Sarah mit ihrem schlechten Gewissen gekämpft hat und in Depressionen verfallen ist. Sie hat sich die Schuld an Joachims Tod gegeben!

Anja ist jedoch überzeugt, dass es sich, trotz des heftigen Streites, um einen tragischen Unfall handelte, der ihr den Ehemann genommen hat. Sie macht Sarah keinerlei Vorwürfe!

An diesem Abend liest sie den Brief noch zweimal, bevor sie ihn in die Schublade legt, in welcher sie Joachims persönliche Gegenstände aufbewahrt.

Die Vergangenheit soll endlich ruhen!

***

David sitzt mit laufendem Motor in seinem Auto. Sarahs Brief liegt auf dem Beifahrersitz. Eigentlich wollte er nach Haus fahren, um ihre Nachricht dort in Ruhe zu lesen. Aber das weiße Kuvert scheint ihn regelrecht anzustarren. Es bereitet ihm regelrechte Schmerzen, es unbeachtet zu lassen.

Ruckartig greift er danach, reißt es auf und zieht das weiße Blatt Papier heraus.

Lieber David,

wenn du diese Zeilen liest, bedeutet das wohl, dass ich nicht mehr lebe. Ich hoffe jedoch, dass dies erst der Fall sein wird, wenn du ein hohes Alter erreicht hast und wir viele glückliche Jahre gemeinsam verbringen konnten.

Ich schreibe diesen Brief, weil ich mich von meinen Schuldgefühlen befreien will. Obwohl mir das niemals gelingen wird, weil ich eben kein guter Mensch bin.

Du weißt bereits, dass ich aus vollem Herzen bereue, was ich dir in meiner Schulzeit angetan habe. Ich habe unreif und unüberlegt gehandelt. Mein Egoismus hat dich ins Gefängnis gebracht. Als ich es bereute, war es bereits zu spät, um den Rückwärtsgang einzulegen. Ich kann mich nur erneut bei dir dafür entschuldigen und hoffe, dass du es mir irgendwann einmal verzeihen kannst. Seit ich mit dir zusammen bin, hat mein Leben wieder einen Sinn. Ich hoffe, dass wir noch viele Jahre gemeinsam die Welt erforschen können.

Ich liebe Dich!
Deine Sarah

P.S.: Sollte ich von dir gehen, bevor wir alt und grau sind, so versprich mir, dass du dein Leben weiterlebst. Trauere nicht ewig um mich, denn es bringt dir nichts! Such dir eine neue Frau und genieße mit ihr dein Leben – wie wir es getan hätten! Irgendwann sehen wir uns wieder!

Warum habe ich nichts bemerkt? Als er am Tag nach Sarahs Tod im Krankenhaus war, hat ihm die Schwester von ihrem Selbstmord erzählt. Sie hat ihm auch den kleinen Zettel mit ihren Abschiedsworten gezeigt. Nun ist er es, der sich Vorwürfe macht. Er wirft sich vor, nicht genau hingesehen zu haben. Er hätte doch erkennen müssen, dass es Sarah nicht gut ging! Dass sie offensichtlich an Depressionen gelitten hat!

Wütend schlägt er auf sein Lenkrad. Immer und immer wieder!

Schließlich bricht er weinend zusammen.

***

Während der Heimfahrt sprechen Nina und Patrick kaum miteinander. Das einzige Gespräch besteht aus zwei kurzen Sätzen.

„Willst du den Brief wirklich öffnen?", fragt Patrick behutsam seine Frau.

„Ja, aber erst zu Hause!", antwortet sie bedrückt.

Die restliche Fahrt verbringen sie schweigend nebeneinander.

Nachdem sie die Haustüre hinter sich geschlossen haben, setzt Nina sich auf einen der Essstühle. Fast andächtig legt sie das Kuvert vor sich auf den Tisch.

„Nina?", setzt Patrick ängstlich an. „Bevor du den Brief öffnest, möchte ich dir etwas beichten", bringt er mühsam hervor.

„Glaubst du, das ist jetzt der richtige Moment? Meine Gedanken sind momentan bei Sarah! Können wir dein Geständnis vielleicht auf morgen verschieben?", bittet Nina ihren Mann.

„Ich glaube nicht! Denn ich vermute, dass Sarah dir genau diese Sache in dem Brief mitteilt. Und ich würde sie dir zuerst gerne aus meiner Sicht erzählen", entgegnet er vorsichtig.

Ninas Blick verrät Unverständnis. „Du hast ein Geheimnis, von dem Sarah mir erzählen will? Das verstehe ich nicht!"

Patricks Augen blicken seine Frau schuldbewusst an. Nina ahnt nichts Gutes.

„Ich habe dich mit Sarah betrogen!", gibt er kurzerhand zu.

„Du hast was?", bringt Nina fassungslos heraus.

„Es war nur ein einziges Mal! Ich habe ihr gesagt, sie solle endlich aufhören, ständig dein schlechtes Gewissen auszunützen, um Geld von dir zu verlangen. Da hat sie mich verführt und mich anschließend damit erpresst!", erleichtert er sein Gewissen.

„Sie hat dich verführt?"

„Ja! Ich … es tut mir leid!", gesteht er kleinlaut.

Nina blickt ihren Mann sekundenlang an. Dabei ist ihren Gesichtszügen nicht zu entnehmen, ob sie ihm verzeiht oder ihn im nächsten Moment verlassen wird.

„Kannst du mich bitte alleine lassen? Ich möchte jetzt den Brief in Ruhe lesen!", teilt sie ihm unmissverständlich mit.

Verständnisvoll zieht Patrick sich ins Schlafzimmer zurück. Dort wartet er, wie auf Kohlen, bis Nina auf sein Geständnis reagiert.

Mit zitternden Fingern öffnet Nina den Brief.

Liebe Nina,

obwohl wir nicht immer einer Meinung waren, habe ich dich als meine große Schwester geliebt und geschätzt. Ich schreibe diesen Brief für den Fall, dass ich dir das Nachstehende nicht mehr selbst erzählen kann. Es ist mir ein Bedürfnis, dass du es erfährst.

Meine Nierenspende an dich war keineswegs so freiwillig, wie ich sie dargestellt habe. Ich habe von Patrick fünfzigtausend Euro verlangt, die er mir, aus Liebe zu dir, bereitwillig überwiesen hat. Bitte sei nicht sauer auf ihn. Er hätte alles für dich getan! Meine Beweggründe basierten auf der Angst um meine Tochter. Ich habe befürchtet, dass die Operation Nachteile für mich bringen könnte. Welcher Art auch immer! Ich wollte mich einfach absichern!

Bitte verzeih mir, dass meine Schwesterliebe nicht ausgereicht hat, um dir bedingungslos eines meiner Organe zu schenken.

Ich hoffe, dass du noch ein langes, gesundes Leben führen kannst und glücklich als alte Oma stirbst!

In Liebe, deine Schwester Sarah

Mit Tränen in den Augen blickt Nina auf. Sarah war kein schlechter Mensch! Schlussendlich ist es nicht wichtig, unter welchen Umständen sie ihr das lebensnotwendige Organ gespendet hat, sondern die Tatsache, dass sie es getan hat! Sarahs mit Tinte geschriebene Worte werden von einer anderen Nachricht verdrängt. Patrick hat ihr gerade gestanden, dass er Sex mit Sarah hatte. Hat er wirklich geglaubt, Sarah würde ihr dieses Geheimnis in dem Brief beichten? Da kannte er seine Schwägerin aber schlecht!

Wütend steht sie auf, tigert unruhig im Wohnzimmer auf und ab. Was soll sie jetzt machen? Sie liebt Patrick, erwartet ein Kind von ihm.

Fest entschlossen geht sie zum Schlafzimmer. Sie öffnet die Tür und blickt auf ihren Mann, der wie ein Häufchen Elend auf dem Bett sitzt.

„Kommst du bitte mit raus? Wir müssen reden!", fordert sie ihn bestimmend auf.

Ihr ist bereits in diesem Moment klar, dass sie ihm den Fehltritt irgendwann verzeihen wird. Allerdings nicht sofort. Obwohl sie ihre Schwester gut genug kannte, um zu wissen, dass die Schuld nicht alleine bei ihrem Mann lag, sitzt der Vertrauensbruch tief. In ihrem Herzen ist eine klaffende Wunde entstanden, die sicher einige Zeit benötigt, um wieder heilen zu können.

***

Als Finn die Haustüre öffnet, läuft Leonie sofort in ihr Kinderzimmer. Sie schnappt sich den großen, braunen Hund, den sie zum Geburtstag von ihrer Mutter geschenkt bekommen hat, und kuschelt sich an ihn.

Finn beobachtet seine Tochter, wie sie leise weinend dem Hund etwas ins Ohr flüstert.

„Alles in Ordnung, Leonie?", fragt er behutsam.

Das kleine Mädchen nickt und wendet sich erneut ihrem Stofftier zu.

„Ich bin gleich wieder da!", sagt er liebevoll, bevor er das Zimmer verlässt.

Im Wohnzimmer wartet bereits Lisa auf ihn. „Wie geht es ihr?", will sie besorgt wissen.

„Wie soll es ihr gehen? Sie trauert um ihre Mutter!", gibt er hilflos zu.

„Wenn ich lieber gehen soll, dann ...", setzt Lisa behutsam an.

„Nein! Bitte bleib! Ich bin froh, dass du hier bist!", erklärt er hoffnungsvoll.

Im nächsten Moment stürmt Lisa auf ihn zu. Sie nimmt ihn in den Arm und drückt ihn liebevoll an sich. Er erwidert ihre Umarmung, klammert sich wie ein Ertrinkender an sie. Und plötzlich beginnt sein Körper leicht zu zittern, seine Schultern zucken, während er sein Gesicht in ihrer Schulter vergräbt. Tröstend streicht Lisa ihm über sein braunes Haar, wartet geduldig, bis seine Tränen versiegen.

Nach ein paar Minuten löst er sich von ihr.

„Entschuldige, eigentlich sollte ich der Starke sein, der Leonie tröstet, aber ...", bringt er mühsam hervor.

„Schon gut! Geht es wieder?", will sie fürsorglich wissen.

„Danke! Danke, dass du da bist!", sagt er ehrlich.

„Willst du jetzt den Brief lesen?", fragt Lisa zaghaft, während sie mit ihrem Kopf Richtung Tisch deutet.

„Kannst du dich in der Zwischenzeit um Leonie kümmern?", bittet er sie.

„Lass dir Zeit!", antwortet sie zärtlich, während sie ihm einen flüchtigen Kuss gibt.

Anschließend begibt sie sich zu Leonie ins Zimmer, die noch immer, an ihren großen Hund gekuschelt, auf dem Bett liegt.

Finn setzt sich aufs Sofa, greift langsam nach dem Brief, auf dem sein Name steht. Auf dem Tisch liegt ein zweiter Brief. *Für Leonie.*

Er öffnet den Ersten und liest die an ihn gerichteten Zeilen.

Lieber Finn,

ich weiß nicht, wann und wo du diesen Brief erhältst. Vielleicht auch niemals, wenn ich ihn vorher vernichte.

Ich möchte dir für die Zeit mit dir danken, vor allem aber für das schönste Geschenk, das du mir gemacht hast. Leonie! Sie ist das bezauberndste Geschöpf auf Erden. Und sie ist eine Mischung aus uns beiden! Ich habe auch einen Brief an Leonie verfasst. Bitte gib ihn ihr, wenn du glaubst, dass sie alt genug ist, um meine Zeilen zu verstehen.

Mir liegt am Herzen, dich um Verzeihung zu bitten. Dafür, dass ich dich vor langer Zeit mit Lisa auseinandergebracht habe. Ich war eifersüchtig! Auf dich! Auf eure Beziehung! Ich wollte meine Freundschaft mit ihr nicht teilen! Ich hoffe, ihr habt eine zweite Chance im Leben. Möglicherweise kann ich euch noch selbst zusammenbringen!

Zum Schluss möchte ich dich bitten, ins Schlafzimmer zu gehen und die Schublade zu öffnen, in welcher ich meine Unterwäsche aufbewahre. Hinten rechts liegt ein Buch! Es ist mein Vermächtnis an Leonie!

Bitte hilf unserer Tochter, eine glückliche, selbstbewusste Frau zu werden. Sorge dafür, dass sie ihr Leben genießt.

In tiefster Dankbarkeit

Deine Sarah

Finn lässt den Brief sinken. Er ist sich nicht sicher, was er davon halten soll. Ist das jetzt ein Abschiedsbrief oder nur eine Niederschrift ihrer Gedanken? Plötzlich fällt ihm der Hinweis mit dem Vermächtnis an Leonie wieder ein.

Neugierig begibt er sich in Sarahs Schlafzimmer, zieht die oberste Schublade auf und greift zwischen den weißen Spitzenhöschen hindurch bis in die hinterste Ecke.

Lisa sitzt neben Leonie und beobachtet sie. Das Kind kuschelt sich weiterhin an seinen Stoffhund. Allerdings sind ihre Tränen mittlerweile versiegt. Leise summt sie Lieder vor sich hin, scheint gedanklich in einer anderen Welt zu sein.

Plötzlich hört sie Finns Stimme. „Lisa? Kommst du mal?"

Besorgt verlässt sie das Zimmer. „Ist etwas passiert?", will sie unruhig wissen.

„Du glaubst nicht, was ich gefunden habe!", sagt er fassungslos.

In seiner rechten Hand hält er ein kleines blaues Buch in die Höhe. Als Lisa es entgegennimmt und aufschlägt, weiten sich ihre Augen vor Erstaunen.

Es handelt sich um ein Sparbuch, angelegt auf Leonie Baumann. Die eingezahlte Sparsumme beträgt fünfzigtausend Euro.

***

Vier Wochen später stehen Finn, Lisa und Leonie an Sarahs Grab. Während Leonie ein selbstgezeichnetes Bild zwischen den frischen Blumen aufstellt, legt Finn liebevoll seinen Arm um Lisas Schultern.

„Glaubst du, sie weiß, dass wir jetzt zusammen sind?", will er interessiert wissen.

„Ich bin mir sicher! Ich glaube, sie hat uns gehört, während sie im Koma lag. Außerdem schaut sie bestimmt in diesem Moment von oben auf uns herab", erklärt Lisa überzeugt.

Automatisch blicken beide nach oben in den wolkenlosen Himmel. Als sie ihren Blick wieder senken, fällt Lisas Augenmerk auf den weißen Grabstein, in welchem mit geschwungenen Buchstaben eine Inschrift eingraviert ist.

Im Stillen hat sie gelitten
Im Stillen hat sie bereut
Im Stillen ist sie gegangen

ENDE

LESEPROBE

„Schuld, die dich
schuldig macht"

von Angelika B. Klein

PROLOG

Er spürt, wie das kalte Wasser an seinen Knöcheln emporsteigt. Das gläserne Gefängnis lässt keine Flucht zu. Seine Beine sind mit Fußfesseln am Boden verankert, seine Arme mit Gurten auf seinem Rücken fixiert. Panik kriecht in ihm hoch. Er schaut in ihr Gesicht und sieht, wie sich ihre Tränen einen Weg über ihre Wangen bahnen. Das Wasser steigt immer weiter, schnell und unerlässlich. Es hat bereits seine Knie erreicht. Er möchte ihr noch so viel sagen, aber ihm fallen nicht die richtigen Worte ein. Sie ruft ihm etwas zu, was er jedoch in der mittlerweile übermächtigen Angst, die ihn ergreift, nicht versteht. Das Wasser hat seine Hüfte erreicht.

Er öffnet seinen Mund, jedoch entweicht lediglich ein schlotterndes Stöhnen seinen Lippen. Das Wasser ist so kalt! Sein ganzer Körper zittert vor Kälte. Ein letztes Mal unternimmt er den Versuch, seine Arme oder Beine von den Fesseln zu befreien. Vergeblich! Das Wasser steht ihm wortwörtlich bis zum Hals. Er würde ihr so gern ein letztes Mal sagen, wie sehr er sie liebt. Er öffnet den Mund und schluckt augenblicklich das einströmende Wasser. Es bleiben ihm nur noch Sekunden, dann bekommt er keine Luft mehr! Ein letztes Mal saugen sich seine Lungen mit Sauerstoff voll, dann steigt der Wasserpegel über seine Nase. Unter Wasser öffnet er die Augen und schaut sie weiterhin an. Plötzlich wird er ganz ruhig. Die Angst und die Panik fallen von ihm ab. Er akzeptiert sein Schicksal. Eine wärmende Ruhe umschließt ihn. Er lächelt sie ein letztes Mal erfüllt von Liebe an, dann schließt er seine Augen und wird von einem schwarzen Nichts umhüllt.

Kapitel 1

Laute Rufe reißen mich aus meinen Gedanken. „Mia, Mia!", höre ich eine Jungenstimme aufgeregt meinen Namen rufen. Ich stürme aus der Hütte und sehe Kojo, der mit seinem jüngeren Bruder auf dem Arm auf mich zugelaufen kommt.

Mein Blick fällt sofort auf das stark blutende Bein des kleinen Jungen. „Kojo, was ist passiert?", frage ich besorgt. Ich nehme ihm den sechsjährigen Jungen ab und trage ihn schnell in die Steinhütte, welche als Krankenzimmer umfunktioniert wurde.

„Tidjani ist auf einen großen spitzen Stein gestürzt. Zuerst wollte er weiterlaufen, aber es hört nicht auf zu bluten!", erzählt Kojo besorgt. Er macht sich große Sorgen um seinen Bruder. Wenn er mit dem Jüngeren allein unterwegs ist, trägt er, obwohl er selbst erst zwölf ist, die alleinige Verantwortung. Das wurde ihm von seinem Vater eingeschärft.

Ich lege Tidjani auf das lange Holzbrett, welches auf vier hohe stabile Füße genagelt als Untersuchungstisch dient und betrachte mir sein Bein genau. Oberhalb des rechten Knies klafft eine 5 cm lange und ziemlich tiefe Schnittwunde, die unaufhaltsam blutet.

„Kojo, schnell bring mir die Tücher dort drüben." Kojo läuft zu dem kleinen Tischchen und reicht mir die frischen aufeinander gestapelten Wundkompressen. Ich bedecke die Wunde mit zwei Tüchern und weise Kojo an: „Drück fest drauf und lass nicht los!" Kojo legt seine Hand auf die Kompressen und drückt zu. Ein leises Wimmern entweicht Tidjanis Lippen. Ich finde, dass sich der Jüngere ausgesprochen tapfer verhält, angesichts der schmerzhaften Verletzung. In seinen Augen erkenne ich Angst, aber keine Träne verlässt seinen Körper. Ich drehe mich zu meinem Instrumentenschrank um und hole eine Betäubungsspritze, Nadel und Faden sowie Jod. Vorsichtig steche ich links und rechts der Wunde in die Haut und injiziere 2 ml Lidocain. Danach säubere ich die Wunde großflächig mit Jod und beginne, den Schnitt zu verschließen.

Während ich zügig, aber sorgfältig einen Stich nach dem anderen durchführe, versuche ich Tidjani abzulenken: „Erzähl mir, wie das passiert ist, Tidjani. Wie schaffst du es, in einer Steppe übersät mit hohem Gras auf den einzigen großen Stein zu fallen, der herumliegt?"

Tidjani schaut mich tadelnd an: „Das war mir vorherbestimmt! Vater sagt, wenn du dich verletzt, will dir die Natur damit zeigen, dass du bereit bist einen weiteren Schritt zu gehen, um ein Mann zu werden. Ich habe nicht geweint. Tapfere Männer weinen nicht!"

Selbst jetzt, nachdem ich bereits zwei Jahre hier meinen Dienst verrichte, überrascht mich immer wieder die Tapferkeit und der Mut der Jungen und Männer, die zum Teil täglich ihr Leben riskieren, um die Familie und das Dorf zu ernähren.

Ich bin gerade mit dem letzten Stich fertig und verknote die Enden des Fadens, als ich erneut meinen Namen höre: „Mia, bist du da?" Abgehetzt erscheint Anna, die 18-jährige Studentin aus Hamburg, die hier ein freiwilliges soziales Jahr absolviert, in der Tür.

Während ich die frisch genähte Wunde meines jungen Patienten verbinde frage ich: „Was ist los, Anna? Du bist ja ganz außer Atem."

Mit kurzen Worten erzählt sie: „Es ist Kefira, es ist bei ihr soweit, du musst schnell kommen!"

„Kefira? Jetzt schon? Wo ist Mona?"

Anna schüttelt den Kopf und antwortet: „Die ist in Samroni, bei einer schweren Geburt mit Steißlage".

Oh nein! Bitte nicht! Kefiras Geburtstermin ist erst in vier Wochen und Mona ist die einzige Hebamme im Dorf. Ausgerechnet heute ist sie in Samroni, das liegt zwei Stunden entfernt. Ich habe ihr zwar des Öfteren bei Geburten geholfen und auch einiges über die ausübende Kunst der Hebamme gelernt, aber ich war noch nie allein verantwortlich für die Gesundheit von Mutter und Kind.

Schnell verbinde ich Tidjanis Bein fertig und schaue mich suchend in der Hütte um. Wo ist der Geburtskoffer? Mist, den hat natürlich Mona dabei. Dann muss es eben ohne gehen. Ich eile zur Tür hinaus und laufe zu Kefiras Strohhütte. Anna folgt mir mit ein paar Metern Abstand. Bereits von draußen höre ich das jammernde Stöhnen der werdenden Mutter und trete zügig in den dunklen Raum ein. Jamal, Kefiras Ehemann, steht neben dem Bett und hält besorgt ihre Hand. Sie sind beide erst 19 Jahre alt und es ist ihr erstes Kind, daher wissen beide noch nicht, was auf sie zukommt.

„Kefira, es wird alles gut, atme ruhig ein und aus", fordere ich sie auf. An Jamal gerichtet frage ich: „In welchen Abständen kommen die Wehen?"

Jamal schaut mich mit großen Augen an. Klar, blöde Frage. Hier im Herzen Afrikas, einem kleinen Dorf namens Mandala in Sambia, 200 km von der nächsten größeren Stadt Kabwe entfernt, schert man sich nicht um die Uhrzeit. Mir bleibt also nichts anderes übrig, als selbst den Abstand zwischen zwei Wehen festzustellen.

Vorsichtig spreize ich Kefiras Beine und taste mit meinem Finger nach dem Muttermund. Oh mein Gott! Er ist bereits vollständig geöffnet und ich spüre auch schon das Köpfchen, wie es nach unten drückt. In diesem Moment kommt die nächste Wehe und Kefira fängt an zu pressen. Mit einem lauten Schrei hört sie auf und fällt erschöpft und mit schmerzverzerrtem Gesicht in ihr Kissen. „Kefira, wie lange hast du schon Presswehen?", frage ich besorgt. Kefira antwortet mir jedoch nicht. Mein Blick sucht Anna: „Anna, seit wann bist du da?"

Hilflos antwortet sie: „Ich bin ungefähr seit einer halben Stunde da. Ich kam zufällig an der Hütte vorbei und habe sie schreien gehört. Der Dorfarzt war gerade bei ihr, hat aber nach einiger Zeit besorgt den Kopf geschüttelt und die Hütte wieder verlassen. Erst danach hat mir Jamal erlaubt Mona oder dich zu holen." In solchen Situationen werde ich so wütend auf die Kultur und das Verhalten der Eingeborenen. Sie sind so stur, was die moderne Medizin angeht. Wenn sie wirklich schon so lange in den Presswehen liegt und das Kind immer noch nicht weiter nach unten gerutscht ist, muss ich davon ausgehen, dass Kefira und ihr Kind es nicht alleine schaffen. Der Geburtskanal ist zu eng, ich muss nachhelfen.

Mein Gehirn arbeitet auf Hochtouren. Was würde Mona jetzt machen? Die Zange! Mist, die ist im Geburtskoffer! Kefiras lauter Schrei reißt mich aus meinen Überlegungen. Jetzt nur keine Panik aufkommen lassen! Was kann ich als Geburtszange verwenden? Suchend schaue ich mich in der spärlich eingerichteten Hütte um. Mein Blick fällt auf eine große Schüssel in der Ecke der Hütte, daneben liegen zwei Holzlöffel. Etwas Passenderes entdecke ich auf die Schnelle nicht.

Das Adrenalin schießt mir in den Körper. Mit deutlichen kurzen Sätzen befehle ich:

„Anna, nimm die beiden Holzlöffel und säubere sie so gut es geht."

„Jamal, bring mir saubere Tücher."

Zu Kefira sage ich mit beruhigender aber eindringlicher Stimme: „Kefira, ich muss deinem Kind helfen, es schafft es nicht alleine. Du darfst nicht mehr pressen, hörst du?" Kefira stöhnt vor Schmerzen. „Kefira, du darfst nicht mehr schieben, erst wenn ich es sage, das ist wichtig." Ich nehme ein leichtes Nicken von Kefira wahr und bereite mich auf meine erste Zangengeburt ohne Zange vor.

Anna gibt mir die beiden sauberen Holzlöffel, während Jamal die Tücher neben mich auf das Bett legt. Plötzlich kommt mir ein Gedanke: Das Kind muss an den Holzlöffeln entlang nach außen gleiten... die Oberfläche der Holzlöffel .... sie ist zu rau. Verdammt! Ich schaue mich im Raum um.

Anna bemerkt meine suchenden Blicke und versucht mit zur helfen: „Mia, kann ich dir irgendwie helfen?"

„Ich brauche etwas, um die Löffel rutschiger zu machen. Creme, Fett oder Ähnliches", antworte ich hektisch. Ich finde nichts, was sich nur annähernd eignen würde. Nach kurzem Überlegen sprintet Anna aus der Hütte und verschwindet um die Ecke. Erneut schreit Kefira auf. Ich kann nicht mehr länger warten, sonst wird es wirklich gefährlich für Mutter und Kind.

Ich positioniere mich zwischen den Beinen der Schwangeren und schiebe vorsichtig einen der Löffel in ihre Vagina ein. Kefira stöhnt unter den Schmerzen laut auf. In diesem Moment fliegt die spärliche Holztür auf und Anna stürmt herein. In der Hand hält sie eine Schüssel mit einer weißen festen Masse darin. Sie reicht mir die Schüssel und erklärt atemlos: „Das ist das Einzige was ich gefunden habe, aber das müsste gehen, oder?" Ich rieche an der weißen Masse und verziehe augenblicklich mein Gesicht. *Igitt!*

„Was ist das?", rufe ich Anna entgegen.

Betreten schaut sie mich an und meint: „Das ist Schweineschmalz. Es ist fettig, das wolltest du doch!"

„Ja, danke Anna." Ich habe keine andere Wahl, als das Schweineschmalz zu verwenden. Schnell reibe ich beide Löffel mit dem Fett ein und führe erneut zuerst einen Löffel in Kefira ein. Nachdem dieser problemlos hineingerutscht ist, setze ich den zweiten Löffel an und schiebe ihn vorsichtig in die Vagina. Da Kefira eine Erstgebärende ist, ist der Geburtskanal dementsprechend eng und ich muss mich anstrengen, um den zweiten Löffel in seine richtige Position zu bringen.

Anna, die mittlerweile völlig aufgelöst neben mir steht, schluchzt: „Du verletzt doch den Kopf des Kindes, wenn du ihn mit den harten Löffeln packst und rausziehst."

Gestresst aber konzentriert antworte ich: „Nein, ich packe das Kind doch nicht. Ich erweitere nur den Weg, damit das Kind durch passt. Es rutscht an den Löffeln entlang. Sollte es zumindest, wenn alles gut geht." Den letzten Satz flüstere ich fast nur noch zu mir selbst.

Kefira gibt laute animalische Geräusche von sich und Jamal macht Anstalten, das Vertrauen in mich zu verlieren und mich von seiner Frau wegzuziehen. Ängstlich ruft er: „Hör auf, du bringst sie ja um. Das Kind wird alleine kommen, die Götter werden ihm auf die Welt helfen. Lass sie in Ruhe, geh weg!"

„Anna, bring Jamal raus, bevor er hier noch durchdreht!", schreie ich genervt. Anna springt auf und zieht Jamal zur Tür hinaus.

Die beiden Löffel liegen an ihren vorgesehenen Positionen. Mit aller Kraft ziehe ich sie auseinander. Ich versuche zu erkennen, wie weit ich den Geburtskanal öffnen muss. Kefira schreit mittlerweile durchgehend ohne Pause. Ihr Bauch zieht sich zusammen, die nächste Presswehe kommt. „Kefira, jetzt schiebe so fest zu kannst. Schiebe dein Kind zu mir raus." Kefira presst und ich sehe, wie der Kopf des Kindes langsam in den Geburtskanal rutscht. Die Wehe ist vorbei. „Atme tief durch, Kefira. Einmal noch, dann hast du es geschafft. Mit der nächsten Wehe schiebst du noch einmal so fest du kannst!" Schweißüberströmt nickt sie mir zu. Sie versucht tief durchzuatmen, trotz der Schmerzen. Die nächste Presswehe kommt. Kefira drückt mit aller ihr noch zur Verfügung stehenden Kraft und ein kleines Köpfchen mit schwarzen nassen Haaren bahnt sich den Weg nach draußen. Das Schwierigste ist geschafft. Mit der nächsten Wehe ziehe ich vorsichtig die Löffel heraus, wodurch mir der Körper des Kindes entgegen flutscht. Ein kleines, zerknittertes und laut schreiendes Bündel liegt auf der Decke vor mir. Kefira lässt sich erschöpft und erleichtert zurückfallen.

Durch die Schreie des Neugeborenen angelockt, erscheinen Anna und Jamal in der Hütte. Nachdem ich die Nabelschnur abgeklemmt, durchtrennt und die Atemwege des Kindes notdürftig vom Schleim befreit habe, reiche ich das Bündel Kefira, die es sofort liebevoll in die Arme schließt. „Du hast eine gesunde Tochter, Kefira." Jamal nimmt mich dankbar in den Arm und entschuldigt sich für sein aufgebrachtes Verhalten. Nach ein paar Minuten drückt Kefira die Nachgeburt heraus. Ich wickle sie in ein Tuch und übergebe sie Jamal. Für ihn ist es wichtig, den Mutterkuchen, wie es die Tradition vorschreibt, weiterzuverarbeiten.

Nachdem ich mich noch einmal vergewissert habe, dass es Mutter und Kind gut geht, verlasse ich mit Anna die Hütte und gehe zurück zu meiner Steinhütte. Erst jetzt bemerke ich, welche Anspannung und Sorge mich die letzten Minuten ergriffen hat. Mir tut jeder einzelne Muskel im Körper weh und ich bin unsagbar müde.

Erst spät am Abend kommt Mona zurück. Noch auf dem Weg zu unserer Hütte, welche wir uns teilen, erfährt sie durch Jamal von der ungewöhnlichen Geburt.

Sie betritt unser Haus und nimmt mich augenblicklich in den Arm. „Mia, meine Süße! Stimmt es, was ich eben von Jamal gehört habe? Du hast eine Zangengeburt durchgeführt?"

Müde bestätige ich ihre Frage: „Ja, mit etwas Improvisation."

„Ich bin so stolz auf dich!", lobt mich Mona. Sie ist für mich wie eine Mutter und erzählte mir einmal abends, dass sie, wenn sie eine Tochter hätte, sich wünschte, sie wäre wie ich.

Wir setzen uns an unseren provisorischen Tisch und unterhalten uns über die beiden schwierigen Geburten des heutigen Tages.

Abends in meinem Bett, besser gesagt auf der Liege, welche mir als Bett dient, lasse ich den Tag nochmals an mir vorbeiziehen. So anstrengend er auch war, ich bin froh, dass ich mich vor zwei Jahren entschieden habe, nach Afrika zu gehen und für die Hilfsorganisation UNICEF zu arbeiten. In meinem vorherigen Leben ist so einiges schief gelaufen und ich habe hier neue Freunde und eine neue Aufgabe gefunden. Einer der Gründe, warum ich mich für das Dorf Mandala entschieden habe war, dass die Umgangssprache hier Englisch ist. Obwohl das Dorf nur ca. 120 Einwohner zählt, davon ca. 50 Kinder jeden Alters, wird man hier geschätzt für das was man tut und nicht für das, was man hat. Ich kann mir nicht vorstellen, jemals wieder in die hektische, laute und materiell-orientierte Welt zurückkehren zu müssen. Allerdings bin ich gerade einmal 25 Jahre alt, was das Leben noch mit mir vorhat, lässt sich nicht erahnen.

DANKSAGUNG

Wie üblich, fallen meine Danksagungen sehr kurz aus.

Zu allererst möchte ich dieses Mal den Lesern danken, die mir durch ihr Interesse an meinen Romanen die Bestätigung geben, dass ich meine Zeit sinnvoll investiere.

Ich danke meiner Familie, die mir während der Zeit des Schreibens die Ruhe und Abgeschiedenheit gönnt, die ich benötige, um in die Welt der Fiktion abtauchen zu können.

Und natürlich danke ich meiner Lektorin, Birsen Sager, die neben ihrer anstrengenden Arbeit sowie ihrem Abendgymnasium noch die Zeit findet, meinen Text zu überarbeiten und mir hilfreiche Tipps zu geben.